W0330600

SCISSION

Paru aux éditions Préludes :

CONCEPTION

Chase Novak

SCISSION

TRADUIT DE L'ANGLAIS (ÉTATS-UNIS) PAR VINCENT GUILLUY

PRÉLUDES

Titre original :

BROOD
Publié avec l'autorisation de Little, Brown and Company New York, New York, USA, tous droits réservés.

Couverture : © Getty.

Préludes est un département de la Librairie Générale Française.

ISBN : 978-2-253-10779-8

Pour Céleste

Prologue

Ils n'étaient pas là pour nettoyer une scène de crime. Cette macabre entreprise avait été effectuée par RestorePro deux ans auparavant, quand la maison de la 69e Rue ressemblait plus au neuvième cercle de l'Enfer qu'à son incarnation précédente, une maison de ville pleine de style, impeccable et historiquement correcte de l'Upper East Side, une des rares demeures de New York à être restée dans la même famille depuis sa construction. Son dernier propriétaire, Alex Twisden, y avait vécu toute sa vie, enfant, puis play-boy, puis avocat d'affaires obsédé par son travail, puis célibataire quelque peu reclus, puis jeune époux d'une jolie femme plus jeune encore nommée Leslie Kramer, puis père de jumeaux et enfin – à la suite des traitements contre la stérilité que lui et Leslie avaient suivis – monstre, que ni la science ni les légendes n'auraient su nommer.

Les ouvriers de RestorePro, harnachés de bottes d'égoutier, de masques à gaz et de combinaisons antiradiations, avaient envahi la maison. Bien sûr, le pire dans le nettoyage, c'étaient le sang, les poils, la fourrure, les os, les dents, et les parties du corps que ni Leslie ni Alex n'appréciaient vraiment : ils laissaient les oreilles, et trouvaient en général les pattes immangeables. Mais il restait bien plus à faire qu'à simplement éliminer les preuves que, pendant un temps, l'élégante demeure était devenue un abattoir. Il restait des odeurs à chasser et d'autres qu'on ne pouvait que masquer. Il y avait les éraflures des plâtres, les marques de griffes qui avaient creusé de profonds sillons dans les planchers, les tas de meubles démolis : comme si des vandales fous s'étaient introduits dans les entrepôts de Sotheby's une veille de vente aux enchères. Le papier peint haut de gamme, posé dans la maison par William Morris en personne, pendouillait des murs en longs lambeaux enroulés sur eux-mêmes. Des appliques avaient été arrachées ; les canapés étaient devenus des HLM pour toutes sortes de rongeurs. « Personne ne le saura », c'était la devise de RestorePro, mais, bien que les ouvriers aient travaillé avec diligence, sans ménager leur temps ni leur énergie, la maison qu'ils avaient laissée derrière eux quand ils eurent enfin terminé leur chantier gardait encore les marques ineffables d'un lieu où quelque chose d'horrible s'était déroulé. Nul besoin de croire aux esprits pour sentir l'aura de malheur et de souffrance qui planait encore sur la maison, même après qu'on l'eut nettoyée à fond.

Deux ans avaient passé. Si la maison était hantée, les fantômes l'avaient pour eux seuls. Les portes étaient fermées à clé. Les volets tirés. Le gaz et l'électricité coupés. L'héritage laissé par Alex couvrait les impôts liés à la maison, même si sa fortune autrefois considérable avait été sévèrement entamée par les dix années écoulées entre le traitement contre la stérilité reçu en Slovénie et sa mort soudaine et brutale devant le Metropolitan Museum, renversé par un bus de la 5e Avenue. (La mort violente de Leslie, qui s'apparentait plus à un suicide, était survenue peu après, sur le tarmac de l'aéroport de Ljubljana.) La sœur d'Alex Twisden ne voulait pas entendre parler de la maison, et si celle de Leslie, Cynthia Kramer, elle-même antiquaire, avait toujours aimé la maison au point d'en être jalouse, elle ne figurait pas parmi ses héritiers possibles. La maison appartenait en réalité aux jumeaux d'Alex et Leslie, Adam et Alice ; mais ils n'avaient que dix ans quand leurs parents étaient morts et on les avait laissés dériver misérablement sur les eaux troubles et boueuses du système new-yorkais des familles d'accueil pour orphelins.

La volonté de leur mère sur la question avait été très claire : les jumeaux devaient être recueillis par sa sœur, Cynthia. Mais la justice avance lentement et suit son propre cours, exaspérant. Deux ans avaient passé avant que Cynthia n'obtienne une convocation au tribunal pour finaliser l'adoption des enfants. Elle allait déménager de San Francisco à New York et les jumeaux retrouveraient leur ancien domicile ; ils y avaient passé d'innombrables nuits terrifiantes, mais c'était malgré tout le seul foyer qu'ils eussent jamais connu.

Cynthia ne connaissait pas très bien ces enfants, mais elle était enchantée par cette possibilité soudaine d'être mère, chose qui pour elle était, jusqu'à tout récemment, aussi probable que de devenir ministre des Affaires étrangères ou rock star. Elle était certaine qu'autrefois Alex et sa sœur avaient été pour les jumeaux des parents aimants, mais la dernière année, les deux dernières peut-être qu'ils avaient vécues avec eux relevaient davantage du cauchemar. Et ce temps passé dans des familles d'accueil... Qui sait les dégâts que cela avait pu causer? Cynthia se faisait à l'idée que les jumeaux auraient besoin de se réadapter, de tout réapprendre. D'une thérapie, peut-être. Et de beaucoup d'amour, bien sûr.

Elle avait beaucoup d'amour à donner.

Elle en avait à revendre. Elle n'avait jamais été plus certaine d'une chose de toute sa vie. Elle pouvait aimer, elle allait aimer ces enfants jusqu'à ce qu'ils se rétablissent. Elle leur rendrait ce qui leur revenait de droit: une bonne éducation, la sécurité, l'attention. Et leur magnifique maison.

Ainsi, tandis que les rouages de la machine judiciaire tournaient lentement, Cynthia supervisait les dernières rénovations de la maison de la 69e Rue depuis la côte opposée, organisait tout par e-mails, Skype ou par téléphone, depuis sa boutique de Pacific Heights. Il fallait enlever et remplacer des luminaires, moderniser la cuisine, refaire neuf salles de bains, dont certaines avaient besoin d'une petite touche XXIe siècle alors que d'autres avaient besoin… de tout. Il fallait acheter des meubles, remplacer des fenêtres, faire poser des rideaux ou des volets ; certains planchers portaient des cicatrices telles qu'il fallait les arracher et les refaire, et seize pièces nécessitaient d'être repeintes.

Mais le travail le plus urgent était à la cave. C'est là qu'Alex et Leslie avaient entretenu leur tragique ménagerie, les chats et les chiens, parfois achetés dans des animaleries, parfois « sauvés » dans différents refuges des environs de New York. Il fallait enlever les cages et les minuscules chenils dans lesquels ces bêtes condamnées avaient été enfermées et faire entièrement disparaître toute preuve qu'ils avaient jamais existé. Les cages étaient lourdes, et avaient été vissées aux murs de pierre de la cave. Mack Flaherty, l'entrepreneur qui supervisait tout le chantier, avait gardé la cave pour la fin et, pour s'assurer qu'ils finiraient à temps – Cynthia était attendue à New York dans une semaine –, il embaucha d'autres ouvriers. Ils travaillèrent quatorze heures par jour pour pouvoir terminer. Quelques ouvriers entendirent bien des rongeurs couiner et gratter dans les murs, mais il n'était dans l'intérêt de personne de l'avouer. La ligne d'arrivée était en vue. Cynthia était en route. « Faut finir », tel était le mantra ; tous le récitaient. « Faut finir. »

Un

« Vous savez ce que je dis toujours ? annonce Arthur Glassman à Cynthia en la guidant à travers les halls pleins d'échos du tribunal où a lieu l'adoption, dans Lower Manhattan. Si la vie ne vous distribue que des cartes pourrics, il suffit de lui dire : "Oh, la vie ! c'est bon, j'en ai ma claque de tes cartes pourries." »

Arthur est un homme corpulent, au sourire lumineux, au parfum ruineux. Le sourire lui a coûté cent mille dollars, le parfum cent cinq dollars le centilitre. Une jolie femme peut le rendre fou, et Cynthia est tout à fait son type. Des cheveux noirs brillants (avec une raie au milieu), une bouche généreuse, un long cou, des épaules larges, de longues jambes. Lorsqu'il va à une réception avec son épouse et qu'une femme du genre de Cynthia apparaît, Mme Glassman donne un coup de coude à Arthur et dit : « En voilà une pour toi. » Autrefois, Arthur était l'avocat d'Alex et Leslie Twisden, et il est désormais celui de Cynthia, sans qu'elle le lui ait vraiment demandé. Il a travaillé *pro bono* pour l'aider à sortir ces pauvres jumeaux de l'Assistance publique et à obtenir leur garde une fois pour toutes, la ligne d'arrivée est en vue et il est heureux – si on peut utiliser ce mot pour décrire quoi que ce fût qui découle de ses rapports avec feu les parents des jumeaux.

« Je vais pouvoir les emmener à la maison avec moi ? demande Cynthia.

— Je pense que ce jour vous appartient, Cynthia. J'espère qu'après tout ce temps l'intérêt morbide de cette ville pour les enfants aura disparu et qu'ils pourront mener une vie normale – si on peut qualifier de normal un adolescent. » Il cligne de l'œil, pour indiquer qu'il plaisante, plus ou moins. « Ils ont beaucoup souffert, reprend Arthur. Psychologiquement, bien sûr. La perte de leurs parents. Et tous deux, comme vous le savez, présentent des troubles sévères de l'alimentation. Ils ont été hospitalisés à maintes reprises.

— Je suis une excellente cuisinière, monsieur Glassman, réplique Cynthia. Je veux croire qu'avec un peu de stabilité dans leur vie, ils se mettront à manger normalement.

— C'est aussi mon opinion, dit Arthur en lui tapotant le bras. Je crois que refuser de manger était la seule forme de contrôle qu'ils pouvaient exercer, puisqu'ils ne maîtrisaient rien d'autre dans leur vie.

— J'ai cuisiné pour toutes sortes de gens. Je sais que les enfants peuvent être difficiles, mais je suis tout à fait à mon aise dans une cuisine. J'adore cuisiner, pour tout vous dire. »

Arthur regarde furtivement par-dessus son épaule, et la pousse soudain dans une salle vide, qui semble n'attendre qu'eux. La porte se referme avec un chuintement étouffé.

« La situation est très complexe, Cynthia. Je veux que vous en soyez pleinement consciente. Ces traitements terribles qu'Alex et votre sœur ont subis – ils n'ont pas été le seul couple à les suivre, vous comprenez ? Beaucoup de gens de bien en ont usé. Parfois avec succès, parfois... » Il étend ses mains molles, comme pour faire place à l'indescriptible. « C'est amusant, n'est-ce pas ? de voir comment l'argent peut vous donner des ailes, tout ça pour finir par atterrir en des lieux où vous ne devriez jamais être.

— Donc, d'autres enfants ont dû supporter les mêmes horreurs qu'Adam et Alice, c'est bien ce que vous me dites ?

— Et certains sont encore livrés à eux-mêmes. Voilà ce que je dis. Pas beaucoup, mais quelques-uns. Et pas seulement ici : dans beaucoup d'endroits. Mais il y en a une forte concentration ici, à New York, parce que... » Il sourit de son sourire hors de prix. « ... Il y a plus de gens très riches, ici. Honnêtement, j'aimerais que vous éloigniez Adam et Alice de cette ville. Le fait que vous prévoyiez d'abandonner le nom de Twisden est une sage décision, que la cour a l'intention d'appuyer.

— Vous parlez comme si tout était déjà décidé.

— Oh, mais c'est le cas, c'est le cas. Le testament de votre sœur disait explicitement que la garde des jumeaux devait vous revenir, et il n'y avait rien dans celui d'Alex à ce propos, ni dans un sens ni dans l'autre. Personne ne s'est signalé pour contester le testament et la ville de New York est plus qu'heureuse d'être libérée de ses obligations financières vis-à-vis de ces petits orphelins. En ce qui concerne la cour, la question ne pourrait être mieux résolue. Les jumeaux seront avec leur tante et l'assistance sociale peut cesser de subvenir à leurs besoins à compter d'aujourd'hui. Et, tout à fait entre vous et moi, il y a des gens à la mairie – disons, au plus haut niveau ? – qui ont tout intérêt à ce que justice soit rendue à ces enfants.

— Et pour la maison? demande Cynthia. La décision est-elle aussi déjà prise ? »

Elle se racle la gorge, le regard fuyant. Elle ne veut pas paraître trop intéressée par la maison des Twisden dans la 69e Rue. Elle n'est pas sûre de la valeur à laquelle elle a été évaluée, mais ça doit être une fortune, même avec sa récente réputation de lieu où on a commis des actes monstrueux.

« Ah, oui, la maison. Bien sûr. Les travailleurs sociaux ont donné leur feu vert. Vous avez fait un travail admirable pour remettre cet endroit en état.

— Vous y avez été ? Vous l'avez vue ? »

Arthur fait non de la tête. Il ne peut même pas envisager de remettre les pieds dans cet endroit.

« Ça a dû vous coûter cher.

— Oui. Il y a des sociétés spécialisées dans ce

genre de choses. Le nettoyage à lui seul a coûté près de cent mille dollars. J'ai dû vendre une partie de leurs objets pour couvrir les frais. »

Arthur paraît choqué, comme si elle venait d'avouer quelque chose qui dépasse les limites du lien privilégié entre client et avocat.

« Je ne veux pas en entendre parler, Cynthia.

— Avais-je le choix ? La maison était inhabitable. »

Elle frissonne, secoue la tête en se rappelant combien cette demeure classique de Manhattan lui faisait envie, avec ses escaliers élégants, ses appliques, ses guéridons, ses tableaux, ses tapis. La plupart de ces biens avaient disparu dans la spirale qui avait emporté Alex et Leslie ; ils en avaient vendu une bonne partie (souvent à des prix horriblement bas), et ce qui restait n'avait pas résisté à la vie quotidienne dans cette maison.

« Je suis inquiet à l'idée que les enfants retournent dans cette maison, dit Arthur. Mais d'un autre côté, c'est le seul foyer qu'ils aient jamais eu.

— Ils n'y seront pas en tant que Twisden, lui rappelle Cynthia. Ils seront des Kramer. Et ils ne réintégreront pas leur ancienne école.

— Bon, nous verrons bien. »

Tout en se frayant un chemin dans les couloirs du tribunal, Arthur salue chacun d'un signe de tête ou de sa phrase rituelle : « Eh bien, mon cher ! »

Cynthia est trop bien habillée ; elle serait plus à sa place dans le hall d'un hôtel chic que dans les couloirs encombrés aux peintures écaillées de ce tribunal municipal. Elle a mis des talons hauts de dix centimètres, une jupe droite et son chemisier de satin le plus élégant. La veille au téléphone, elle avait demandé à Arthur comment elle devait s'habiller pour son rendez-vous au tribunal, mais il avait pris la chose à la légère.

« Ne mettez pas de cape, c'est tout, avait-il dit. Ni un de ces bracelets en forme de serpent avec des petits rubis à la place des yeux. Mais plus sérieusement, je ne m'inquiéterais pas trop. Si vous voyiez certaines personnes que la cour juge capables d'élever des enfants. Des mères avec des tatouages ! Qui aurait cru que viendrait un temps où maman a une tarentule tatouée en bas du dos et que papa met du mascara ? Le monde a bien changé, Cynthia. »

Arthur pousse la porte du tribunal numéro quatre avec l'assurance du shérif qui entre dans un saloon.

« Vous êtes en retard, maître Glassman », dit la présidente dès qu'elle l'aperçoit. C'est une femme grande, hâlée, avec la voix d'une oie qui fumerait quatre paquets de cigarettes par jour. « Mon programme d'audiences est plein, plein, plein, et je n'ai pas de temps à perdre, pas aujourd'hui. »

Tandis qu'ils s'approchent du bureau de la présidente, Cynthia jette un œil vers le public de la galerie. Un bon nombre – la majorité, en fait – semble regarder ses pieds. Il faut un moment à Cynthia pour comprendre qu'ils consultent en douce ce qu'on nomme avec optimisme leur

Smartphone, malgré les affiches bien visibles dans tout le tribunal interdisant l'usage des téléphones portables. Ici, des requérants de toutes les sortes et de toutes les tailles que peut produire une grande cité, assis sur les bancs d'une église dont la Bible est la Constitution, attendent de pouvoir contester un testament ou légaliser une adoption. On ne sait comment, Arthur a pu user de toute l'influence accumulée au cours de sa longue carrière pour faire placer la requête en adoption de Cynthia au sommet de la pile des dossiers de la juge. Cynthia en aurait presque la nausée. De là où elle vient, un coupe-file de cette sorte ne se fait pas. Elle décide de s'épargner le pire en évitant tous les regards. Elle fixe le sien droit devant elle et s'approche, accompagnée de Glassman, de la présidente qui se tortille d'avant en arrière dans son haut fauteuil de cuir tout en soulageant une démangeaison crânienne à l'aide d'un long crayon jaune clair.

C'est alors que Cynthia pose les yeux pour la première fois depuis des années sur sa nièce et son neveu. Ils sont assis face à elle, sur la gauche, et se tiennent la main, genoux serrés. Bien qu'elle sache qu'ils résistent à la nourriture, la refusent, s'obligent à vomir peut-être, leur maigreur la fait se figer un instant. Ils n'ont rien de trop. Leur peau est serrée comme une combinaison de plongée, collée comme de la peinture sur un mur. Et pourtant ils sont beaux, de la beauté de la jeunesse que même la folie des privations volontaires ne peut vaincre. Ils sont tous deux longilignes et gracieux, dans une attitude calme et timide. Aériens. Ils ont la blondeur rousse de leur mère, le menton volontaire et le léger prognathisme de leur père. À leur vue, quelque chose que Cynthia réprimait jusque-là se libère. Elle laisse échapper un hoquet, s'accroche au bras d'Arthur pour ne pas tomber et se met à pleurer.

Arthur, obligeamment, a pris des dispositions pour qu'une voiture vienne chercher Cynthia et les jumeaux pour les déposer chez eux et, dès que ceux-ci sortent du tribunal, ils voient une Lincoln Town Car bleu marine garée le long du trottoir, avec un chauffeur en livrée qui tient à la main une pancarte portant le nom de Cynthia: Kramer. Elle regarde par-dessus son épaule, mais Arthur n'est pas dans les parages. Une de ses innombrables connaissances l'a probablement retenu dans le couloir. *Je l'appellerai plus tard*, se dit Cynthia en poussant les enfants sur le siège arrière et en montant à leur suite.

Ils partent immédiatement et la voiture s'éloigne rapidement. Juste avant qu'ils ne plongent dans la circulation en direction du nord, un poing frappe avec colère à la fenêtre, côté passager. Le bruit qu'il fait résonne comme des coups de feu. Cynthia sursaute, serre la main des enfants. Elle voit un homme en uniforme de chauffeur, grand, le visage en lame de couteau, menacer du poing la voiture qui s'éloigne vers l'Upper East Side. Cynthia se retourne pour regarder à nouveau l'homme qui tord la bouche, le regard furieux. Il sort rapidement un téléphone de sa poche, comme si c'était un pistolet.

Dennis Keswick, en uniforme de chauffeur, observe la Town Car emporter Cynthia et les jumeaux. Ces gosses n'ont aucune conscience qu'ils ont été à deux doigts de se faire enlever. Non seulement aujourd'hui (aujourd'hui, Dennis doit bien l'avouer, c'était un gros risque, une inspiration subite de sa part lorsqu'il a appris qu'ils seraient au tribunal pour l'adoption), mais toute l'année dernière, quand ils étaient tous deux dans des familles d'accueil. Si on daignait l'écouter, Dennis pourrait tout expliquer sur la manière de droguer et d'enlever un enfant ; et ça n'a rien d'aussi facile, d'aussi simple, d'aussi infaillible qu'une personne normale pourrait le croire, vraiment. C'est un boulot très difficile. Et très sous-estimé. Bah... deux de perdus, dix de retrouvés. Les supérieurs de Dennis (qu'il déteste, soit dit en passant) s'intéressent particulièrement à Adam et Alice, mais, entre-temps, Dennis a d'autres petits monstres du même genre à livrer.

« Z'êtes bien installés, derrière ? » demande le chauffeur.

Sa figure est difficile à voir. Il a une grande barbe, même s'il a également quelque chose d'enfantin. La visière de sa casquette est enfoncée sur ses yeux et il porte une écharpe – en été !

« Ça va, répond Cynthia. Hein, les enfants ? Vous n'avez pas trop chaud ? »

Elle s'inquiète qu'ils puissent avoir froid, sans graisse sur le corps pour les protéger. Elle se sent énorme à côté d'eux, pleine de centaines de repas riches, d'océans de tortellinis et de crème brûlée.

Une pensée lui vient : et si elle buvait toujours ? Sa respiration s'arrête un moment. Elle ferme les yeux, remercie les Puissances supérieures de l'avoir rendue sobre.

« Hé, dit-elle aux jumeaux. J'ai un petit cadeau pour vous. Pas grand-chose. »

Selon les conseils trouvés dans les livres ou donnés par des amis, les enfants reculent s'ils pensent que vous faites grand cas de quelque chose. Elle ouvre son sac à main et en sort deux montres-bracelets. Mais, dès qu'elle s'en saisit, elle se dit qu'elle a fait une erreur. Elles sont ridiculement typées fille-garçon : une montre American Girl pour Alice, une de l'armée suisse pour Adam.

Elle décide de les laisser choisir leur montre – les deux iront à leurs poignets maigres.

« Marrant, dit Adam en optant pour l'American Girl.

— Himalayesque, dit Alice en prenant la montre suisse.

— Je sais que les enfants ne portent plus vraiment de montres, dit Cynthia, avec les téléphones, et tout ça...

— Mais non, c'est fantastique », répond Adam

en mettant à son poignet la montre parsemée de fleurs et d'étoiles, avec son bracelet jaune et vert.

Cynthia réalise aussi que de nos jours, les enfants disent « fantastique » au lieu de « cool ». Les choses se mettent en place. Ça ne sera peut-être pas aussi difficile qu'elle le craignait. Craignait ? Disons plutôt qu'elle était pétrifiée, oui. Qu'elle en était malade d'inquiétude. Qu'elle a passé des heures à faire face à son inexpérience. Devenir parent à son âge, c'est comme déménager tout à coup dans un autre pays, avec une autre langue dont on ne connaît que quelques phrases rudimentaires.

« Plus de clim ? » demande le chauffeur.

Sa voix est brouillée, étrange, fausse. Il vient à l'idée de Cynthia qu'il pourrait être transsexuel. Quel monde !

« Tout va bien, derrière », répond-elle.

Elle baisse les yeux sur ses mains et s'aperçoit qu'elles tremblent. Elle a beau avoir attendu impatiemment d'obtenir la garde des enfants de sa sœur, elle sent que tout cela la surprend énormément. Elle pouvait bien réfléchir, désirer, faire autant de projets qu'elle voulait, rien ne l'a préparée à cette sensation soudaine et accablante que deux enfants sans défense viennent de lui être confiés. Ils ont traversé l'enfer, et Cynthia doit faire un effort pour se rappeler qu'elle a en elle la force de leur rendre le semblant de bonheur insouciant et de sécurité qu'elle considère être le droit naturel de chaque enfant.

Après avoir accepté son cadeau, ils ne lui prêtent

plus aucune attention. Ils se tiennent la main et se regardent dans les yeux. Leur communication silencieuse, cellulaire, n'a pas diminué avec les mois qu'ils ont passés séparés l'un de l'autre. Cynthia ressent bien un petit pincement d'exclusion, mais elle est surtout heureuse qu'ils se retrouvent. Elle est ravie en réalité. Ravie. Personne ne peut comprendre Alice comme Adam, personne ne peut comprendre Adam comme Alice et, Dieu merci, ils sont réunis. Puissent-ils ne plus jamais être séparés.

« Tu avais des sœurs, dans la famille où tu étais ? demande Alice à Adam.

— Oui. Ils avaient deux filles, deux garçons, et moi.

— Ils étaient gentils ?

— Les derniers ? Desquels tu parles ? J'ai eu quatre familles différentes.

— Ouais. Les derniers.

— Ils étaient assez vieux. Ils avaient beaucoup de problèmes d'argent. Il fallait choisir : une des chambres chauffées ou un vrai repas.

— Je parie que tu as pris la chambre chauffée ? murmure Alice.

— Bien sûr que oui !

— Manger, c'est bizarre.

— Ma famille à Staten Island faisait de la dinde à Noël, dit Adam.

— Beurk ! On va être végétariens.

— OK. Tu prends combien de calories ? »

Alice fronce les sourcils, détourne les yeux.

« Alors, je parie que tu es adulte et tout, et tout, maintenant, pas vrai ?

— Pas question ! » répond Adam comme si son honneur était en jeu.

Après quelques instants de silence, Alice reprend :

« Tu te débrouillais, à l'école ?

— Non.

— Moi non plus. »

La sonnerie du téléphone de Cynthia est réglée sur un carillon, qui tintinnabule dans son sac. Elle regarde l'écran : *Arthur Glassman.*

« Bonjour, Arthur…

— Où êtes-vous ? demande-t-il, l'air furieux.

— Dans la voiture. Merci de nous avoir fait chercher. »

Elle voit le chauffeur qui lui jette des coups d'œil dans le rétroviseur.

« Votre voiture est ici, Cynthia. Elle vous attend. »

Clic-clic. Le chauffeur vient de déclencher le verrouillage automatique des portes.

Deux

Dans un appartement qui donne sur Gramercy Park, Ezra Blackstone et sa sixième épouse Annabelle Davies se disputent à propos de la climatisation. Ezra a soixante et onze ans, des problèmes de circulation, il transpire et il a froid, même par une chaude journée comme aujourd'hui. Annabelle a vingt-huit ans ; elle a passé les vingt-sept premières années de sa vie à Monroe, en Louisiane, puis, comme elle le dit souvent, est « montée dans le Nord pour fuir cette putain de chaleur ». Ils se sont courtisés plutôt joliment, ce qui a fait beaucoup de bien à Annabelle qui s'était mise à croire que la galanterie, la séduction, les roses et le romantisme étaient des choses du passé. Le contact de sa chair fraîche, la saveur piquante de citron et de menthe de ses baisers furent comme une machine à remonter le temps pour Ezra et lui ont rendu une vigueur juvénile. Mais les rituels de la séduction ont vite laissé la place au quotidien, la magie de l'excitation de la jeune chair d'Annabelle a vite cessé de fonctionner et de dissoudre le poids des ans. Depuis qu'Ezra l'a épousée il y a cinq mois, ils ont commencé à se chamailler sur beaucoup de sujets : où aller dîner, quels chandeliers utiliser, comment aller à Amagansett, quel salaire donner à leur femme de ménage, et auquel des deux il revenait de nourrir le piranha. Mais l'affrontement du jour sur la question d'allumer ou non la climatisation de leur appartement est un des plus durs qu'ils aient eus depuis des semaines – ou en tout cas depuis des jours. Ou, à l'extrême limite, le plus dur qu'ils aient eu aujourd'hui. Jusque-là.

Pour l'heure, la paix est revenue. La climatisation reste éteinte, mais les fenêtres qui donnent sur le parc sont grandes ouvertes et laissent entrer une douce brise d'été, à peine suffisante pour agiter les voilages de tulle blanc.

Ils sont anormalement tendus parce que le portier doit leur annoncer d'une minute à l'autre un visiteur, un jeune garçon du nom de Boy-Boy. Boy-Boy n'a pas donné de nom de famille – il n'en a peut-être même pas ! C'est cette sorte de visiteur. Ezra a entendu parler de Boy-Boy par Bill Parkhurst, qui a travaillé pour lui dans le temps, quand Ezra produisait trois jeux télévisés quotidiens pour les grandes chaînes nationales. Bill était un assistant fidèle, mais, selon Ezra, faible de caractère, toujours en quête de la dernière thérapie révolutionnaire, du gourou le plus éclairé, du régime miracle à faire absolument ; même jeune, il avalait des poignées de vitamines et de compléments alimentaires à chaque repas. Et des drogues aussi, bien sûr. Il avait une faiblesse lamentable pour les drogues et les croyances débiles qui allaient de pair : la paix par le pétard, la lumière par le LSD, l'extase par l'ecstasy. La dernière trouvaille de Bill est un truc baptisé Zoom, une drogue tellement nouvelle dans l'underground new-yorkais qu'elle n'est même pas encore illégale.

« Il y a quelques années, lui avait expliqué Bill penché sur un sandwich au pastrami presque aussi grand que lui au Carnegie Deli, quelques personnes désespérées ont été dans un endroit improbable en Europe pour se faire traiter contre l'infertilité.

— Je m'en souviens, avait répondu Ezra. Je me souviens très bien de l'histoire. Ne me dis pas que tu prends de ça ?

— Non, non. Certains de ces gens sont devenus dingues, et je crois que quelques-uns en sont morts. J'aime *shtupper,* mais je suis pas *meshuga*[1]. »

Bill, qui avait grandi dans un petit village glacial du New Hampshire, était le fils d'un pasteur congrégationaliste et descendait de Betsy Ross, mais on lui avait dit à ses débuts dans le milieu du divertissement qu'émailler sa conversation de quelques mots yiddish serait bon pour sa carrière et, bien qu'il n'eût aucune raison de croire que le conseil était bon, il l'avait malgré tout pris au sérieux, et cela faisait désormais partie de son personnage.

1. Mots yiddish pour, respectivement, « baiser » et « taré ». *(Toutes les notes sont du traducteur.)*

Bill avait pris une petite bouchée de son sandwich et mâché vingt-six fois avant d'avaler.

« C'est leurs enfants. Ils trimballent juste ce qu'il faut de ce que le médecin a donné à ces pauvres cons. C'est dans leur sang, tu vois ? Juste un *bissel*[1]. Les gamins sont chargés à mort. Et avec quelques gouttes de leur sang ? Waouh ! C'est l'*Hava Nagila*, mais en encore plus marrant.

— De quoi tu parles, putain, Bill ? Du sang de gamins ?

— Hé, ils sont pas si petits que ça. Ils sont vachement plus grands que moi. Y en a même qui ont de la barbe. Quoi, c'est bon. Et crois-moi, ils se débrouillent très bien. C'est peut-être une bande de *shmendriks* qui crèchent on ne sait où, mais c'est de sacrés *hondlers*[2]. »

Ezra avait senti la petite main avide de Bill lui toucher le genou sous la table. Connaissant la routine, Ezra avait à son tour glissé la main sous la table pour accepter ce que Bill lui apportait : elle s'était refermée sur quelque chose de lisse et froid.

« Qu'est-ce que tu viens de me donner ? avait murmuré Ezra.

— Un flacon de sang. Ça se boit.

— Ah bon ? Et je chope le sida, c'est ça ? Putain, Billy ! Vraiment mec, merde !

— Ma meilleure baise depuis Haïfa », avait ré-

1. Un « peu ».

2. Respectivement « crétins » et « négociateurs, commerçants ».

pondu Bill, en citant comme souvent le voyage qu'il avait effectué en Israël en 1973.

Le vieux serveur coréen s'était approché d'eux en boitant sévèrement.

« Vous voulez moi emballer ça pour vous ? peut-être casse-croûte plus tard ? » avait-il demandé en désignant leur déjeuner à moitié terminé.

Quelques jours après, Ezra avait cessé de s'inquiéter et s'ennuyait assez pour essayer l'élixir que Bill lui avait donné. Comme promis, ce soir-là, il fit l'amour à sa femme pour la première fois depuis des semaines. Ce ne fut peut-être pas la plus grande extase de toute sa vie, mais il n'avait pas ressenti autant de plaisir depuis des mois, aucun doute là-dessus. Et il y avait un petit côté merveilleusement… féroce. Il n'eut aucun scrupule à dire à Annabelle d'où lui venait cette vigueur, et elle acquiesça à l'idée que ce serait plus amusant si elle en prenait elle aussi. (Elle ne voulait pas le contrarier et avait la ferme intention de rester mariée à Ezra jusqu'à ce qu'il meure, mais, au lit, elle s'ennuyait et son corps restait gourd, inerte : si quelque chose transformait son mari boitillant au point de le faire baiser comme un marin en permission, elle avait bien envie d'en profiter.)

La livraison est pour dix heures et, à la minute exacte, le portier annonce :

« Il y a un M. Boy-Boy qui désire vous voir, monsieur Blackstone. »

Deux minutes plus tard (Ezra et Annabelle

habitent au dix-neuvième étage), un boum-boum-boum aussi bruyant qu'une descente de police à la porte les fait sursauter. C'est Ezra qui va ouvrir. Il a à la main une enveloppe avec trois cents dollars en billets de vingt. On lui a déjà dit que ça coûtait deux cent cinquante dollars, mais il compte bien traiter le gamin, pour peut-être devenir un client privilégié, exactement comme il glissait régulièrement un billet de vingt dans la tunique du chef de rang de l'ancien salon de thé russe. À l'époque.

Ezra ouvre à Boy-Boy. Il est plus jeune qu'il ne s'y attendait. Quinze ans ? Seize, maximum. D'épais sourcils bruns, avec d'autres sourcils tatoués par-dessus. Il a les cheveux jusqu'aux épaules, une grosse bouche, un petit nez, des yeux verts et l'air d'un sauvageon qui vivrait sans tuteur ni règles. Il porte un blue-jean, un T-shirt sale et un sac à dos couvert de décalcomanies de drapeaux de tous les pays.

« Ah, vous devez être Boy-Boy », dit Ezra.

Il lui fait signe d'entrer et referme derrière lui.

Boy-Boy traverse le long couloir, et Ezra doit se hâter pour le suivre. Ils arrivent au salon où Annabelle installée sur le sofa s'évente avec un exemplaire de *Vogue*. Boy-Boy détaille Annabelle puis revient à Ezra.

« Pas vous inquiéter. Ça va bien se placer. Le docteur Boy-Boy est là. »

Il s'assied et se débarrasse de son sac à dos, qu'il pose sur ses genoux osseux. Il en extrait un petit flacon de sang, si sombre qu'il en paraît noir.

« Drôle de couleur, remarque Ezra.

— Vous en vouloir ou pas ? »

Boy-Boy tend la main, attendant l'enveloppe.

« J'en veux, mais je veux que ça marche.

— Ça va marcher. Tous les clients à moi viennent par d'autres clients. S'ils sont pas contents, moi foutu. » Il tend le flacon, incline la tête. « Vous aimez pas le goût, mettez dans la soupe, ou quelque chose. De l'ail, ou du piment même. Des clients à moi mettre de la coriandre. Buvez de l'eau. Faut vous hydrater, de toute façon. On boire pas assez d'eau. Attendez un quart d'heure, et voilà. »

Ezra feint de lui lancer l'enveloppe, la retient.

« J'ai une question. »

Boy-Boy regarde Annabelle :

« Votre vieux, l'est toujours comme ça ?

— Toujours.

— Comment est-ce que ça marche, questionne Ezra. Et pourquoi ?

— D'abord, c'est pas vos oignons », répond Boy-Boy, la voix étrangement calme. Il a le sourire féroce, comme un couteau blanc brillant. « Vous en vouloir, c'est là. Vous en vouloir pas, je prends quand même la petite enveloppe, parce que je suis venu jusqu'ici et que Boy-Boy, il fait rien pour rien. »

Annabelle a vu dans sa vie plus de violence qu'Ezra et elle le trouve, malgré son âge, naïf. Elle l'avertit, en reprenant une de ses phrases toutes faites :

« On change de sujet, là, Ezra. On change de sujet…

— On m'a dit que c'était bien meilleur frais,

reprend Ezra, avec un peu de sarcasme dans la voix. Qu'est-ce que vous diriez de tirer votre sang ici, juste devant nous ? Les gens disent que c'est ce qu'il y a de mieux... »

Boy-boy secoue la tête.

« Les gens ? Vous savez pas ce qui se passer chez les gens. Les gens... Vous êtes cinglé. » Il se lève, renfile son sac à dos. « Vous voulez quoi j'ai ? Faire la vilaine danse ? Faire oublier à la dame qu'elle a marié un mec qui a déjà un pied dans la tombe ?

— Dis donc, espèce de petit voyou... »

Boy-boy braque son regard sur Ezra avec la rapidité d'un animal sauvage. Son visage n'a aucune expression, il est pure perception. Ses yeux sont dépourvus d'émotion. Ils ne servent qu'à voir. Et à voir, et à voir.

En un éclair, il bondit sur Ezra, l'emporte vers la fenêtre ouverte.

Vas-y, fais-le ! pense Annabelle qui en même temps n'a jamais eu aussi peur de sa vie. Elle entend ses propres cris comme s'ils venaient d'une autre chambre.

Ezra n'est pas petit, mais il ne peut offrir aucune résistance à Boy-Boy. Celui-ci lui fait traverser le salon comme s'il ne pesait pas plus qu'une plume. Sans savoir comment, Ezra se retrouve suspendu dans le vide, par la fenêtre. Le monde, à l'envers, avec ses taxis qui klaxonnent, ses nounous qui poussent des landaus, le promeneur de chiens et ses huit chiens qui tirent sur leur laisse, tout lui paraît si distant, si triste...

Quelques instants plus tard, le terrible gamin le remonte dans l'appartement, le remet sur ses pieds, rajuste ses vêtements et l'époussette, comme un valet sorti de l'enfer.

« On est OK ? demande Boy-Boy.

— Oui, oui, on est OK. »

Ezra tient toujours l'enveloppe, la tend à Boy-Boy ; il aimerait que les cinquante dollars de plus n'y soient pas.

Boy-Boy fait un clin d'œil à Annabelle.

« Amusez-vous bien », dit-il en lui lançant le flacon de sang.

Cela lui rappelle la maison de son enfance, où on ne donnait rien simplement. Ses frères lançaient tout, de la salière aux clés de voiture en passant par des marteaux. Annabelle saisit le flacon au vol et le serre dans sa petite main chaude.

Trois

Le chauffeur arrête la voiture au beau milieu de Center Street, sans se préoccuper des coups de klaxon et des cris qu'il déclenche en bloquant la circulation, tend le bras à l'arrière et s'empare du téléphone de Cynthia. Sa barbe luit de transpiration. Il dégage une lourde odeur de sueur et de peur mêlées, comme le macadam d'une route qui renvoie des vapeurs de chaleur.

Cynthia serre les jumeaux contre elle. Ils ne résistent pas, ne cherchent pas non plus son contact.

« Qui êtes-vous ?

— Des amis d'Alice et Adam qui m'envoient. Je faire de mal à personne et rien de pas bien. »

C'est évident à présent : il n'a même pas seize ans.

« Comment tu t'appelles ? demande Alice d'une voix calme, apaisante.

— Toby. Toby, c'est bien, hein ? Ça te plaire, comme nom ? » Il redémarre. New York est plein de gens qui ne veulent pas aller où ils vont, mais qui veulent y aller le plus vite possible. La Town

Car se remet à avancer, et la circulation qui se dégage ne calme en rien les conducteurs furieux qui le klaxonnent et l'injurient. « J'vais vous emmener à chez nous. On vous attend. »

Les jumeaux échangent un regard inquiet.

« Vous allez nous ramener chez nous, Toby, dit Cynthia. Sinon, vous aurez tellement d'ennuis que vous ne pourrez pas vous en sortir.

— Va chier, madame, OK ? Vous être dans ma voiture, et c'est Toby qui commander. Et pauvre petit moi va vous niquer. » Il s'arrête tout à coup à un arrêt de bus, se retourne, le regard noir. « C'est pas votre affaire.

— Où tu nous emmènes, Toby ? demande Alice, calmement, gentiment.

— Rodolfo vous attend. Toi et toi, vous pouvez habiter chez nous. On a un endroit de malade, à Riverside, vous va pas le croire. Des chambres, des baignoires et tout à bouffer qu'on veut. On être riches maintenant, faire du business.

— Ça a l'air super. Qu'est-ce que t'en penses, Adam ?

— Rodolfo, dit Adam. Il t'a toujours bien aimée.

— Tu parles, dit Toby en riant. Carrément !

— Et la dame ? demande Alice. On la connaît même pas. » Elle effleure l'épaule de Toby du bout des doigts. « C'est notre tante, un truc comme ça.

— Ouais, on s'en débarrasse. On la laisse ici, dit Adam.

— Il a quel âge, Rodolfo, maintenant ? » demande Alice.

Le seul fait de prononcer son nom lui laisse un sentiment étrange. De tous les enfants sauvages qu'elle a connus quand elle fuyait ses parents, Rodolfo était celui qu'elle aimait le plus. La dernière fois qu'elle l'a vu, il se penchait à la fenêtre et lui disait : « Je t'aime ! » À elle. À elle !

« Rodolfo, le chef, dit Toby. Il dirige le bizness, *capiche* ? Avant, on dormait tous là ou là, ou dans le parc et tout, mais maintenant, on a tout plein de bidets de cinquante et de cent, et on habite dans un beau-z-endroit, vous allez voir. On faire un fric dingue. »

Il quitte l'arrêt de bus, replonge dans la circulation.

« On la laisse et on y va, déclare Adam, un peu plus pressant cette fois.

— Adam ! Je suis ta mère, maintenant.

— Ma mère est morte, répond-il en se frappant la poitrine. Vous n'êtes la mère de personne.

— Elle nous a fait sortir de l'orphelinat, dit Alice d'une voix apaisante, comme si elle essayait de calmer le jeu. Et maintenant on est libres. » Puis, presque comme si elle avait pris le temps de réfléchir, elle ajoute : « Mais elle est sympa. On ne lui fait pas de mal, OK ? »

Elle effleure à nouveau l'épaule de Toby.

Adam essaye d'ouvrir sa porte.

« Ouvre et on la fait sortir. Après, on s'en va. »

Toby déverrouille les portes, les loquets cliquettent.

« Arrête-toi ici, dit Adam.

— Ou n'importe où », ajoute Alice.

Ils sont arrivés dans Canal Street. Les propriétaires des boutiques qui vendent des casques, des vieux DVD, des Crocs, des cache-pots, des accessoires de plomberie, des plumeaux, des fleurs en plastique et des poupées à l'air malade, aux cheveux rouges et aux yeux fous ont fini de traîner leur quincaillerie sur le trottoir et la surveillent maintenant anxieusement, tandis que des milliers de piétons défilent devant eux. Toby s'arrête sur une place de livraison, derrière un petit camion poussif où deux Chinoises à l'allure triste et fatiguée déchargent des cartons ouverts de chaussons de douche.

« Allez, faisez-la sortir, ordonne Toby.

— Je ne sortirai pas », dit Cynthia.

Elle coince ses pieds contre le dossier du siège avant pour affermir sa prise.

« Peut-être qu'elle veut son téléphone... »

Toby jette un œil au téléphone, sur le siège vide à côté de lui.

« Et merde ! » dit-il, en le lançant derrière.

Alice l'attrape, le remet dans le sac de Cynthia et murmure :

« Partez !

— Hors de question », répond Cynthia.

Alors, c'est ça, être parent. Seigneur, quel cauchemar...

« Videz-la, gronde Toby. Allez, faut qu'on bouger. »

Les jumeaux referment leurs mains, petites, mais incroyablement fortes, sur les bras de Cynthia et malgré ses efforts, malgré ses cris, ses menaces, la font sortir de la voiture. Les reverra-t-elle jamais ? Son esprit n'est que chaos, une explosion de mots, de peurs, d'impulsions. Ils l'ont accablée, le monde tourne, pulse.

L'instant d'après, elle est debout, dehors, les jumeaux à ses côtés.

Toby les hèle :

« On y va, montez. »

Mais les enfants prennent Cynthia par la main, Adam à droite, Alice à gauche, et, agrippés à elle, ils se mettent à marcher, à trotter, à courir. Ils entendent les cris furieux de Toby. Le hurlement des pneus quand il passe en marche arrière.

« Métro, dit Alice.

— À l'angle, répond Adam.

— Oh, les enfants, les enfants ! » parvient à articuler Cynthia.

Elle nage en pleine symphonie – cordes, cuivres, timbales – et elle ressent un amour infini.

En courant vers la bouche de métro, les enfants lèvent ses mains à leurs lèvres, en embrassent le dos. L'un d'eux (elle est trop secouée, trop troublée pour savoir lequel) lui lèche même la main.

Rodolfo est assis devant la fenêtre, dans le vieil appartement de Riverside Drive. Il essaye de s'occuper l'esprit – il y a tant à faire, des commandes à suivre, de l'argent à planquer, son business comporte des centaines d'éléments mobiles –, mais il ne peut pas s'empêcher de surveiller la rue en bas, de guetter un signe de Toby et des jumeaux ; il a cédé à ses préoccupations personnelles et reste assis là, à attendre.

Alice.

Oh, Alice…

Pendant qu'Alice était loin, il a souvent pensé à elle. Et quand il a appris qu'elle revenait, son désir de la revoir a tourné à l'obsession. Entendre sa voix. La toucher. Il a attendu ce jour patiemment. Mais ce jour est arrivé et il n'en peut plus d'attendre. Ses pensées s'emballent. Il a tant à lui montrer. L'appartement. L'argent. Le réfrigérateur Sub-Zero Pro 48, idéal pour conserver le sang au frais.

Rodolfo entend des pas derrière lui, *clic-clic*, sur le plancher nu. Il ne veut pas qu'on le dérange, ne se retourne pas. Dans le reflet de la vitre, il voit que c'est Polly, la plus intelligente et la moins sauvage de tous les laissés-pour-compte de sa bande – une bande qui ne compte pas que les neuf gamins qui habitent ici à Riverside, mais une centaine d'autres partout en ville, dans les squats, les refuges, les parcs.

Polly attend que Rodolfo montre qu'il sait qu'elle est là. Une minute passe. En silence. Elle finit par parler.

« Il y a peut-être des bouchons.

— Peut-être », souffle Rodolfo.

Elle attend qu'il se retourne. Elle a toujours su qu'elle n'était pas assez belle pour lui.

« Tu ne peux pas la sauter, tu sais », dit Polly.

Elle reconnaît le sarcasme dans sa propre voix, le regrette. Rodolfo ne répond pas, ne montre en rien qu'il sait qu'elle est là.

« Je veux seulement dire... » commence Polly. Elle fait demi-tour pour sortir – impossible. Elle pense encore que les incompréhensions peuvent se lever d'une phrase ou deux. « Je sais qu'elle est vraiment mignonne, reprend Polly. Alice. Mais tu sais, je veux seulement dire que si vous aviez un accident, le bébé pourrait être... tu sais. Bizarre. »

« On y est, les enfants ! » dit Cynthia, en mettant la longue clé brillante dans la serrure de la demeure ancestrale des jumeaux, située dans la 69e Rue.

Parce qu'elle a supervisé le nettoyage de la maison, Cynthia peut maintenant la voir sans être submergée de souvenirs de Leslie, d'Alex et de la vie qui s'est écoulée dans ces pièces somptueuses. Elle peut la voir sans se rappeler les antiquités dignes d'un musée, tous ces objets hérités, les lugubres portraits anciens des Twisden morts depuis longtemps. Et elle peut enfin revoir l'endroit sans les souvenirs répugnants de l'abîme dans lequel il avait sombré : les murs griffés, le mobilier moisi, les portes barricadées, la cave pleine de cages qui servait aussi d'abattoir.

Elle se demande comment Adam et Alice voient la maison. C'est leur foyer, mais c'est aussi la maison où on les enfermait la nuit, l'endroit qu'ils ont essayé de fuir au péril de leur vie. En ouvrant la porte et en les faisant entrer, elle est heureuse que l'air y soit frais, et que la première chose qu'ils voient soit un vase plein de roses blanches.

Et pourtant, quelque chose cloche. Elle sent une présence dans la maison. Elle ne s'attarde pas sur cette pensée. Elle s'oblige à la dépasser, mais la pensée reste, comme une odeur de tabac après avoir traversé une pièce enfumée.

« Voilà, les enfants... », mais elle n'a pas le temps d'en dire plus.

Les jumeaux foncent, se ruent à l'intérieur et courent partout, martèlent les planchers tout frais revernis, l'écho de leurs voix pleines d'excitation rebondit sous les hauts plafonds de plâtre.

C'est le moment qu'elle attendait tant, elle reste debout dans l'entrée, le sac serré sur sa poitrine, et laisse la joie l'envahir. Elle inspire profondément. La maison a beau avoir cent soixante-dix ans, elle sent le neuf : les innombrables heures passées à nettoyer, à désinfecter, à assainir ; la peinture fraîche, le plâtre neuf, les parquets poncés et vernis. Ils seront ici chez eux. C'est ici qu'ils guériront et qu'ils vont devenir une famille. Une famille ! Le mot n'a jamais eu autant de sens pour elle qu'à cet instant précis.

« Là-haut, là-haut ! appelle Alice.

— J'arrive ! » répond Adam.

Cynthia écoute le rythme effréné de ses pas qui tambourinent dans l'escalier. Ah, la jeunesse ! Pouvoir se remettre si vite, savoir saisir le bonheur dès qu'il apparaît.

Les yeux de Cynthia s'embuent. Comme une fièvre qui tombe, ses inquiétudes ont disparu.

Remplacées par un bonheur qu'elle n'a encore jamais connu. Elle n'est pas très croyante, mais la chaleur qui l'emplit à présent a quelque chose de sacré. Sacré, l'amour d'un enfant sans défense, sacré, le sacrifice de soi pour les autres, sacré, le souvenir de sa pauvre sœur, sacré est le lendemain. Demain, oh ! demain sera beau, la plus belle consolation que Dieu accorde : le temps intact, qui nous appartient pour rendre le monde encore plus parfait.

Quatre

Toby a garé la Town Car dans un garage souterrain, à quelques pâtés de maisons de l'appartement où il habite avec la bande, et remonte lentement Riverside Drive, à pied. Il déchire le ticket de parking – c'est une voiture volée après tout, et il n'a pas l'intention de revenir la chercher. Il n'est quand même pas bête. Il n'est pas du tout pressé de rentrer à l'appartement affronter la colère de Rodolfo quand il apprendra qu'il n'a pas pu ramener les jumeaux. (Toute la bande sait que Rodolfo est carrément obsédé par la petite Alice, même si Toby ne voit pas du tout ce qu'il lui trouve : en gros, elle ressemble à son frère, seins et cul compris.) Il ne fait aucun doute que Rodolfo va être furieux. La seule question, c'est ce qu'il va faire à Toby. Avec R., on ne sait jamais. Parfois, il prend tout bien, il ne joue pas les chefs, ne vous juge pas et suit le mouvement. Et il y a d'autres fois où il devient complètement dingue et il vous colle au mur, ou vous donne des baffes ; un jour, deux gars se sont même fait virer à coups de pied de l'appartement, virés de la bande, laissés à leur sort, et personne ne sait ce qu'il est advenu d'Ulysse ou de Menachem. Ils sont peut-être morts, ou alors ils sont quelque part dans Central Park, ou à la campagne, ou même – on ne sait jamais – ils ont la belle vie dans les Hamptons, ils dorment dans les forêts de petits chênes pendant la belle saison, et squattent une belle maison quand l'été est fini et que les princes et les princesses sont rentrés à Manhattan.

Le ciel est piqueté de petits nuages, comme des bateaux à voiles dans un port. Toby s'arrête pour les observer. D'habitude, il n'y a pas ces petits nuages cotonneux dans le ciel de New York ; d'habitude, il est simplement d'une couleur ou d'une autre. Un long nuage en forme d'alligator chasse un troupeau de nuages en forme de moutons qui remontent vers le nord, droit sur l'Hudson. Toby, intérieurement, presse les petits nuages : *Allez les gars, flu vite.*

Quand il baisse les yeux, il voit un homme qui s'avance vers lui. Grand. Couleur champignon. Trente ans, peut-être. Genre loser solitaire. Des cheveux courts, noirs, hérissés, passés au gel et luisants au soleil. Il est vêtu d'un pantalon taille haute noir et d'un T-shirt des Yankees qu'il a l'air de porter pour la première fois. Il a un livre noir usé à la main, une bible, peut-être ?

Toby sait à l'allure du type qu'il n'est pas juste sorti se promener. On dirait qu'il fonce droit sur lui – et, en cela, Toby ne se trompe pas.

« Bonjour », dit l'homme.

Il est sur le trottoir, tout près de Toby.

Deux assistantes maternelles qui promènent des enfants dans des poussettes les croisent en devisant en espagnol. Toby et l'homme descendent un instant du trottoir pour les laisser passer.

« Puis-je vous montrer quelque chose ? dit l'homme.

— Si c'est ton machin, j'te buter », promet Toby.

L'homme sourit. Il a des dents petites, ternes – une déficience en vitamines, peut-être.

« Quelque chose de bien plus intéressant. »

On dirait qu'il a une sorte d'accent, et puis en fait pas du tout. L'homme lève le livre noir.

Ce n'est pas une bible, finalement. Dieu merci ! De plus près, Toby voit que c'est un album de photos, gonflé de pages en plastique. Est-ce que ce type va lui montrer des photos pornos ?

« Moi, pas intéressé », dit Toby.

Il commence à s'éloigner.

« Ah, mais ça va vous intéresser, je vous le garantis. »

Il agrippe l'épaule de Toby, l'arrête.

Toby se demande si le type a seulement conscience qu'il pourrait le réduire en miettes. Il retire vivement son bras, mais la force de l'homme le surprend. Sa prise n'est pas assez forte pour retenir Toby, mais bien plus grande qu'il l'aurait cru.

« Quel genre de photos ? » demande Toby.

Il est maintenant curieux, et il n'est pas pressé de rentrer à l'appartement.

« Des photos de famille. » L'homme prononce

bizarrement, « pho-tos », avec une longue pause entre les deux syllabes. « Là, regardez, juste une. » Il ouvre l'album, chantonne en le feuilletant. « Oui. Celle-là. Ça, c'est intéressant. »

Le livre toujours à la main, l'homme montre à Toby une page de photos un peu passées, où les couleurs ont bavé, floues, un univers de crayons fondus. Ce sont des photos d'un homme et d'une femme dans une sorte de bureau, un cabinet médical à en juger par l'affiche d'un écorché illustrant la circulation sanguine humaine. L'homme, légèrement dégarni, a des yeux enfoncés, un long nez. Il a l'air extrêmement mal à l'aise. La femme a un visage jeune, plutôt mélancolique, et une queue-de-cheval grisonnante. Elle semble informe, comme ses vêtements.

« Comment vous avez eu ça ? »

Toby se racle la gorge.

« Vous les reconnaissez ?

— Ouais. Ma mère et mon père. »

Toby tend le bras, comme pour les toucher, mais se ravise, retire la main.

« Et ça ? » demande l'homme en tournant la page. Il y a une photo du couple, où l'homme porte une barbe et la femme épuisée s'appuie sur une canne. Tous deux ont l'air mal en point, debout devant le musée d'Art moderne, et un petit garçon de quatre ans entre eux deux leur tient la main.

Toby reste muet un moment. Ses yeux se mouillent. Il se racle à nouveau la gorge, s'essuie d'une phalange les coins de la bouche. Il murmure :

« Petit d'homme. Pris quand j'avoir pas encore peur. » L'air de douleur sur sa figure se transforme soudain en méfiance et en colère. « Qui vous être ? Qui vous être à vous promener avec des photos de mes parents chez moi ?

— Vous voudriez l'avoir ? Comme aide-mémoire, comme souvenir ? »

Toby aimerait avoir cette photo de lui entre ses deux parents, mais il rechigne à le dire. Ça fait quatre ans qu'il ne les a pas vus. Il ne sait même pas s'ils sont vivants. La dernière fois qu'il a eu de leurs nouvelles, ils étaient au bord du gouffre ; ils pourraient être n'importe où : en Californie, six pieds sous terre ou simplement à l'autre bout de Manhattan. Et pourtant, il ne peut pas totalement refuser l'offre de l'homme. Sa main reste suspendue en l'air, flotte au-dessus de l'album photo.

« Voulez-vous savoir comment j'ai ça ?

— Parce que vous être un putain de pervers ?

— Non. Je suis un homme de science qui travaille avec d'autres hommes et femmes de science. Venez. Allons de l'autre côté, nous asseoir sur un banc de Riverside Park. Je vais vous raconter toute l'histoire. »

Il tape dans le dos de Toby, assez fort, entre les omoplates, en traversant Riverside Drive.

Toby sent une piqûre, un vilain petit pincement là où l'homme l'a touché. Il commence à réagir, mais le minuscule tourbillon de douleur disparaît aussi vite qu'il est venu. Il regarde par-dessus son épaule, pour s'assurer qu'ils ne sont pas trop près de l'appartement. Il n'a vraiment pas besoin que Rodolfo ou quelqu'un de la bande se penche à la fenêtre de leur grand appartement du dix-neuvième étage qui donne sur l'Hudson et Riverside Park et l'aperçoive, assis sur un banc avec un étranger, alors que tout le monde attend qu'il ramène Alice et son frère.

« Allons un peu par là », dit Toby en prenant vers le sud et en indiquant un banc à quelques dizaines de mètres.

Le West Side Highway fait le même bruit qu'un frelon géant en colère.

Ils dépassent un vieil homme grassouillet avec son chien qui tire sur sa laisse et examine chaque arbre à la recherche d'écureuils. Le petit point douloureux entre les omoplates de Toby se réveille. Il est diaboliquement mal placé et il ne peut l'atteindre quel que soit l'angle de son bras. Finalement, à force de contorsions, il parvient à toucher l'endroit douloureux du bout d'un doigt. C'est humide ! Il retire vivement la main de sous sa chemise et examine son doigt, s'attendant à trouver du sang. Mais non. L'humidité est comme des larmes, incolore.

C'est peut-être un bouton qui a percé, se dit-il. Il renifle son doigt. Drôle d'odeur, un peu comme du caoutchouc brûlé. Bah ! La douleur s'est calmée…

Ils s'assoient sur un banc, dos tourné à l'Hudson, face aux immeubles de Riverside Drive dressés devant eux comme d'énormes pierres tombales.

L'homme s'installe confortablement, les mains derrière la nuque, les jambes croisées.

« Tout d'abord, Toby, Toby Whitaker, je vais vous dire comment je m'appelle. Je m'appelle Dennis Keswick. Je travaille pour la société Borman & Davis. Nous sommes une société de bio-ingénierie qui s'intéresse de très, très, très près aux jeunes gens particuliers tels que vous.

— Bizarre », lâche Toby.

Lève-toi, se dit-il à lui-même, mais son cerveau semble parler une autre langue que ses jambes.

« Il y a – ou il y avait – un médecin en Europe, en Slovénie en fait, qui a rendu votre naissance possible.

— Je le savoir », répond Toby.

Sa voix est étouffée, comme si elle devait traverser des couches de ouate.

« Tant mieux pour vous, Toby. Vous êtes un garçon intelligent.

— J'être pas intelligent, reprend Toby en baissant les yeux.

— Mais bien sûr que si. Vous êtes simplement... unique. Et nous voulons découvrir à quel point vous l'êtes. Vous comprenez ? Ce médecin a utilisé une formule pour aider vos parents à concevoir. Ses honoraires étaient très élevés, et la procédure très douloureuse : nous devons donc supposer que vos parents ont essayé tous les traitements possibles du monde contre l'infertilité avant d'aller le voir. » Keswick fait une pause, flatte la jambe de Toby. « Ce doit être merveilleux d'être aussi désiré. Dans ma misérable vie, je n'ai pas eu cette chance. Mon père n'a jamais voulu d'enfant ; autrement dit, il ne me voulait pas, moi. » Le rire de Keswick est aussi joyeux que le bruit d'une boîte de conserve pleine de graviers qu'on secoue. « Mais ma mère a résisté à ses suppliques pour la faire avorter. Elle était bonne catholique. Et elle était le punching-ball d'un babouin stupide.

— Je pouvre pas me lever, murmure Toby.

— Oui, j'en suis désolé.

— Qu'est-ce que vous m'avez faire ? » Toby tord le bras et essaie d'atteindre son dos, mais le geste, maladroit, le fatigue et après quelques tentatives, il renonce. « Vous m'avez piqué. »

Keswick sourit, fait oui de la tête.

« Petit malin. Il ne vous a pas fallu longtemps pour additionner deux et deux. »

Toby tente à nouveau, en vain, de se lever.

« Ne vous énervez pas, dit Keswick, presque en susurrant. Vous allez bientôt offrir une grande contribution à la science.

— J'aimer pas la science. »

La voix de Toby est à peine audible.

« Ah, mais il est bon d'y contribuer. » Keswick pose une main sur son album de photos, comme s'il devait prêter serment avant de témoigner au tribunal. « Mes débuts difficiles m'ont... disons, empêché de briller à l'école, et quand j'ai eu votre âge, il était déjà trop tard pour que j'aille au MIT ou à Stanford pour recevoir le genre d'éducation dont on a besoin pour réussir dans le monde aujourd'hui. Les hommes pour lesquels je travaille – et les femmes, d'ailleurs, les femmes aussi – sont des génies. Je ne le nie pas. Mais ils ont également été avantagés, secrètement. Ah... On fait ce qu'on peut. N'est-ce pas ? Et à présent, c'est votre tour. Vous devriez être fier, Toby. Parce que jusqu'ici, soyons honnêtes, votre vie n'avait pas de sens. Je sais comment vous vivez. Je sais où vous vivez. Je sais ce que vous faites pour rester en vie.

— Vous savoir que dalle, répond Toby, sans trop de conviction.

— Vous vendez votre sang. C'est vraiment idiot, vous savez. Vous pourriez avoir des ennuis.

— On z'a déjà plein d'ennuis. Rodolfo dire qu'on peut pas noyer un poisson. »

Toby essuie les commissures de ses lèvres du revers de la main.

« Ceux que vous avez transportés aujourd'hui, Toby, les jumeaux. Alice et Adam. »

Toby le regarde d'un œil vide.

« Nous aimerions travailler avec eux. Nous nous intéressons particulièrement à eux. »

Toby hausse les épaules, détourne le regard.

« Tout va bien. Nous savons où ils vont. Nous verrons ce que nous pouvons faire pour les convaincre de nous aider.

— Qu'est-ce que vous vouloir ?

— Tout, Toby, tout. Analyse de sang. ADN. Tests psychologiques. Tout ce qui nous permettra de reproduire ce qui vous rend si particuliers. La Fontaine de Jouvence ? peut-être. La fertilité ? ça a déjà été prouvé. Quoi que ce soit, ce que vous avez en vous... la testostérone, c'est du thé dilué, en comparaison. »

Il passe la main sur le dos de Toby.

« Non.

— Pour un garçon avec une barbe aussi fournie, tu n'es pas très poilu ailleurs, si ? dit Keswick. Tu as les mains glabres. Les bras, pas mal. Et tes jambes ? » Il se baisse, tire sur le bas du pantalon de Toby, le retrousse. Un duvet sombre recouvre le mollet, assez peu différent de celui qu'on pourrait trouver chez un adolescent. « Bien ! Tu seras peut-être très important pour notre étude.

— J'me sentir merdeux », parvient à articuler Toby. Il tend le bras derrière lui, passe la main sur un gros buisson derrière le banc. Ses doigts se serrent, il arrache quelques petites feuilles au buisson, chacune de la taille d'une oreille de souris. Il fait une tentative pour sortir de sa torpeur, secoue vigoureusement la tête et essaie de se mettre debout, mais ses jambes refusent de coopérer. Tout en lui – sa circulation, sa respiration, ses pensées – semble ralentir, ralentir, ralentir encore. Sauf son cœur, qui tambourine de peur, s'emballe comme s'il voulait courir et s'échapper plus vite que son corps défaillant. « Hé, j'avoir besoin d'aide, là. »

Il saisit le poignet de Keswick.

« Accroche-toi, petit. La voiture est là. » Keswick prononce ces mots en désignant une vieille camionnette blanche garée le long du trottoir.

Elle a toutes les apparences d'une camionnette de plombier. Il est écrit *Watertight Plumbing* sur le côté, avec le dessin d'un robinet d'où coule une seule goutte d'eau. Keswick remet Toby sur ses pieds et le traîne à demi jusqu'à l'arrière de la camionnette. « On va s'occuper de toi tout de suite, mon garçon. Tu n'as plus à t'inquiéter de rien. »

Cinq

Le dîner. Cynthia était persuadée qu'elle pouvait faire un repas qui plaise à n'importe quel enfant de douze ans, mais faire un repas qui plaise à un enfant de douze ans convaincu que les calories vont déclencher la puberté et que la puberté est peut-être le début d'une bestialité quasiment inimaginable, c'est une autre paire de manches. Elle prépare ce qu'elle espère être un repas irrésistible pour les jumeaux, dans sa merveilleuse nouvelle cuisine, si vaste et si bien garnie, avec tout ce qu'un cordon-bleu peut désirer. Tout d'abord, des chaussons, sa spécialité, à la fois légers et pleins de beurre. Puis des burgers. Sa version personnelle des macaronis au fromage, avec une croûte de chapelure aux fines herbes. De la limonade maison. Des cookies de la boulangerie voisine – à trente-cinq dollars la livre, ils ont intérêt à être *fantastiques* !

Les jumeaux hésitent, assis devant leur assiette. Ils ont une serviette sur les genoux. Les cheveux brossés, la figure savonnée, ils ont l'air serviables, obéissants, atrocement bien élevés. Elle voudrait leur dire : « Relax ! Vous êtes chez vous ! » mais comme ils disent au centre de sevrage : un jour à la fois.

« Commencez, les enfants ! »

Elle entend la gaieté forcée de sa voix, se rappelle de ne pas en faire trop. Pour un enfant, toutes les émotions adultes sont trop grandes. Adapter ce que vous projetez à ce qui est tolérable pour une jeune psyché, c'est en baisser l'intensité de plusieurs crans, comme un acteur qui passerait de la scène à l'écran : ce qui fonctionne à Broadway devient grimaces et hurlements au multiplex.

Les jumeaux déposent dans leurs assiettes des portions extrêmement modestes, sans toucher à l'assiette de burgers.

« C'est très bon, déclare Adam en goûtant précautionneusement un macaroni.

— On dirait un chapeau, dit Alice en prenant un chausson.

— Attention, ça peut être très chaud », répond Cynthia.

Alice hausse les épaules, comme si rien ne pouvait moins l'inquiéter.

« Est-ce qu'il y a de la viande là-dedans ? demande Adam.

— Ceux de gauche sont des hamburgers normaux. Ceux de droite sont avec des légumes hachés. Je vous ai entendus dire que vous vouliez peut-être devenir végétariens.

— Oui, peut-être, dit Alice.

— "Droits des animaux", lance Adam en levant

le poing, comme s'il était à une manifestation du mouvement PETA[1].

— J'imagine que je devrais aussi, répond Cynthia. Ça vous plairait ? À San Francisco, où j'habitais, beaucoup de gens ne mangent pas de viande. C'est probablement la tendance du futur. »

Les jumeaux se regardent, incertains.

« Je crois que ça nous plairait, finit par dire Adam.

— Est-ce que tu ressembles à notre mère ? demande Alice en déchiquetant le chausson en petits morceaux.

— Elle était un peu plus jeune que moi. » Cynthia s'est préparée depuis un bon moment à des questions sur Leslie, mais subitement, face à la réalité des enfants et à la sensation presque palpable que dans leur poitrine fragile bat un cœur durement meurtri, elle ne sait plus quoi dire. « Elle était très jolie. Vous lui ressemblez tous les deux.

— Tu es jolie aussi, dit Adam.

— Oh, tout le monde disait que c'était votre mère la plus belle. J'étais celle qui travaillait bien. Mais je te remercie, Adam. C'est très gentil à toi.

— Alors ? demande Alice.

— Si je ressemble à Leslie ? Oh, je pense que oui. Même taille, même silhouette. Ses cheveux étaient plus roux. Et elle avait des yeux…

— Quoi, ses yeux ? »

Il y a un éclair d'inquiétude dans la voix d'Alice.

1. People for the Ethical Treatment of Animals (« Pour une éthique dans le traitement des animaux »).

Qui rappelle à Cynthia que les derniers souvenirs que les enfants ont des yeux de Leslie sont probablement terrifiants : des yeux brûlants de faim.

« Vert émeraude, pailletés d'or », continue Cynthia doucement. *Comment changer de sujet ?* « Ah, les enfants, j'ai failli oublier. J'ai fait de la limonade. Toute fraîche. »

Dans la cuisine, Cynthia sort le pichet de limonade du réfrigérateur Sub-Zero, le pose sur le comptoir et respire profondément, pour se calmer. Ces enfants si petits, leur incroyable sveltesse, leur faiblesse, leur solitude. Son amour pour eux est tout à coup une flamme si vive qu'il en brûle même la pitié, ne laissant que les braises les plus pures de l'amour.

Elle se ressaisit. Ils n'ont pas besoin de voir leur nouvelle maman les yeux pleins de larmes et le nez rouge. Autrefois, elle aurait noyé cet afflux d'émotion dans de l'alcool fort. À présent, comme elle en a coutume depuis des années, elle remercie Dieu d'être sobre. Elle est là. Elle est présente, elle est légitime. Elle vient d'entamer le plus grand voyage de sa vie.

Lorsqu'elle revient dans la salle à manger, les chaises des jumeaux sont vides. Ils ont dû partir il y a quelques secondes à peine. Elle entend leurs pas précipités qui montent l'escalier.

Cynthia est dans sa chambre, l'ancienne chambre de sa sœur et de son beau-frère, qu'au départ elle ne voulait pas occuper. Mais dans cette maison de seize pièces sur quatre niveaux, avec une bibliothèque, trois salons, une salle de jeux et assez de chambres à coucher pour accueillir quatorze personnes, cette chambre reste la plus belle, très ensoleillée en journée et pourtant orientée de manière à être protégée des bruits de la rue, la nuit : New York est non seulement la ville qui ne dort jamais, mais aussi, elle s'en est rendu compte, la ville qui ne veut pas vous laisser dormir. C'est une ville qui voudrait que vous lui teniez compagnie durant sa perpétuelle insomnie. La chambre principale est lumineuse, spacieuse, majestueuse, vraiment, avec une cheminée de marbre blanc, un parquet en étoile et, seule touche moderne, une immense salle de bains hédoniste avec bain de vapeur, jacuzzi, porte-serviettes chauffants et des miroirs en pied qui devaient briser le cœur de Leslie quand elle s'y regardait après que les traitements contre l'infertilité eurent ruiné son corps autrefois si beau.

Comme toutes les maisons anciennes, la maison de la 69e Rue a son propre langage de chocs sourds, de sifflements, de craquements et de couinements, particulièrement la nuit. Il faut s'y habituer. Si vous vous laissiez effrayer par tous ces bruits étranges, vous n'auriez plus un instant de répit. Il est un peu plus de vingt-trois heures, et ils vivent ici depuis une semaine.

La pleine lune flotte au-dessus des flèches de Manhattan, presque irréelle dans sa clarté et sa perfection, et elle semble prendre son temps avant d'envoyer sa froide lumière argentée traverser les lattes des volets et frapper les carreaux de la fenêtre de la chambre. Cynthia, qui porte un vieux T-shirt et un slip, est assise en yogi au milieu de son lit, et sirote un grand verre d'eau minérale. Elle prend une gorgée, déglutit, écoute, se demande si les jumeaux dorment. Ils ont été tous deux dans des familles d'accueil où l'on se couchait tôt, sans jamais tolérer d'exception, et Cynthia s'était attendue à ce qu'ils fêtent leur retour à la maison et leur liberté toute neuve en veillant tard et en ne respectant aucun emploi du temps.

Mais ils semblent avoir leurs habitudes et, quand l'horloge grand-père du salon du premier étage sonne vingt-deux heures, ils sont déjà en train de monter l'escalier jusqu'au deuxième étage. Et comme leur sommeil est profond ! Ils dorment un peu plus tard chaque jour. On dirait que plus ils se sentent à l'aise, plus ils sont fatigués. On dirait des voyageurs qui attendaient de rentrer chez eux, qui se languissaient comme des marins sur un lointain océan.

Et ils sont rentrés, maintenant. À la surprise de Cynthia, ils ont tous les deux insisté pour dormir dans leurs anciennes chambres, alors qu'elle aurait parié qu'ils auraient préféré dormir dans la véranda ou sur le toit plutôt que de passer une nuit dans les chambres où ils étaient enfermés (nuit après nuit) et d'où ils avaient été obligés de s'évader. Mais non, ils ont voulu reprendre leurs chambres, et c'est là qu'ils dorment, en ce moment précis.

Elle pose son verre d'eau sur la table de chevet, prend son journal et son vieux stylo Montblanc.

Cynthia a tenu un journal trois fois dans sa vie. La première quand elle avait dix ans et que son père a disparu, pour ne jamais revenir. Elle a tenu son journal quelques semaines, mais l'inquiétude que sa mère ou sa sœur ne le découvre et ne le lise la dévorait tellement qu'elle a tout écrit en code, et le code lui-même était si compliqué qu'elle ne comprenait pas vraiment ce qu'elle avait écrit.

Elle a tenu un journal pour la deuxième fois des années plus tard quand Gary Ziltron, son petit ami et associé dans Gilty Pleasures à l'époque, a également disparu. Mais si la disparition de son père était presque passée inaperçue, le départ de Gary avait été fracassant. Il avait laissé une lettre démente, méchante, qui remettait en question sa sobriété, disait d'horribles choses sur son physique et lui affirmait par-dessus le marché qu'il ne l'avait jamais aimée. En plus de ça, il avait emporté les trois quarts de leur argent liquide. Le journal post-Gary avait duré près de deux ans, et elle attribuait à cette écriture automatique le fait d'avoir réussi à surmonter la souffrance et la honte du départ de Gary.

Maintenant, à New York, elle a acheté chez Dempsey & Carroll, à côté, un superbe cahier à la couverture bleu marine en papier de lin, avec un filigrane de la marque sur chaque page. Elle trouve sa nouvelle vie étrange et excitante, et, faute de gens à qui en parler, elle a vite découvert du réconfort, et même une certaine forme bizarre d'amitié, dans son journal. *J'ai peut-être toujours voulu être mère,* écrit-elle avant de s'arrêter. Elle sourit en se rappelant que depuis sept jours qu'elle confie ses pensées à son cahier, elle a déjà écrit cette phrase sept fois. *J'ai toujours eu pitié des mamans que je connaissais. Toujours inquiètes, épuisées. Les enfants sont des vampires, ils vous sucent le sang. C'est ce que je croyais. Mais maintenant, dans le silence de cette belle maison, en savourant ces fins de soirée qui n'appartiennent qu'à moi, je suis déjà impatiente d'entendre leurs pas dans l'escalier. Le dîner de ce soir n'est pas un franc succès, mais quand même, c'est déjà quelque chose, une première étape. Je sais que je peux y arriver. Je sais que nous pouvons trouver un moyen. J'ai hâte d'être à demain matin, de les regarder depuis le couloir descendre l'escalier de leur chambre, à l'étage. J'ai hâte de leur demander : Vous avez faim ? Vous voulez votre petit déjeuner ? Je les aime. Je les aime tant. C'est comme une fièvre qu'on voudrait ne pas faire tomber.*

Elle tourne la page.

C'est incroyable comme ils se sont bien adaptés. Tous ces jours et ces nuits dans des familles d'accueil. Je ne sais pas combien ils en ont souffert, mais ils n'en montrent rien – en tout cas pour le moment. Ils sont surtout ravis de se retrouver. Je me sens parfois presque jalouse : de toute ma vie, personne ne m'a aimée comme ces deux-là s'aiment. Il faut que je trouve des livres sur les jumeaux !

Je sais qu'ils sont maigres. Effroyablement maigres. Mais ça va changer. Et d'une certaine manière, ils sont beaux. Comme des petits mannequins.

J'ai aussi besoin de patience. Ils ne vont pas s'attacher à moi d'un seul coup, même si j'aimerais beaucoup que ça puisse arriver.

Le projet de les faire sortir de la maison est toujours

dans la liste des choses à faire. Ils s'assiéront dans la véranda, regarderont le défilé des passants – qui ne s'arrête jamais, d'ailleurs. Les New-Yorkais vont partout à pied, et ils sont dehors jour et nuit. Mais pour ce qui est de leur faire faire de l'exercice et de leur donner de l'air pur (s'il y en a quelque part dans cette ville !), ce n'est pas la peine. J'ai essayé de les tenter, je leur ai proposé de sortir faire du shopping ou d'aller au restaurant (oui, bon !), mais jusqu'ici, tout ce qu'ils veulent, c'est rester ensemble à la maison. Arthur Glassman m'a dit une fois de les tenir à l'écart de Central Park, mais jusque-là ce n'est pas un problème. Mon problème, c'est de leur faire lever leurs jolis postérieurs du canapé et d'empêcher leurs beaux yeux bruns de regarder pendant des heures la télé, que je n'aurais jamais dû acheter, pour commencer. Et que je n'aurais sûrement pas fait entrer dans notre vie si j'avais su à quel point ces deux petits anges allaient devenir accros aux vidéos. Le seul intérêt de la télé, c'est qu'ils grignotent parfois en la regardant, si on peut appeler grignoter avaler un verre d'eau gazeuse avec une rondelle de concombre. Mais qui sait ? Ils finiront peut-être par y mettre du sirop de maïs bourré de sucre.

Au moins, ils ne regardent pas d'émissions violentes. Des dessins animés et des sitcoms familiales, la plupart du temps. Ils aiment les trucs super gentils pleins de guimauve, les émissions où le faux public fait « ooooooh » quand un des personnages de gamin prononce une phrase adorable, qu'un chiot sort la tête du panier ou qu'un héros prend une leçon de vie et que tout le monde s'embrasse ensuite.

Elle entend un bruit. Quelque chose qui ne fait

pas partie du langage nocturne habituel de la maison. C'est en réalité le bruit de quelqu'un en bas, à la porte, et qui essaierait de l'ouvrir. Elle soulève le stylo, le garde suspendu en l'air, écoute de toutes ses forces.

Silence.

Un grondement lointain. Quelqu'un qui fonce dans Lexington Avenue avec un pot d'échappement défectueux.

Elle attend encore un peu, secoue la tête.

Demain matin, Adam va en thérapie. Mercredi, c'est Alice. Ils sont en thérapie depuis que les services de la Protection de l'enfance les ont pris en charge. Et bien sûr, bien sûr, c'est une bonne chose qu'ils aient ça, ils en ont besoin. Avec leurs parents morts et tout ce qu'ils ont enduré. Et je ne saurais jamais tout, je pense. Mais tous ces psys et leurs théories m'inquiètent, et surtout je m'inquiète de la rapidité de certains à vouloir leur donner des médicaments. Je ne veux pas de ça. Tous ces traitements ont des effets secondaires. Suicidaires, notamment. Leurs parents se sont suicidés, après tout. Alors pourquoi un médecin raisonnable voudrait-il risquer leur vie comme ça ? On ne sait même pas si ces prétendus médicaments miracles marchent, de toute façon. Je ne suis pas sûre qu'ils ne soient pas avant tout des vaches à lait pour les grands labos pharmaceutiques.

C'est là que j'interviens. J'en ai le droit. Je décide. Je suis leur mère.

Seigneur, c'est si bizarre d'écrire ça.

Mais c'est vrai.

Je suis leur mère.

Seigneur, guidez-moi. S'il vous plaît, aidez-moi à faire le bon choix.

De nouveau, ce bruit.

C'est plus perturbant, la deuxième fois. Cynthia retient sa respiration, tend le cou, penche la tête. C'est la porte, la porte d'entrée.

Mais pourquoi ?

Elle va à la fenêtre, sans se soucier d'être simplement en T-shirt. Elle soulève une des lames du store, essaie de voir, mais ce qui fait de sa chambre la meilleure pour dormir en fait aussi la moins bien située pour surveiller le monde extérieur. Elle ne voit que l'arrière de quelques maisons qui donnent sur la 70e Rue, bleu pastel et grises le jour, noires la nuit, et son jardin à elle, à présent envahi d'herbes folles.

Elle se dit qu'elle est seulement nerveuse. Elle se dit que ce sont les millions de bruits de la ville qui la font flipper. Elle se dit que là tout de suite, la meilleure chose à faire, c'est de se mettre au lit, d'éteindre la lumière et de faire une longue, une délicieuse nuit de sommeil.

Sauf que son cœur bat comme un cheval au galop.

Elle traverse la chambre, ouvre la lourde porte de chêne de trois mètres de haut. Le couloir est sombre, à l'exception d'une veilleuse en forme d'étoile branchée sur une prise entre sa chambre et la cage d'escalier. Un courant d'air venu d'elle ne sait où caresse ses jambes nues ; elle en a la chair de poule.

Elle voudrait avoir une arme, bien qu'elle ne sache pas s'en servir. En arrivant en haut de l'escalier – elle agite le bras gauche tendu devant elle, à la recherche d'obstacles, comme une aveugle dans un environnement inconnu –, elle se souvient qu'il y a deux lourds chandeliers de cuivre posés sur une console de pin sculptée encastrée dans le mur, au-dessous d'un des tableaux de famille qui a survécu à la spirale de dénuement d'Alex et Leslie. C'est un portrait de Thomas Twisden, le magnat de la papeterie, peint en 1887 alors que physiquement il déclinait, visiblement : un vieil homme mince aux cheveux clairsemés, avec un sourire tordu qui semble comprendre pour l'éternité du portrait que tout l'argent du monde ne le protégera pas de la mort.

Cynthia tâtonne dans le noir à la recherche d'un chandelier. Rien. Rien. Et puis… elle en saisit un ! Elle serre les doigts sur le métal froid et lisse, sent le poids de son pied terriblement lourd et épais.

Elle descend lentement l'escalier, vers l'obscurité du rez-de-chaussée qui l'attend comme une flaque d'eau noire. Les maisons sont faites pour nous protéger de tous les dangers de la vie, et pourtant elles peuvent être absolument terrifiantes. Et si vous aviez enfermé à l'intérieur précisément ce que vous espériez si ardemment laisser dehors ? Un bref instant, les phares d'une voiture qui passent illuminent le bout d'un canapé, un lampadaire, puis tout redevient obscurité.

Elle arrive au bas de l'escalier, tâtonne le long du mur à la recherche de l'interrupteur. Mais non… elle ne veut pas s'annoncer, elle ne veut pas être vue. Il y a un superbe bureau début XVIIIe à un seul tiroir dans l'entrée, où Cynthia pose le courrier, avec deux soucoupes, l'une pour la monnaie, l'autre pour ses clés. Dans le tiroir, dans le méli-mélo de petits objets pour lesquels elle n'a pas encore trouvé de place, il y a une lampe torche : elle a vécu presque toute sa vie en zone sismique et sait qu'il faut plusieurs lampes torches dans une maison. En suivant les murs des doigts, elle arrive dans l'entrée. Elle ouvre le tiroir aussi silencieusement que possible et prend la lampe. Elle a le chandelier dans une main, dans l'autre la lampe qu'elle remue de bas en haut en avançant, comme un prêtre balancerait un encensoir qui fume, qui parfume.

Elle est maintenant tout près de la porte d'entrée et dirige le rayon de la lampe sur les verrous. Le verrou principal, qui se ferme de gauche à droite, semble avoir tourné : pas beaucoup, peut-être dix degrés, mais il a bel et bien tourné. Son cœur cogne furieusement, ce qui la déstabilise, elle a peur de perdre connaissance. Elle saisit le bouton entre le pouce et l'index et tourne jusqu'à ce que le pêne soit de nouveau fermement en place.

De chaque côté de la porte, il y a un long carreau étroit en verre blindé, masqué par un épais rideau blanc pour préserver l'intimité. Elle en écarte un doucement, se penche et regarde dans la rue.

C'est alors qu'elle voit l'homme, même si elle ne sait pas du tout qui il est ni s'il a un quelconque rapport avec les bruits qu'elle a entendus depuis son lit. Mais il a quelque chose de bizarre. Il se tient de l'autre côté de la rue, appuyé à la grille de fer forgé d'une maison de l'époque fédérale, un bâtiment couleur saumon avec des rampes noir et or qui encadrent son escalier d'entrée. Pour souligner davantage le cachet de la maison, ses propriétaires laissent allumés toute la nuit leurs faux becs de gaz. Ces réverbères donnent plus d'atmosphère que de véritable lumière, mais ils éclairent suffisamment l'homme pour que Cynthia puisse voir son teint pâle, presque humide d'une certaine façon, ses cheveux courts et hérissés qui luisent de gel. Il porte un pantalon noir taille haute et un T-shirt des Yankees. Tout chez lui indique le paria, le sale type, le cinglé, surtout la bible noire qu'il a à la main – du moins, elle pense que c'est une bible. Il la tient de sa main droite et la frappe en rythme de la paume gauche, comme si le livre lui servait à assommer les pécheurs.

C'est alors que Cynthia entend un cri – aigu, féminin, et grésillant de terreur. Il lui faut un instant avant de comprendre que ce cri vient de l'intérieur de la maison. Alice !

Cynthia lâche le chandelier, qui tombe bruyamment sur le sol, roule d'avant en arrière. En montant deux à deux les marches, en éclairant de droite et de gauche avec la lampe torche, Cynthia se rue au dernier étage de la maison. On dirait qu'il pousse des nouvelles marches à l'escalier alors qu'elle fonce vers les chambres des jumeaux. Chaque respiration qu'elle fait lui semble cerclée de feu. Les cris cessent et, lorsqu'elle atteint finalement le deuxième étage, elle voit que les portes sont ouvertes et que la lumière est allumée dans la chambre d'Alice.

Adam y est, assis sur le bord du lit.

« Ce n'est rien, dit-il à Cynthia. Elle a fait un cauchemar. »

Il y a quelque chose d'étonnant dans sa voix, une intonation d'autorité, une profondeur de timbre. Elle en reste muette. Et comme il ressemble à un petit homme, assis là en caleçon ! Il est large d'épaules, les muscles saillants, les jambes solides comme des troncs, couvertes de duvet brun au-dessous du mollet.

Quand Alice voit Cynthia entrer, elle ouvre grand les bras.

« Oh, ma petite chérie, ma chérie, là, là, murmure Cynthia en l'étreignant. Tout va bien, ce n'était qu'un rêve. »

Elle caresse la nuque d'Alice – la nuque de sa fille ! Sa fille ! Elle sent la douceur de ses cheveux épais, la légère âcreté un peu épicée de son haleine nocturne.

« Oh, oh, oh... »

C'est tout ce que parvient à dire Alice, tout ce qui arrive à surnager dans ce torrent de larmes. Car elle pleure à présent, pour la première fois depuis Dieu sait quand. Elle pleure, elle sanglote comme une pauvre créature dévorée par une peur purement animale, par une solitude humaine des plus terribles.

De l'autre côté de la ville, c'est comme si Rodolfo l'entendait pleurer. Quand il avait compris que Toby ne la ramenerait pas à l'appartement de Riverside Drive, Rodolfo avait été tellement déçu, et tellement abattu par son malheur qu'il avait à peine réagi à la disparition de Toby.

Pour autant qu'il sache, il est le seul à veiller dans l'appartement. Quand les autres vont au parc ou déambulent dans les rues de New York, qu'ils dansent ou qu'ils mangent, leur énergie est sans limites, mais, une fois à l'appartement et bien nourris, c'est l'extinction des feux : ils ont tous tendance à dormir assez tôt, veillent rarement au-delà de vingt-deux heures. Quelques-uns se sont couchés dans la grande pièce et se sont assoupis sur le sol en regardant la télé. Les autres ont réussi à atteindre leur lit.

Mais Rodolfo, lui, n'arrive pas à dormir, ni même à se détendre. Il est comme le survivant d'un naufrage dans un fragile canot pneumatique qui ne peut s'empêcher de scruter l'horizon, d'observer le ciel, et qui doit à chaque instant rester en alerte en espérant l'arrivée des secours.

« Rodolfo ? »

Rodolfo se retourne. C'est Polly. Elle porte un short de sport bordeaux avec le blason de son ancienne école, et un T-shirt blanc informe. Elle a des jambes longues, minces, pas très dessinées, et la peau toute lisse. Certaines autres filles doivent se raser ou s'épiler plusieurs fois par semaine si elles veulent porter des shorts, mais Polly, qui a déjà quinze ans, ne semble pas avoir ce genre de problèmes. Pour l'instant.

Dans la bande, c'est toujours *pour l'instant.* Ce qui est arrivé aux parents à la suite des traitements contre la stérilité est très différent d'une famille à l'autre. (Il y en a qui sont allés se faire piquer en Slovénie qui sont toujours parfaitement normaux. Il y en a d'autres – comme Morris, le maire, par exemple – qui peuvent garder une vie normale et efficace, et limiter leur rage et leurs appétits plus féroces aux domaines strictement contrôlés de leur intimité.)

Ce qui est arrivé aux enfants est également très différent. Pour la majorité, les enfants de la bande sont dans la moyenne : pleins d'énergie, de frénésie et de poils, mais capables de coopérer les uns avec les autres, des enfants au sang tellement chargé de peps et de vigueur animale que des personnes normales qui s'en injectent une minuscule quantité peuvent éprouver d'incroyables montées de désir et de plaisir.

Mais il y a aussi des enfants conçus grâce à ces traitements qui, une fois la puberté atteinte, ont commencé à se transformer rapidement en créatures sauvages qui ne suivent que leurs appétits et leurs instincts, qu'aucune école ne saurait éduquer, qu'aucune autorité ne saurait soumettre ; féroces, forts, pas extrêmement malins ; des bêtes incontrôlées, indomptées, qui constituent les cas aux comportements les plus extrêmes de la bande de Rodolfo à New York.

Il y en a même quelques-uns qui ont montré ces comportements extrêmes bien avant la puberté, des enfants qui déjà bébés mordaient, donnaient des coups de pied et de griffes, qui tyrannisaient leurs camarades de jeux à peine ils savaient marcher, qui épuisaient et même terrorisaient leurs instituteurs. Ces enfants, on les soignait sans trop savoir (tout à fait bêtement, en fin de compte) pour célialgie, troubles de l'attention ou hyperactivité jusqu'à ce que leurs parents les « perdent » ou qu'ils s'échappent d'eux-mêmes, le plus souvent après avoir rencontré par hasard quelqu'un de la bande, ce qui leur faisait réaliser, à leur soulagement, qu'ils n'étaient pas les seuls, qu'il y en avait d'autres dans le monde qui étaient exactement comme eux.

Ceux-là étaient des enfants dont le sang n'avait aucune valeur commerciale. Si l'un des clients toujours plus nombreux du gang consommait ne serait-ce qu'une seule gouttelette du sang de ces membres les plus extrêmes, il en résulterait une overdose, ce qui ruinerait toutes leurs affaires.

À l'opposé, il en existait quelques-uns dans le groupe qui, comme Polly, ressemblaient (pour l'instant) à n'importe quel autre gamin en plus rapide et plus fort – et qui avaient mortellement peur de leurs parents qui, eux, ne s'étaient pas sortis aussi bien des traitements contre la stérilité administrés par le Dr Kis. Polly s'essuie la bouche d'un revers de main. Rodolfo le devine : elle vient de vider le contenu de son estomac. Elle n'est pas la seule à suivre ce régime : exercice, grignotage, purge. Le but est de faire barrage à la puberté. On dit qu'un corps à qui on donne juste assez de nutriments pour survivre ne mûrit pas. Que les poils restent enfermés tout au fond de leurs follicules. Que les seins des filles n'apparaissent pas. Que les hanches restent étroites, au lieu de s'élargir pour permettre un futur accouchement. Que la menstruation ne se produira pas. Il y a même deux garçons qui jouent à cache-cache avec leur puberté. Little Man survit avec quatre cents calories par jour. Il a quinze ans et en paraît dix ; son sexe ressemble à une noix de cajou avec deux raisins secs entourés de duvet. Son haleine sent un peu le vomi ; ses dents ont perdu la moitié de leur émail à cause du flux constant d'acide stomacal qui les baigne.

Rodolfo décide de donner un os à ronger à Polly et de ne pas l'ignorer – il sait très bien que pour être le chef, il faut être un peu dur et, quand elles s'y attendent le moins, montrer à ses troupes un peu de douceur et de magnanimité.

« T'es réveillée, lui dit-il. Ça va ? »

Elle sait qu'il sait qu'elle s'est fait vomir et baisse les yeux, reconnaissante et timide.

« J'ai regardé dans le frigidaire. Il y a beaucoup de doses. »

Dans la bande, on donne aux flacons de sang vendus sous le nom de Zoom des noms divers : doses, coups, shots, balles, boules, bulles ou pointes. Elle dit « doses » parce que Rodolfo les appelle « doses ».

« Oui, on en avoir innombrables.

— Il y en a pour près de vingt-cinq mille dollars, là-dedans.

— C'est bien », dit Rodolfo.

Il plisse les sourcils tandis qu'elle s'approche. Involontairement, il tente de déchiffrer son odeur et ses narines se dilatent. Elle sent le linge propre et le bain de bouche.

« C'est elle que tu attends ? demande Polly.

— Non », répond-il très vite.

Elle sourit. Elle sait qu'il ment et se sent plus proche de lui de le savoir.

« Tu veux voir ce que je sais faire ?

— Qu'est-ce que tu sais faire ?

— Ça. »

Elle exécute un saut périlleux arrière parfait, puis encore et encore, en quittant à peine sa position initiale. Les verres et les bols abandonnés sur place s'entrechoquent sur les tables, sur le manteau de la cheminée. Elle a le visage un peu rouge. Elle lève les bras comme une artiste de cirque à la fin de son numéro.

« Les voisins, dit Rodolfo en désignant le plancher.

— Et ça. »

Polly tire la langue. Elle est rose foncé et brille sous la lumière du plafonnier.

« Et alors ?

— Attends, d'accord ? Attends. »

Elle déglutit, relâche les épaules, et tire à nouveau la langue, un peu plus loin cette fois. Ses yeux s'écarquillent. Ceux de Rodolfo aussi : c'est plutôt surprenant de voir le bout de la langue de Polly atteindre son menton. Mais ça devient dérangeant. Polly continue à étirer sa langue dont le bout arrive alors… à sa gorge.

« Waouh ! » parvient à dire Rodolfo.

Mais elle n'a pas fini. Le bout de sa langue descend de plus en plus bas, et elle a maintenant comme un pendentif de chair rose au milieu de la poitrine. Sa bouche s'ouvre le plus possible tandis qu'elle étire encore sa langue, jusqu'à pouvoir, si elle le voulait, se lécher le creux du nombril.

« Arrête cette merde », dit Rodolfo.

Elle rétracte sa langue, qui fait *zip* en remontant dans sa bouche, comme un mètre ruban qui se rembobine. Elle s'essuie le coin des lèvres, inspire profondément.

« Qu'est-ce qu'on est, Rodolfo ? Bon Dieu de merde, qu'est-ce qu'on est ? »

Il est plus de minuit, presque une heure du matin. Cynthia est dans son lit, à mille lieues du sommeil. Elle pense à cet homme qui rôde de l'autre côté de la rue, avec sa bible. Elle se demande s'il a un rapport avec ces bruits qu'elle a entendus. Elle se dit qu'elle est idiote. Cependant, elle ne cesse de s'interroger.

La vieille maison continue de ruminer. Plus il est tard, plus la maison a des choses à dire. La tuyauterie a son opinion. Les solives se plaignent. Les planchers sont inconsolables. Un bourdonnement provient de quelque part : une ampoule qui grésille ? Un câble électrique rongé prêt à prendre feu ? Une forte brise d'été pousse les branches du cornouiller contre la maison, ses feuilles et ses petites branches grattent frénétiquement les fenêtres.

Mais il y a aussi un son agréable. Celui de la respiration profonde et calme d'Alice qui dort à côté d'elle. Elle porte un pyjama enfantin, en coton clair, imprimé de nounours. Boutonné de bas en haut. Elle a les doigts serrés sur le bord de ses manches, même en dormant. Elle est allongée sur le dos, bras croisés sur la poitrine, comme un enfant dans une tombe. Ses cheveux s'étalent sur l'oreiller. La brève lumière des phares d'une voiture qui passe balaie sa figure, ses lèvres roses, ses longs cils.

Cynthia a été surprise – et soulagée – d'avoir réussi à convaincre aussi facilement Alice de descendre dormir dans sa chambre. Avec une candeur totale, une confiance absolue, la fillette avait laissé Cynthia lui prendre la main et l'emmener. Sans bruit, Alice s'était glissée dans le lit et s'était presque immédiatement endormie.

« Ma petite Alley-Oop [1] », avait murmuré Cynthia, ce qui avait fait sourire la petite fille dans son sommeil.

Mais à cet instant… quelque chose paraît déplacé. Quelque chose ne va pas.

Il y a quelqu'un d'autre dans la chambre.

---

1. Héros d'une bande dessinée américaine. C'est un homme des cavernes, mi-chimpanzé, mi-homme.

Tout au moins, c'est ce que craint Cynthia.

Non. C'est plus que de la crainte. Ce n'est pas son esprit qui lui joue un sale tour. Ce n'est pas comme si elle redoutait que le bruit dans les tuyaux soit en réalité le pas lourd d'un intrus. Ce n'est pas comme si elle essayait de savoir si les bruits extérieurs sont en réalité ceux de quelqu'un qui tente de pénétrer dans la maison. Ce n'est pas de la peur. C'est la réalité. La réalité pure.

Cynthia se redresse sur les coudes en espérant ne pas réveiller Alice. Elle scrute l'obscurité de la chambre, mais c'est comme d'essayer de voir le fond d'une bouteille d'encre.

Elle n'a d'autre choix que d'allumer sa veilleuse.

Il y a deux mondes, identiques mais différents : le monde de l'obscurité et celui de la lumière. Ils existent simultanément, ils vivent à l'intérieur l'un de l'autre, et pourtant leurs réalités divergent profondément. D'un clic, elle allume la lampe, et l'obscurité, avec tous ses dangers et ses mystères, disparaît comme si elle n'avait jamais existé, remplacée par les colonnes de lit et le tapis, les volets, les murs refaits à neuf, le fauteuil rembourré sur lequel les vêtements de la veille ont été déposés, son cahier bleu marine qui est tombé du lit quelques heures plus tôt. Et pourtant, si l'obscurité peut chatouiller et torturer l'esprit, elle offre aussi un espoir, un certain degré de déni. Mais à présent, dans la lumière triste de la chambre, Cynthia voit quelque chose qui la terrifie tant qu'elle se bouche aussitôt les oreilles, comme pour étouffer le son de ses propres cris. Mais elle est si abasourdie qu'elle ne peut même pas crier: il y a quelqu'un, là, pelotonné sur le sol sous une couverture bleu pâle.

Elle tend la main vers son téléphone, voudrait que ce soit un pistolet. Elle tirerait, sans sommation.

Et pourtant, juste avant que cette vague de peur ne devienne une panique incontrôlable, elle distingue quelque chose qui lui semble familier. Ses cheveux. Sa main.

Elle repose le téléphone.

C'est Adam. Il y a une demi-heure, il était dans la chambre d'Alice, les bras croisés de colère sur sa poitrine, regardant d'un air désapprobateur Cynthia emmener sa sœur dans l'escalier jusqu'au premier étage. Mais on dirait qu'il a changé d'avis. Il n'a peut-être pas la force de rester seul là-haut. Ou il n'est peut-être pas dans sa nature de rester loin de sa sœur s'il n'y est pas forcé. Ou peut-être recherche-t-il, ou même a-t-il besoin du réconfort que Cynthia a offert à Alice.

Quelle qu'en soit la raison, il est là. Il dort par terre, l'avant-bras en guise d'oreiller.

Il est bien possible que Cynthia ne se soit jamais sentie aussi heureuse de sa vie – et quel étrange bonheur, aussi. Pas à vous faire trépigner sur place, à lever le poing serré, à lancer votre chapeau en l'air, plutôt un bonheur qui fait gonfler votre cœur, vous met au bord des larmes, un bonheur qui vous emplit comme une musique d'orchestre, un bonheur qui vous rappelle que la vie est fragile et fugace…

Cynthia éteint et se glisse hors du lit sans bruit. Globalement, la maison demeure pour elle un environnement étranger, mais elle a quand même mémorisé le chemin entre son côté du lit et la salle de bains, et elle peut entreprendre avec confiance ce voyage de treize pas sans l'aide de la lampe – les yeux fermés, en réalité.

Elle a également mémorisé les contours de la salle de bains, et s'assied à l'aveugle sur la lunette glacée des toilettes, et, en soupirant longuement, se vide la vessie.

Mais il y a quelque chose de bizarre et, tandis qu'elle urine, elle plisse le front, tente de comprendre où se situe le problème.

Le bruit ! Ce n'est pas un bruit de jet d'urine tombant dans la cuvette des toilettes, mais un son sourd, comme de la pluie qui tomberait sur un tas de feuilles épaisses. Elle se lève à demi, scrute l'obscurité. Elle tâtonne à la recherche de l'interrupteur, le trouve, inonde la salle de bains de lumière.

Il y a une chauve-souris, une chauve-souris dans la cuvette ! Ses fesses nues étaient à quelques centimètres de l'animal et elle a uriné dessus. Comme la plupart des gens, Cynthia a prononcé les trois mots « Oh, mon Dieu ! » des centaines de fois, mais ils n'ont jamais eu autant de sens que cette fois-ci. Elle remonte son slip, s'appuie contre le mur pour garder l'équilibre, si effrayée et révulsée que ses jambes ne lui sont plus d'aucune utilité ou presque.

Est-ce qu'elle est morte ? De temps en temps, une chauve-souris s'introduisait chez elle, à San

Francisco. La première fois, elle avait appelé la police. Ça ne lui avait servi à rien, bien sûr, mais au moins ça avait fait rire les gars du commissariat. La deuxième fois, elle avait enfilé un manteau et fui la maison. Elle s'était obligée à se documenter sur les chauves-souris. Elle avait appris qu'elles étaient en très grande partie inoffensives – le seul risque qu'elles faisaient courir était d'ordre bactérien, mais elles ne suçaient pas le sang, n'aimaient pas se prendre dans vos cheveux, ni crier, ni griffer, et ne se transformaient pas en Bela Lugosi, en Christopher Lee, en Gary Oldman, en Frank Langella ni en aucun des acteurs génialement sinistres qui avaient incarné Dracula.

C'étaient des souris avec des ailes. Elle avait essayé de se rassurer avec ça – sans succès. Cette chauve-souris dans son W.-C. s'y était visiblement coincée en cherchant de l'eau. Les chauves-souris ne peuvent pas décoller pour s'envoler. Elles doivent se percher quelque part en hauteur, lâcher prise, planer et commencer à battre des ailes. La chauve-souris (elle essaye d'y penser comme à une *pauvre créature*, mais celle-ci la dégoûte trop pour qu'elle ressente vraiment de la pitié), incapable de sortir de l'eau, a donc dû se noyer.

Il n'y a rien à faire, à part tirer la chasse pour s'en débarrasser. Mais à son grand désarroi, la bestiole est trop grosse – avec ses ailes parcheminées et dentelées, étalées, elle est de la taille d'un frisbee. Elle tourne, plonge, remonte, mais il n'y a aucune chance qu'elle disparaisse dans les tuyaux. Cynthia espère avoir plus de chance la deuxième fois, attend que le réservoir se remplisse et tire à nouveau la chasse. Cette fois, l'eau monte, déborde un peu de la cuvette et se répand sur le sol. Affolée, Cynthia tire du pied un petit tapis écologique en bambou, le frotte en espérant vite absorber l'eau souillée.

L'eau reflue dans la cuvette. Mais la chauve-souris y est toujours, flottant sur le dos, ailes déployées, les yeux grands ouverts comme de répugnants petits bonbons à la réglisse brillants, parfaitement ronds, atrocement exorbités, définitivement aveugles.

Il faut qu'elle l'enlève de là. Qu'elle trouve le moyen de la fourrer dans la petite poubelle en céramique, puis dans le gros conteneur à ordures en plastique, dehors. Elle ouvre le petit placard à balais et en sort une ventouse. En tenant l'extrémité de caoutchouc, elle enfonce la poignée de bois dans la cuvette, la fait passer sous la bestiole. Mais chaque fois qu'elle essaie de soulever le rongeur volant, elle n'arrive à le faire bouger que de quelques centimètres avant qu'il retombe dans l'eau.

Après cinq tentatives infructueuses pour extraire la chose de la cuvette, elle se résout à la catapulter. Elle glisse la poignée de la ventouse sous la chauve-souris et la fait sauter, espérant contre toute vraisemblance qu'elle aura de la chance et que la bestiole va atterrir dans la petite poubelle – après quoi elle jettera une serviette sur la poubelle et courra se débarrasser du tout dehors.

Mais elle fait sauter la chauve-souris avec beaucoup plus de force que prévu. La chose cogne le plafond avec un bruit mou, humide. Elle lève les yeux, horrifiée, s'attend au pire.

Et le pire se produit.

L'eau et la vitesse de la trajectoire ascendante de la chauve-souris se combinent pour que la chauve-souris reste collée au plafond, mais durant quelques instants seulement. La chauve-souris, la chauve-souris morte – elle est bien morte, non ? – se décolle soudain du plafond et, les ailes écartées, son horrible bouche grande ouverte, tombe droit sur Cynthia. Elle heurte le sommet de son crâne, puis descend et touche le côté de sa nuque ; chaque nanoseconde de contact avec la chose est indescriptible. Elle glisse le long de son T-shirt. Cynthia hurle à présent, sans penser qu'elle va réveiller les enfants. Elle agrippe son T-shirt, l'écarte de sa peau et la chauve-souris – elle est morte, ce n'est pas possible autrement – atterrit sur le dos, sur le carrelage noir et bleu de la salle de bains.

Ses yeux aveugles sont ouverts. Pourquoi les chauves-souris ont-elles des yeux ? Y a-t-il un meilleur argument que celui-ci à l'encontre de la notion de dessein divin ? On dirait qu'elle regarde Cynthia.

Et sa petite poitrine osseuse, qui contient son méchant petit cœur, se soulève et s'abaisse.

« Nooon ! » hurle Cynthia qui réalise que la chauve-souris respire.

La bestiole émet un son, un mélange de cliquètement et de couinement à vous arracher les nerfs.

Ses petites pattes de rongeur tressautent. Elles ressemblent à des queues de raisin desséchées.

C'est alors que, pire encore, la chauve-souris tente de battre des ailes. Dans cette position, et dans cet état de quasi-inconscience, elle ne peut que les soulever d'un centimètre à peine, une fois, deux fois, puis une troisième, avant de renoncer.

Mais elle ne renonce pas, pas vraiment. Elle est allée boire dans une cuvette de W.-C., y est restée coincée et elle a survécu. On lui a uriné dessus et elle a survécu. On l'a jetée contre un plafond, et elle a survécu. Cette créature peut aussi bien être indestructible.

Cynthia a toujours la ventouse à la main. Elle n'a plus qu'une chose à faire. Elle la soulève au-dessus de sa tête pour écrabouiller le chiroptère avant qu'il ne puisse s'envoler. À part des insectes, elle n'a jamais rien tué, mais elle s'y prépare sans hésiter. Elle tient la ventouse à quelques centimètres de sa tête de caoutchouc concave, recule pour pouvoir l'abattre sur la chauve-souris avec la plus grande force possible, et entame son mouvement descendant, avec un son qui tient du grognement et du cri strident, comme ces joueuses de tennis russes quand elles frappent un revers.

Mais son mouvement est stoppé à mi-chemin. L'arrêt brutal tord l'épaule et le poignet de Cynthia. Surprise, troublée, elle se retourne.

« Non, dit Adam, qui a saisi l'autre bout de la ventouse. S'il te plaît. »

La ventouse toujours dans la main, il la pousse doucement sur le côté.

Il s'accroupit près de la chauve-souris. Adam est si beau que Cynthia doit détourner le regard. Il murmure quelque chose à la créature, que Cynthia ne parvient pas à comprendre.

« Ne la touche pas, Adam, dit-elle.

— Adam ? »

C'est Alice, qui se tient dans l'encadrement de la porte de la salle de bains en se frottant l'œil droit. Elle a transpiré dans son pyjama de petite fille et la couleur des oursons, bleus au départ, a viré au noir.

« Tout va bien, Alice », la rassure Adam. Accroupi là, les yeux levés vers sa sœur, il ne déparerait pas dans un diorama du Muséum d'histoire naturelle sur les premiers hommes des cavernes. Il couvre la chauve-souris d'une serviette, la soulève avec précaution, visiblement plus soucieux de la sécurité de la bestiole que de la sienne, et secoue doucement la serviette jusqu'à ce que la chauve-souris glisse dans la poubelle.

« Je reviens tout de suite », dit-il.

Alice et Cynthia restent silencieuses après son départ, jusqu'à ce qu'Alice finisse par dire :

« Il les aime, et elles l'aiment.

— Les chauves-souris ? Vraiment ? Les chauves-souris ?

— Tout. Tout ce qui est vivant. »

Six

Ils arrivent de partout, Uptown, Downtown, Queens, Brooklyn, Bronx, Westchester et même Staten Island, et ils arrivent à pied, en skate-board, à vélo, en métro. Quelques-uns, bien que trop jeunes pour en avoir le droit, viennent même en voiture et, comme tous les New-Yorkais qui espèrent éviter les garages aux tarifs astronomiques, font le tour des blocs qui bordent Central Park, à la recherche d'une place de parking. Ils viennent seuls, par deux ou par trois, même si, comme tous les adolescents, ils aiment être en bande : l'esprit de meute s'applique tout particulièrement à ces ados-là. Mais ils ne veulent pas attirer l'attention, et une troupe de jeunes convergeant vers Central Park au beau milieu de la nuit (en réalité, c'est le matin, il est trois heures, il fait chaud, lourd et la pleine lune apparaît, disparaît, reparaît dans le ciel noir et épais) attirerait à coup sûr fâcheusement l'attention.

Plus tard dans la journée, le maire, Morris, va se produire au cours d'une cérémonie en préparation depuis des semaines. David Chilowich, un des rares gérants de fonds spéculatifs dont les démêlés avec la Commission des affaires de Bourse et le procureur général de New York n'ont jamais donné lieu à des poursuites, et qui a à son actif une impressionnante série d'actions citoyennes, vient de faire don de trois cents millions de dollars à la Guilde pour la préservation de Central Park. Il remettra le chèque au maire lors d'une réception qui, si tout se passe bien, permettra à Morris de remonter dans les sondages (il baisse depuis des mois) et augmentera les chances de Chilowich de ressortir libre d'un tribunal au cas où sa faculté à éviter les mises en examen en vienne à défaillir. On a monté une scène près d'un des nombreux bassins du parc, et installé des sièges pour près de cinq cents soi-disant dignitaires. Micros, haut-parleurs, caméras de surveillance, tout est prêt, et plusieurs flics du commissariat de Central Park ainsi que des employés et les bénévoles de la Guilde pour la préservation de Central Park sont sur place, même à cette heure de la nuit, pour s'assurer que rien dans ces préparatifs méticuleux ne sera perturbé.

La cérémonie à venir signifie que la sécurité a été renforcée, mais celle-ci est concentrée sur la partie nord du parc, autour du réservoir Jacqueline-Kennedy-Onassis ; la bande se réunit à vingt pâtés de maisons de là, côté ouest, dans l'aire de jeux Diana-Ross. Dans ce petit terrain de jeux baptisé ainsi en souvenir du concert donné par la chanteuse il y a des dizaines d'années à Sheep

Meadows, tout près de là, la bande de fugueurs et de parias se regroupe sous la pleine lune, qui a fini par émerger des amas de nuages.

Rodolfo est leur chef incontesté, et il les a tous rassemblés ici parce que, en comptant Toby qui n'a pas reparu, quatre des leurs ont disparu le mois dernier. En jean artistiquement déchiré et en T-shirt de mousseline flottant, Rodolfo se tient au sommet du toboggan métallique en spirale du petit parc, tandis que les autres s'installent sur les structures de bois à escalader, les balançoires, ou restent simplement debout à l'écouter, captivés, avec l'attention que Rodolfo parvient toujours à obtenir d'eux.

Même s'il doit s'adresser à près de soixante-dix jeunes, Rodolfo prononce son discours d'une voix à peine plus forte qu'un murmure. Ils se sont rassemblés dans l'ombre et doivent rester aussi silencieux que possible. Les gratte-ciel luxueux de Central Park West sont tout proches, menaçants, et les adolescents du parc, dont la vie n'est que fuite et furtivité, ne veulent pas qu'on les entende.

Certains d'entre eux, qui ont grandi non loin d'ici, venaient jouer dans ce parc, tout petits, surveillés par une nounou épuisée ou des parents anxieux – des parents qui espéraient envers et contre tout que leur projet de fonder une famille se terminerait bien. Deux d'entre eux sont assis sur les mêmes balançoires qui les envoyaient au ciel lorsque leurs jambes étaient roses et lisses, qu'ils fermaient les yeux et s'imaginaient avoir le pouvoir magique de voler.

« Toi et moi, frères et sœurs, murmure Rodolfo avec ferveur en se frappant vigoureusement la poitrine et en ouvrant les bras, comme pour embrasser tous ceux qui se sont rassemblés.

— Toi et moi, frères et sœurs chuchote le rang d'adolescents le plus proche de Rodolfo.

— Toi et moi, frères et sœurs », rapporte le deuxième rang à ceux qui sont derrière.

Cinq fois, on répète les mêmes mots, jusqu'à ce que tout le monde ait entendu.

« Ce soir, c'être pas pour les affaires ; ce soir, on va parler de la survivre, murmure Rodolfo, qui attend ensuite que ses mots soient transmis, rangée après rangée. Ils emporter nos frères et nos sœurs. Qui est-ce qui fait ça ? On devoir le découvrir. »

Il attend qu'on transmette en chuchotant son message. Sa poitrine se soulève. Il se sent tellement plein d'énergie qu'il ne serait pas surpris d'éclater, de devenir pure lumière. Il ne l'avouerait à personne, mais le pouvoir, cette forme de pouvoir l'excite : faire tourner ces visages vers lui, capter leur attention…

Son message murmuré est dans l'ensemble retransmis sans difficulté, mais, comme toujours, il y en a quelques-uns dans l'assemblée – des garçons, le plus souvent – qui sont agités, distraits. S'ils étaient à l'école – mais la plupart n'ont pas mis les pieds dans une salle de classe depuis des années –, on les diagnostiquerait sûrement hyperactifs ou souffrant (et faisant souffrir les autres) de troubles de l'attention, diagnostic établi officiellement par le psychologue de l'école ou officieusement par un enseignant ou un parent qui aurait seulement perdu patience. Ces quelques survoltés font ce qu'ils peuvent pour suivre les paroles de Rodolfo et, de fait, ils entendent et comprennent à peu près ce que dit Rodolfo ; ils en entendent sûrement assez pour décider qu'ils n'ont pas besoin de s'accrocher à chaque mot. Mais ces gamins ne peuvent pas rester en place, et ils écoutent tout en lançant des coups de pied, en jouant à je-te-pousse-tu-me-pousses, en pianotant sur leurs genoux, ou, pour l'un d'eux, en tordant sa bouche en cul-de-poule en une grimace compulsive, répulsive.

« Écoute-moi, chuchote Rodolfo. On ne devoir plus parler aux gens qu'on ne connaît pas. Même s'ils avoir l'air riche ou s'ils vous donner un bon gros hamburger avec les garnitures exakment comme on veut. Pas rester. On ne pas savoir qui nous fait ça. Un homme, ou une femme. Ça peut être flics, CIA, FBI, DEA, NSA…

— Ou la PETA ! » crie une voix, dans le fond.

Les rires qu'elle fait naître sont encore plus forts. Rodolfo rit aussi, tout en indiquant du geste de faire moins de bruit, moins de bruit.

« Si vous faire du business, faut savoir, frères et sœurs, le danger dix fois grand, peut-être, dit-il la main sur le cœur, l'air extrêmement préoccupé. Ils veulent notre sang, sentir ce qu'on ressentir, forts, riches, vifs, vivants. Mais on devoir être un million de méfiants. Des flics, on le savoir déjà. Mais on doit se souvenir comment ça marcher. Si on vendre du mauvais sang, business, c'est foutu. On n'a pas tous du sang qu'on vouloir vendre. On en a parler plein de fois, mes frères et sœurs. Je crois qu'on est clairs là-dessus. »

Rodolfo s'accroupit, les bras ballants entre les genoux.

« Si vous, les lisses, vous avez pas envie de faire des trucs horribles, si vous aimer la viande cuite, si vous savoir lire, viens me voir, je vais m'occuper de vous et tu peux faire livreur. Les livreurs gagner plus, c'est vrai, mais on gagner tous quelque chose, et à la fin on n'être tous riches et n'avoir tous la belle vie. OK ? Mais si on commencer à vendre du sang trop fort et que les clients ont des crises cardiaques ou du poil au cul… »

Une vague de rires nerveux, comme une soudaine traînée de lumière phosphorescente dans une eau noire.

« … Alors, tout le monde perdre. Le business, fini. Ces riches, ils sont pas fous. Ils se parler. Y en a un qui a des ennuis, ils s'en aller tous. »

Rodolfo se redresse, lève trois doigts.

« 'Core un truc, chuchote-t-il. Le sexe. » Il pose un doigt sur ses lèvres, secoue la tête. Il ne veut pas prendre le risque de les exciter, qu'ils fassent du bruit. « On aime tous ce que faire notre corps. Pas de problème, frères et sœurs. Mais on devoir être prudents. Faut mettre une capote ; faut mettre deux si on baiser entre nous. On ne faut pas se reproduire.

— Pourquoi non ? murmure quelqu'un dans la

foule, et la question, rangée par rangée, revient à Rodolfo.

— Pourquoi non ? Je vais te montrer. Shulamith et Kevin. Bon, on connaît tous Shulamith et Kevin, ils être ensemble depuis toujours, depuis qu'on manger des écureuils et qu'on dormir dans les buissons. Ils s'aimer. Et on les aimer. »

Il fait un geste et deux silhouettes se lèvent d'un banc, à l'extérieur du terrain de jeux.

Shulamith est mince, avec de longs cheveux noirs, un visage allongé et des lèvres pleines. Kevin est large d'épaules, avec un centre de gravité très bas. Son expression, au repos, est à la fois joyeuse et secrète. Shulamith porte dans les bras un enfant emmailloté, ceux qui se sont assemblés dans l'aire de jeux Diana-Ross s'écartent, leur ouvrent un chemin tandis qu'ils s'avancent vers Rodolfo. Sans plus d'effort qu'une personne normale n'en ferait sur un terrain plat, ils remontent vivement le toboggan en colimaçon et se retrouvent à côté de lui.

Après un bref aparté, Rodolfo commande :

« Dire à tous quel âge a ce bébé.

— Gort a dix-sept semaines, dit Shulamith, qui oublie de chuchoter.

— Et... ?

— C'est un très gentil bébé, continue Shulamith.

— Et... ?

— Et on l'aimer.

— Et quoi d'autre, Shulamith ? »

L'adolescente hésite un instant, mais la décision a

été prise il y a plusieurs heures. Elle ôte lentement la couverture qui couvre l'enfant et laisse tomber le carré de coton bleu au sol. Le bébé dormait et le contact de l'air nocturne, même en cette nuit d'été étouffante, le réveille. Il ouvre un œil grognon.

Shulamith le tourne et pose son nez sur celui du bébé. Ce faisant, elle expose à la vue de tous le dos du petit. Les plus éloignés ne comprennent pas, mais ceux des deux premiers rangs voient clairement : là où devraient se trouver les omoplates de Gort, deux ailes gris pâle ont poussé.

Sept

Les jumeaux l'appellent tantôt Cynthia, tantôt tante Cynthia. «Tante Cynthia» la démoralise quelque peu, l'expression lui paraît permanente, un emploi sans avenir, sans espoir de promotion. Elle se surprend à buter continuellement contre cette petite part d'elle-même, tendre et vulnérable, qui aimerait tant qu'un jour Adam et Alice l'appellent «maman».

Quoi qu'il en soit, d'une manière ou d'une autre, ils deviennent une famille.

Les enfants se collent à elle. Ils ne l'aident pas, mais ils observent tous ses mouvements quand elle fait son lit. Ils s'assoient et discutent entre eux juste derrière la porte de la salle de bains quand elle prend sa douche. Ils mangent rapidement et la regardent silencieusement terminer son petit déjeuner. C'est déchirant, un peu embêtant, et d'une certaine façon amusant; c'est également touchant et un tout petit peu gratifiant. Voilà ce qu'elle apprend : dans une famille, rien n'est univoque. Tout a une multitude de significations.

Il n'y a aucun répit. Surtout avec ces deux-là. Leurs besoins, non encore formulés, la dépassent. La terreur dans laquelle ils ont vécu, les horreurs qu'ils ont vues, les mois et les mois passés dans le tumulte des services sociaux. À quoi rêvent-ils ? Que disent-ils à leurs thérapeutes ?

Une semaine passe, semblable à un mois. Elle voudrait être plus jeune, plus en forme. Mais avec l'âge – elle a quarante et un ans –, elle tolère peut-être mieux qu'ils épuisent chaque instant de sa journée et chaque once de son énergie sans perdre patience, sans se sentir prise au piège. Si la fatigue est ce que vous ressentez de pire dans la vie – plutôt que la douleur, la solitude, le désespoir, la rage, la faim ou la terreur –, vous pourriez peut-être aussi bien vous estimer des plus chanceux.

Une autre semaine passe. L'été new-yorkais est tel qu'Al Gore l'avait annoncé : le soleil est un cri jaune sale, le ciel un tas de nuages enchevêtrés, les nuits sont poisseuses comme des marées noires.

Elle sait qu'elle aurait déjà dû s'inscrire à un groupe, mais ça fait des années qu'elle n'a pas bu un verre, ni même pensé à en boire un, et le fait d'être à New York lui dit en quelque sorte que c'est un nouveau départ. Elle sent qu'elle a laissé l'alcool et sa dépendance corollaire aux AA derrière elle, en Californie.

Cynthia a beaucoup de contacts dans le milieu des antiquaires new-yorkais et, même s'il ne lui paraît pas réaliste de penser qu'elle aura bientôt sa propre boutique – quand elle a fermé Gilty Pleasures à San Francisco, elle l'a fait en sachant qu'elle risquait de ne plus jamais tenir une boutique d'antiquaire –, il faut qu'elle se mette à gagner de l'argent. On lui a presque promis un emploi chez Fay & Jiwani, à quelques pas du Pierre Hôtel, et elle est bien placée pour en obtenir un autre dans une boutique appelée American Pastoral. Mais là maintenant, où trouverait-elle le temps ?

Il faut faire à manger aux jumeaux. Tous les jours. Trois ou quatre fois par jour. Même s'ils sont toujours résolus à limiter les calories qu'ils absorbent, ils ont, malgré leur volonté affichée de devenir végétariens, un appétit féroce de viande, qu'ils semblent saisir d'une main et repousser de l'autre. Elle est contente – enchantée, en réalité – de leur donner autant de viande qu'ils veulent, et l'immense cuisine sent souvent le barbecue géant. Et il faut les habiller. Cynthia ne veut pas paraître snob ou prétentieuse, mais ces vêtements de chez K-Mart ou Target qu'ils portaient dans leurs familles d'accueil ne leur vont pas du tout. Elle les emmène chez City Outfitters, attirée par les mannequins géniaux affublés de tenues décontractées, mais se sent mal quand elle voit qu'un blue-jean prédéchiré coûte deux cent cinquante dollars. Heureusement, les jumeaux ne protestent pas quand elle les éloigne de là. Elle finit par leur trouver des vêtements qui tiendront bien, elle l'espère, jusqu'à la fin de cet été étouffant et (elle l'espère toujours) d'un automne plus tempéré. Elle doit leur trouver au moins une tenue que chacun puisse porter à l'église ou dans un beau restaurant, et des vêtements pour qu'ils puissent se dépenser comme les enfants qu'ils sont, ainsi que des habits pour l'école.

Elle doit aussi les inscrire à l'école. Il est hors de question, psychologiquement et financièrement, de les renvoyer dans les bâtiments gothiques de Berryman Prep, leur ancienne école privée. Ils iront forcément à l'école publique. Mais même dans leur quartier où le prix de l'immobilier semble établi en monnaie allemande d'après la Première Guerre mondiale (quand il fallait une brouette de papier-monnaie pour acheter une livre de jambon), même ici où les émoluments d'un médecin le situent dans la classe moyenne et où un professeur d'université ne pourrait vivre sans avoir touché un héritage, où les yorkshires portent des colliers de diamants et les petites filles de neuf ans se font faire des coupes de cheveux à quatre cents dollars, même ici, l'école publique la plus proche est un monument à la négligence gouvernementale : une construction faite à la hâte, miteuse, avec des grillages aux fenêtres et une maçonnerie dont on a effacé tant de graffitis que les pierres elles-mêmes semblent blêmes et instables. Ici, les élèves sont des enfants des nounous qui vivent chez leurs employeurs, ou des petits garçons riches avec des problèmes de comportement qui se sont fait virer de leurs écoles privées et ont joyeusement troqué le blazer bleu contre des maillots de basket, ainsi qu'un nombre étonnant d'enfants de gens qui ne sont réellement et authentiquement pas riches, des enfants dont ceux qui flânent ou qui font du shopping dans Lexington ou Madison Avenue pensaient qu'ils habitaient à des milliers de kilomètres de là, des enfants qu'ils ne se seraient attendus à voir que dans un documentaire sur les nécessiteux qui vivent au milieu de l'abondance, mais qui en réalité résident à quelques blocs de là vers l'est, dans des immeubles qui n'ont pas encore cédé aux bulldozers des démolisseurs.

Les jumeaux doivent aussi voir leur thérapeute : depuis que Jenny Carlat, qui s'occupait d'Alice, a déménagé à Cleveland, les deux enfants voient celui d'Adam, un jeune homme maigre du nom de Peter White, travailleur social au service de la ville de New York qui, au bout de deux ans, est déjà en burn-out.

Le bureau de White est dans la 32ᵉ Rue est. Malheureusement, malgré les efforts de Cynthia pour changer les heures de rendez-vous, Adam doit voir White le lundi à dix heures, et Alice le mercredi à quatorze heures, et Cynthia doit donc les y accompagner deux fois par semaine. Ils y vont à trois. Ils font quasiment tout à trois.

Le bureau de Peter White est, selon les agents immobiliers, au rez-de-jardin (en fait, c'est la cave) d'un vieil immeuble de grès brun décrépi qui était autrefois la propriété d'une unique famille de six personnes, et qu'on a divisé en quatorze studios à louer dont deux, au mépris de la loi, n'ont pas de fenêtre. Pour arriver à l'entrée du bureau de White, Cynthia et les enfants doivent prendre l'escalier qui descend sous le niveau de la rue, se frayer un chemin au milieu des poubelles et ignorer l'odeur de genévrier acide laissée par les congrès de chats de gouttière. Le bureau lui-même fait à peine vingt mètres carrés et ne reçoit pas le moindre rayon de lumière naturelle. L'espace est coupé en deux par une cloison qui sépare la salle d'attente du cabinet de consultation. Lorsqu'un client ouvre la porte de la salle d'attente, les premières mesures de « Some Enchanted Evening » tintent dans le cabinet de consultation, informant White que quelqu'un vient d'entrer. La première fois que Cynthia a emmené les enfants ici, elle a été surprise de pouvoir entrer aussi facilement : même à San Francisco, où on est plutôt négligent et décontracté, les gens ferment leur porte à clé et ici, à New York, même les antiquaires ont des systèmes qui permettent d'inspecter en détail les clients avant de les laisser entrer. Elle a vaguement fait part de son malaise quant à la politique de porte ouverte de White, en disant « n'importe qui pourrait entrer ici », à quoi Adam a répondu « je pense que oui » avant qu'Alice n'ajoute « mais qui aurait envie d'entrer ici ? ».

Adam aborde ses rendez-vous avec Peter White avec indifférence, mais Alice les déteste, et aujourd'hui, c'est son tour. Elle n'est pas du genre à se plaindre, mais en descendant l'escalier de béton qui mène à la porte de White, elle garde les yeux baissés, les épaules voûtées et avance la lèvre inférieure en une classique moue de dégoût.

«Je ne vois pas pourquoi on n'a pas le droit de simplement oublier les mauvais trucs si c'est ça qu'on veut, marmonne-t-elle, autant à l'adresse du cosmos que pour Cynthia et Adam.

— C'est la loi», lui rappelle son frère.

C'est en tout cas son interprétation de ce qu'ont dit les services de Protection de l'enfance qui ont fait de la poursuite de leur thérapie une des conditions de la finalisation de leur adoption.

Cynthia ouvre la porte et entend «Some Enchanted Evening» carillonner dans le cabinet de consultation de White.

Alice regarde sa montre. Aujourd'hui, c'est elle qui porte l'American Girl, et Adam celle de l'armée suisse.

«Tu attends quelqu'un ?» demande Cynthia, uniquement pour plaisanter.

Mais Alice fronce les sourcils. La fillette a un talent certain pour vous donner le bâton avec lequel vous pourrez la battre.

«Je te taquine, dit Cynthia, qui se veut rassurante.

— Je n'aime pas venir ici.

— Tu sais où j'ai toujours rêvé d'aller? déclare Cynthia. On pourrait peut-être y aller avant la rentrée. Rien que nous trois.

— Où ? questionne Adam.

— Au mont Washington.

— C'est où ?

— Dans le New Hampshire. En plein milieu.

C'est complètement sauvage. Et très haut. Et il y a beaucoup de vent. On dit que parfois le vent souffle jusqu'à trois cents kilomètres à l'heure.

— Et ça ne nous tuerait pas? demande Alice. Pourquoi tu voudrais nous emmener dans un endroit comme ça?

— Parce que c'est beau et sauvage. Et il ne fait un vent pareil que quelquefois, en hiver.»

Un instant plus tard, la porte s'ouvre et White apparaît, en se frottant la joue et le menton; il se demande peut-être s'il peut passer un jour de plus sans se raser. Il mesure un mètre quatre-vingt-dix-huit, il a de longs cheveux secs, de la couleur d'un champ d'orge brûlé au soleil. Il tient ses fines mains pâles devant lui et les observe continuellement, comme si elles allaient accomplir quelque chose d'horrible. Il les traite comme si elles étaient en liberté conditionnelle. Sans laisser paraître la moindre expression, White dévisage ses trois visiteurs.

«Est-ce que nous sommes en avance?» demande Cynthia, agacée par le manque d'intérêt du psy. Elle est d'humeur aujourd'hui à lui dire qu'avec les lettres de *thérapeute*, on peut écrire *pute ratée*.

Mais pourquoi ne l'aime-t-elle pas? Pourquoi ne reconnaît-elle pas qu'elle a besoin de lui? Parce qu'elle veut les jumeaux pour elle seule, c'est peut-être aussi simple que ça. Elle leur injecte en intraveineuse des infusions de pur, d'authentique amour, et elle ne supporte aucune interruption.

«Vous êtes juste à l'heure, répond White.

— On va attendre ici, dit Cynthia à Alice pour la rassurer.

— En fait, madame Kramer, je voulais vous demander si nous pouvions discuter quelques minutes tous les deux avant qu'Alice et moi ne commencions. »

Ces paroles surprennent Cynthia. Elle a comme une palpitation nerveuse dans la zone digestive basse. Malgré l'allure angoissée deux-paquets-de-cigarettes-et-dix-tasses-de-café-amer-par-jour de Peter White, et bien qu'elle soit de dix ans son aînée, elle a la sensation d'être convoquée dans le bureau du directeur. Aurait-il une sorte de radar émotionnel ultrasensible ? A-t-il deviné qu'elle a pensé du mal de lui ? Sait-il que sa plaisanterie sur les thérapeutes n'était qu'une plaisanterie ? Elle fouille dans son sac et donne à Adam le cahier de sudokus qu'elle a apporté pour passer le temps.

« Restez assis, les enfants », dit-elle d'une voix inexplicablement joyeuse. C'est un de ses travers, elle le sait, ce désir que tous les instants soient positifs, passionnants, intéressants, comme si elle était une présentatrice de télé qui aurait peur qu'on change de chaîne.

« OK ? Ma petite Alley-Oop ?

— OK, répond Alice.

— Comment ça se fait qu'elle a un surnom ? »

Adam est gêné par sa propre question. Il évite le regard de Cynthia.

« Tu en veux un ? Je n'étais pas sûre. Tu es tellement sérieux... »

Adam hausse les épaules.

« Je m'en fiche. N'importe.

— Oh, ah, c'est ça... D'accord. Fais comme tu veux, mmm... Braveheart. »

White allume un générateur de bruit blanc posé sur la table couverte de magazines, fait entrer Cynthia dans son bureau et ferme la porte derrière elle. Une fois assis, il va directement au but.

« Ce sont deux adolescents très perturbés, madame Kramer. Ils sont intelligents, attachants et, quand ils veulent bien le montrer, s'expriment parfaitement. Mais Alice passe la moitié de son temps ici à pleurer.

— Alice ?

— Oui, Alice. Adam ne pleure pas. En tout cas pas ici. Mais il m'a apporté ce dessin. »

White déverrouille le tiroir du haut de son bureau en bois tout éraflé fourni par le gouvernement, en tire un dessin qu'il fait glisser vers Cynthia. C'est un travail incroyable, un dessin à l'encre et au stylo tellement plein d'images que le papier semble trempé. Des arbres, des planètes, des maisons et des statues brandissant épées et baïonnettes qui tourbillonnent en une sorte de délire aérien, à la fois extatique et apocalyptique. Au centre de ce vortex se tient une créature mi-homme, mi-animal, maîtrisant un chien qu'elle s'apprête à dévorer ; de sa gueule dépassent une tête de chien, la queue d'un rat et un pied d'enfant, restes de ce qu'il a déjà avalé.

« C'est un travail incroyable », finit par dire Cynthia en reposant la feuille de papier. Elle croise les mains sur son ventre, espérant que White ne remarquera pas qu'elles tremblent. «Je veux dire, c'est l'œuvre d'un véritable artiste. À vrai dire, je doute que ce soit d'Adam.» Elle hausse les épaules. «D'abord, il est trop jeune. Ce n'est pas le dessin d'un enfant de douze ans», conclut-elle en faisant glisser la feuille de papier vers White.

«C'est pourtant bien le dessin d'un enfant de douze ans, madame Kramer. Et, oui, Alice pleure dans ce bureau même. Il faut que nous regardions la réalité, pas ce que nous voudrions qu'elle soit.

— Oui, bien sûr.

— Je veux les mettre tous les deux sous traitement, madame Kramer.» En réalité, White le regrette: sa tasse de thé psychologique est plutôt la psychothérapie, mais il masque son regret par une certaine agressivité dans le ton. «Il leur faut à tous les deux des inhibiteurs sélectifs de la recapture de sérotonine.

— Des antidépresseurs? Pourquoi? Je ne les trouve pas déprimés.

— Pleurer dans mon bureau... et ça?»

Il tapote l'horrible dessin de l'index.

«Mais vous ne pouvez rien leur prescrire, monsieur White. Vous n'êtes pas médecin. Vous êtes... quoi? Vous avez un diplôme de travailleur social? Et maintenant vous voulez bourrer ces enfants de médicaments?

— Vous avez l'air d'être en colère, madame Kramer.

— La vérité, c'est que vous n'avez pas le droit de prescrire des médicaments.

— Je travaille en lien étroit avec les meilleurs pédopsychiatres et les meilleurs psychopharmacologues de New York. Ces enfants ont besoin d'un traitement. Je crois réellement qu'avec le temps, ils finiront par sortir de ce maquis et deviendront des membres honorables et productifs de la société. Mais une psychothérapie, c'est lent, et ils ont besoin d'aide tout de suite. Ils sont squelettiques. On croirait qu'Alice se laisse mourir de faim.

— Je sais, je sais. Je m'y emploie. Je lui donne de la viande bio sans hormones d'animaux nourris uniquement à l'herbe. Je crois qu'elle s'inquiète… d'avoir ses règles. La puberté. Tous les additifs et les produits chimiques de la nourriture du commerce poussent les enfants à la puberté beaucoup trop tôt. C'est une crise, une crise mondiale. Toutes ces chorales d'enfants… Tenez, en Europe, ils n'arrivent plus à trouver de gamins pour chanter les partitions de soprano. Même les enfants de dix ans ont la voix grave.

— Pourquoi pensez-vous qu'ils redoutent la puberté, madame Kramer ?

— Et vous, qu'est-ce que vous croyez ? On leur a dit que chez certains des enfants dont les parents ont subi ces horribles traitements contre la stérilité… On leur a dit que chez certains enfants… les choses s'emballent dès qu'ils atteignent la puberté. Ils ont peur. Nous le savons tous. Et n'ont-ils pas des raisons d'avoir peur ? Ce n'est pas déplacé ; ça n'a rien d'un comportement insensé. Ils ont eu peur de se faire tuer par leurs parents – peur de se faire bouffer, bon Dieu. Bien sûr qu'ils ont des angoisses. Ils seraient psychotiques s'ils n'avaient pas peur.

— Ils vont finir par retourner à l'hôpital si nous n'intervenons pas rapidement», dit le thérapeute.

Cynthia secoue la tête. Elle s'oblige à se calmer.

«C'est un grand pas, monsieur White.

— J'en suis conscient, madame Kramer. Et votre prudence est louable. Je vois trop de parents tout prêts à donner à leurs enfants la dernière pilule qu'on vient de pondre. Ils sont désespérés, j'imagine.

— J'aimerais pouvoir prendre le temps d'y réfléchir. À quel antidépresseur pensez-vous?

— Oh, il y a beaucoup de possibilités. Et on sort tout le temps de nouveaux produits. Quelque chose d'autre en supplément leur ferait peut-être du bien. Quelque chose pour les stabiliser. Pour les aider à prendre du poids. Pour les aider à surmonter quelques-unes de leurs angoisses. Ce qu'on peut faire biochimiquement est tout simplement stupéfiant. On réalise des prouesses.

— C'est ce qu'ils ont dit à ma sœur et à son mari avec les traitements contre la stérilité.»

White baisse les yeux, comme un gentleman du XIXe siècle qui afficherait sa déférence devant un corbillard qui passe.

«Non, dit Cynthia, tout à coup impérieuse. Je ne

pense pas que nous en soyons à ce stade, pas encore. Je veux leur donner ce qu'ils n'ont jamais eu.

— C'est-à-dire ?

— De l'amour. De l'amour total, inconditionnel. Un foyer stable. Les choses essentielles auxquelles un enfant a droit, et qu'ils n'ont jamais eues.

— L'amour ne peut pas effacer les dégâts déjà causés, madame Kramer. Ce n'est pas possible. »

C'est alors que le carillon enregistré de « Some Enchanted Evening » emplit la petite pièce.

« Seraient-ils partis ? demande White qui fronce les sourcils, se lève de son siège.

— J'en doute fort » Cynthia se retourne. « Les enfants ? »

Tout en essayant de garder son calme, White va ouvrir la porte de la salle d'attente.

Le cahier de sudokus gît à terre. Hormis cela, il n'y a aucune trace d'Alice ou d'Adam.

« Les enfants ? » crie Cynthia.

Sa voix se fait plus insistante et moins sereine.

« Ils sont partis !

— Ils ne feraient pas ça, dit Cynthia. Je les connais ! Ils ne pourraient pas. »

La porte qui donne dehors est ouverte, laissant entrer un léger courant d'air tiède chargé d'odeurs de poubelles. Le générateur de bruit blanc, sur la table, produit toujours ce son voilé, comme si une foule dans un stade à un kilomètre de là poussait des acclamations.

Huit

Boy-Boy quitte l'appartement d'Ezra et d'Annabelle, prend l'ascenseur. La journée a été lucrative ; le vieux a acheté deux fois la quantité habituelle et a rajouté un billet en plus dans l'enveloppe, comme pourboire. Pas de doute, les gens sont bien plus agréables après avoir été suspendus d'un balcon. Ezra a été ultra poli depuis cette première fois. Annabelle, en revanche, regarde à peine Boy-Boy. Tout le contentement sexuel qu'elle a pu obtenir grâce au produit de Boy-Boy a eu l'effet inverse de la suspension du haut d'un balcon. Ça l'a rendue un peu grossière. *Elle faire comme si je n'est pas là*, se dit Boy-Boy tandis que l'ascenseur descend en couinant.

En parlant de *pas là*, Boy-Boy aimerait bien que le liftier ne soit pas là. Dans la bande, tout le monde, jusqu'à Rodolfo, est en alerte maximale.

« Nous et les comme nous, on disparaître un par un », leur rappelle Rodolfo chaque fois qu'ils partent travailler. Est-ce que le liftier pourrait être responsable de cette extermination ? se demande Boy-Boy. Est-ce que ce vieux bonhomme en uniforme de petit soldat travaille avec ceux qui enlèvent les autres ? C'est peut-être le vieux lui-même, l'exterminateur ! *Non, non, ça vouloir rien dire. L'exterminateur n'est pas un putain de liftier,* se rappelle Boy-Boy pour se rasséréner. *Et si le vrai liftier était ligoté à sa chaise quelque part, assommé, un mouchoir fourré dans la bouche ?*

Boy-boy se ronge nerveusement une cuticule. La peau autour de chacun de ses ongles est rouge, à vif. Il trouve sa propre peau réconfortante, délicieuse, en quelque sorte. Non, pas en quelque sorte. Elle est tout bonnement délicieuse. Mais il sait qu'il doit être prudent. C'est un appétit dangereux. Dans la bande, deux d'entre eux ont été trop loin et le résultat a été si horrible que Boy-Boy ne peut même pas y penser alors qu'il s'enorgueillit d'être un guerrier des rues, avec des nerfs d'acier.

L'ascenseur est extrêmement lent. *Putain, les gens ici doivent n'être toujours à la bourre.* Mais ils finissent par atteindre le hall, le liftier ouvre la grille dont tous les losanges se transforment en points d'exclamation, puis la porte extérieure de la cabine.

« Merci », dit Boy-boy qui sort en se tenant le plus possible éloigné du liftier pour se prémunir contre une attaque subite.

Au bout du hall carrelé avec ses colonnes et ses plantes en pots, derrière les lourdes portes aux poignées de cuivre rutilantes, dans ce beau soleil, la liberté l'attend.

« Fiston ? dit le liftier au moment où Boy-Boy s'éloigne. Il faut prendre une douche de temps en temps. »

Bien des étages plus haut, dans l'appartement d'Ezra et d'Annabelle, les rideaux sont tirés, les téléphones coupés, et on a mis la musique bien fort car même si les murs de ce majestueux immeuble ancien sont épais, quasiment insonorisés, Ezra et Annabelle projettent de faire un peu de barouf, et ils veulent s'assurer qu'aucun curieux désœuvré, l'oreille collée au mur, n'entendra ce qu'ils vont faire.

Ils se sont déshabillés et trempent dans l'immense baignoire de la grande salle de bains, bordée de céramiques turques bleu clair, avec des robinets d'or massif en forme de cygne. Parce qu'il lui reste un sens infime de la pudeur et qu'il ne veut pas exposer trop longtemps à la vue de sa jeune épouse son corps vieillissant, affaissé et couturé, Ezra a ajouté plusieurs bouchons de bain moussant éthiopien qu'il a acheté récemment chez Henri Bendel. Son vieux pénis fatigué est recroquevillé sous un milliard de minuscules bulles parfumées tandis qu'Annabelle, peut-être pour se moquer de sa pudeur ou pour s'amuser un peu, a déposé un peu de mousse sur ses tétons, exactement comme les *show girls* que les gens qui faisaient le métier d'Ezra mettaient nues dans les baignoires, il y a plusieurs dizaines d'années, à l'époque où on se faisait virer pour le moindre bout de chair rose.

La baignoire fait quatre mètres de long sur deux

mètres cinquante de large, et elle est si profonde qu'il a fallu une heure pour la remplir. De grosses bougies parfumées à la tubéreuse achetées tout près de la Piazza Navona brûlent sur le rebord de la baignoire. Il y a aussi deux bouteilles d'eau minérale islandaise. Les quatre flacons de sang fournis par Boy-Boy reposent près des bouteilles d'eau et, après s'être essuyé les mains aux cheveux d'Annabelle, Ezra débouche deux des flacons qu'ils boivent tous deux rapidement, suivis par de grandes goulées d'eau islandaise pour faire passer le goût de cuivre salé qu'ils ont dans la bouche.

« Si les pièces de monnaie étaient liquides, elles auraient ce goût-là, dit Ezra.

— C'est comme de la soupe à la tomate qui est restée trop longtemps en boîte et qui fait un effet bizarre », répond Annabelle.

Elle s'essuie les coins de la bouche d'un revers de main. La légère trace de sang teinte la mousse de rose. Elle la contemple un moment, atterrée, mais finit par trouver le moyen d'en rire. Elle plonge la main dans l'eau pour la laver. Baptisée au gel de bain éthiopien !

« Un autre ? demande Ezra en s'emparant des flacons numéro trois et quatre.

— Ça fait beaucoup, répond Annabelle, soudain prudente.

— On ne sait jamais quand c'est assez avant de savoir ce que c'est que d'en avoir pris trop. »

C'est un des grands avantages d'être avec une femme plus jeune : on a le rôle du sage ! Une fontaine gargouillant perpétuellement de bon Dieu de sagesse, voilà la vérité.

Ezra avale un second flacon, Annabelle l'imite.

« Tu le sens ?

— Je sens que j'ai envie de vomir. Boire du sang de gamin ? Mon cul !

— J'ai bien l'intention de m'en occuper, de ton cul.

— Je suis sérieuse, Ez. C'est n'importe quoi.

— Les gens sont prêts à tout, ma chère, pour atteindre un autre état. Pour changer les choses, pour que ça aille mieux. Ils broient des feuilles et les fument. Ils font fermenter du grain et le boivent. Ils avalent même des vers, non ? Et le peyotl ? Ils mangent même des champignons qui poussent sur des bouses de vache !

— Je préfère de loin un chardonnay californien, répond Annabelle. Ou peut-être de temps en temps une Ponchartrain Porter glacée, pour aller avec une soupe d'écrevisses. »

Elle ferme les yeux un instant, tandis que les souvenirs de la maison de son enfance affluent : comment a-t-elle pu détester autant cet endroit et pourtant s'en languir plus encore ?

« Quand je t'ai rencontrée, t'avais quoi... dix-neuf ans ?

— J'avais vingt-quatre ans, Ezra. »

Il hausse les épaules comme si elle coupait les cheveux en quatre.

« Tu portais des shorts tellement courts que ta chatte dépassait presque.

— Ne sois pas vulgaire Ezra, s'il te plaît.

— Ce n'est pas moi qui ai découpé ces vieux blue-jeans, ma chère. C'est toi.

— J'avais des belles jambes. J'en étais fière.

— Elles sont toujours belles !

— Non, non. Pas comme à l'époque. Je m'épaissis. Je me coagule.

— Tu commences à sentir quelque chose ?

— Ça prend toujours un peu de temps.

— Je ne sais pas, je pensais qu'avec une double dose, ça irait plus vite.

— C'est un peu flippant, non, Ez ? Tu n'es plus tout à fait humain une fois que tu as bu ce truc.

— J'ai été humain assez longtemps. Je crois que j'ai mérité un peu de vacances de l'humanité.

— J'espère qu'au moins, ce n'est pas Boy-Boy qu'on boit », dit Annabelle.

Elle sent quelque chose remuer en elle, un léger mouvement dans son sang. Comme quelqu'un qui dort profondément et dont le corps réagit sans qu'il se réveille. Puis la sensation disparaît.

« Tu viens de sentir quelque chose, non ? Je l'ai vu dans tes yeux.

— Je ne sais pas. Peut-être. »

Elle regarde les flacons vides sur le rebord de la baignoire, les restes de sang qui s'accrochent à leurs parois.

« La première fois qu'on a pris ce truc, c'était la meilleure. La première fois, c'était bien.

— Bien ? C'était fabuleux ! Mon *shvantz* était

gros comme un gigot et toi, mon trésor, tu étais un tonneau de sauce à la menthe.

— Ezra. S'il te plaît. Tu dis des choses qui me rendent vraiment malade.

— Je sais, chérie, je sais. »

Il sourit, comme si en lui disant tout l'effet qu'il lui faisait, elle venait de lui faire un compliment.

Annabelle s'étend dans la baignoire, replie les jambes pour que ses genoux émergent de l'eau, comme deux îles roses. Elle étire les bras. La mousse s'égoutte à ses coudes. Bizarre. Les poils de ses avant-bras paraissent plus sombres que d'habitude. Vraiment bizarre, en effet.

Ezra s'avance sur les fesses, plein d'entrain, écarte les jambes d'Annabelle pour s'approcher encore plus près.

« Je ne me sens pas bien, dit doucement Annabelle.

— Oh, allez ! Enlève ta ceinture de chasteté ! On ne fait rien de mal. On s'amuse.

— Je sais.

— Quand on sait ce qui se passe à New York... Il y a à peu près cinquante bars sado-maso. Il y a un type qui travaillait avec moi – pour moi, en réalité, j'étais son patron – qui payait des putes pour qu'elles lui chient dessus. Sans mentir.

— Je ne veux pas le savoir, Ezra. Et puis je crois que tu me l'as déjà raconté.

— Il se glissait nu sous une table basse en verre pendant qu'elles – je vais le dire avec délicatesse parce que je respecte ta sensibilité féminine, ma princesse –, pendant que les prostituées se vidaient les intestins. Mais ça regardait qui à part lui ?

— J'ai honte pour ces femmes.

— Vraiment ? Tu as honte ? Ou est-ce que ce n'est que du discours ? Une idiote qui gagne cinq cents dollars pour sauter sur une table en verre et chier un coup ? Je crois qu'il y a des choses bien pires dans le monde.

— Pas moi », répond Annabelle. Elle regarde à nouveau les poils de ses bras. Comment ce duvet argenté a-t-il pu autant foncer ? Est-ce un effet de l'éclairage ? « Je crois que c'est précisément ce qui ne va pas dans le monde.

— Hé, tu sais quoi ? dit Ezra en lui effleurant le bout du nez. Je le sens carrément, putain. » Il empaume ses seins. Ses avances n'ont pas changé avec le temps ; il est aussi avide et impatient que lors de sa première expérience sexuelle, quand il était étudiant à Syracuse et qu'il essayait de conclure avec la fille bêtasse et empâtée de son prof de marketing avant que quelqu'un de la fête qui se déroulait à l'étage du dessus ne se demande ce qu'ils faisaient tous les deux dans la cave lambrissée, entre les haltères et les médecine-balls abandonnés. Le besoin pressant qui le saisit maintenant n'est pas très éloigné de celui qu'il avait ressenti alors. Aucun homme qui se noie n'a attrapé la bouée qu'on lui jette avec autant de frénésie que celle qui le prend dans ces moments d'excitation sexuelle ; et celle qui s'empare de lui à présent est le sommet du sommet, le genre de besoin irrépressible de contact physique et de soulagement qui survient au début de l'acte, quand le désir obscurcit moins l'esprit qu'il ne le dévore, en quelques bouchées rapides.

« Mets tes pieds sur mes épaules », dit Ezra d'une voix pâteuse.

Il s'imagine que son pénis est devenu subitement incroyablement dur, dur comme la pierre, dur comme l'acier, dur au point de devoir consulter son médecin. Est-ce simplement son imagination ? Il glisse la main sous les bulles, se tâte. Sacrebleu ! Ça ne ressemble même pas à son pénis. C'est une corne de licorne !

« Je crois que je commence à le sentir aussi », dit Annabelle sans grand enthousiasme.

Elle pose les talons sur les épaules d'Ezra. Pour un vieux, il a de belles épaules, lisses et rondes avec une cicatrice de vaccin contre la variole en haut du bras droit, comme un petit éclat de peau luisant, de la même taille que le sceau antique que son avocat a tamponné sur la dernière page de leur contrat de mariage.

« On baise dans la baignoire, dit Ezra.

— Euh... oui. »

Annabelle répond en hésitant. Non qu'elle doute que c'est ce qui va se produire, ni qu'elle ne soit pas prête à jouer un peu à fais-moi-mal-Johnny-Johnny-Johnny, mais la voix d'Ezra résonne tout à coup comme s'il venait de recevoir une brique sur la tête.

Il a la bouche ouverte. Ses doigts, couverts de bulles de savon, s'agitent en l'air, comme s'il voulait être sûr qu'il peut encore les bouger. Ses paupières sont à moitié fermées, peut-être par respect envers son cerveau qui vient de lâcher. Ezra la soulève – sa force la surprend toujours, mais cette fois-ci plus que les autres – et l'installe stratégiquement sur ses genoux. Bing : il la pénètre. Il palpite. Son membre est comme un bizarre cœur étranger en elle.

« Va doucement, Ezra, dit Annabelle.

— Bououououououge !

— Je bouge, chéri, je bouge ! » Il essaie de l'embrasser. « Ne fais pas ça. Ton haleine… »

Elle a un mouvement de recul. C'est comme si elle se faisait embrasser par une escarre, mais elle ne le dit pas, elle ne veut pas le blesser ou le mettre en colère. C'est pourtant bien ça. Comme si quelqu'un avait avalé une tasse de sang, l'avait laissé coaguler puis l'avait façonné entre ses lèvres puantes, grasses.

Mais son geste de recul ne fait qu'exciter Ezra, comme un chien qui peut rester immobile pendant une longue minute à regarder un écureuil et se précipiter dessus dès que sa proie bouge d'un centimètre. Ses va-et-vient se font plus féroces. Elle en perd l'équilibre, commence à glisser. Elle goûte l'effervescence amère des bulles de savon, crache.

« Attends, dit-elle avec suffisamment d'autorité pour qu'il l'écoute véritablement.

— Ça va ? parvient-il à répondre.

— Je crois qu'on en a pris trop, Ez.

— Je veux gicler. »

Annabelle ferme les yeux. *Gicler* est le mot qu'il emploie pour atteindre l'orgasme ; chaque fois qu'il le prononce, elle est encore un peu plus triste. Elle veut rentrer chez elle. Chez elle ! Chez elle ! Seigneur, par pitié : chez elle !

Elle pose les mains sur les hanches d'Ezra, le fait se retirer d'elle. Ce n'est pas qu'elle ne veuille pas faire l'amour : elle veut simplement éviter de le regarder et de sentir son haleine fétide.

Elle se retourne, agrippe le rebord de la baignoire, tend le cou pour éloigner autant que possible son visage de la mousse et sort sa croupe de l'eau, engageante. Elle la remue même un peu d'avant en arrière. Après tout, puisqu'ils s'y mettent, autant s'amuser...

« Pas maaaaaaal ! » dit-il, avec de petits graviers brûlants de bestialité dans la gorge.

C'est bon, ça, pense Ezra, si on peut appeler ça une pensée, quand il voit ses fesses qui l'invitent. Il enfouit son visage en elle, l'entend haleter au loin. Chair, savon, eau, chaleur. Saveur. Que goûte-t-il ? Quelque chose. Le petit anneau froncé de sa dernière barrière. Trop bon...

S'agenouiller lui fait trop mal. Pour la pénétrer, il s'accroupit.

« Doucement », dit Annabelle, mais son corps dit autre chose : elle recule vers lui d'une violente poussée, le renverse presque.

Il est ravi. Pendant qu'elle pousse vers l'arrière, il pousse vers l'avant, en retardant instinctivement son mouvement d'un temps pour qu'ils puissent installer une sorte de rythme. Lui. Elle. Lui, elle. Bam-boum, bam-boum. Ça ressemble à *babouin*.

Mais non, c'est de la musique. C'est du rock'n'roll. Du swing. C'est même une marche militaire, bon Dieu ! C'est tout ce qui compte. Il n'y a que ça qui compte. Le reste, c'est du bonus : ce qu'on fait avant ça, ce qu'on fait après ça.

Et, ah, au fait, Ezra veut gicler.

Il remue en elle avec plus d'impatience. Il est tellement bien installé en elle. Il a l'impression d'être né en elle. Il a une main sur la hanche d'Annabelle, l'autre sur le bas de son dos. Elle commence à s'enfoncer dans l'eau. Elle commence à se débattre. Il hésite un instant. Ah, tant pis, ça arrive, ce genre de trucs.

Il ne peut pas s'arrêter. C'est comme si le sort du monde dépendait de son accomplissement. Elle a les jambes qui s'agitent, les muscles qui se contractent. Oh ! là, là, c'est trop bon ! Des éclaboussures jaillissent de la baignoire. La tête d'Annabelle a entièrement disparu sous l'eau. Il ne la voit plus du tout, mais il la sent vraiment bien.

Le visage d'Ezra est brûlant. Ses oreilles bourdonnent. Son sang, mêlé à une infime quantité de celui qu'il a ingéré, circule en lui comme de la lave. Les muscles de ses cuisses durcissent. Son cœur cogne comme un dément enfermé dans une cellule.

Il ne reste que le bout des doigts d'Annabelle sur le rebord de la baignoire. Un par un, ils lâchent leur prise sur la bordure de marbre. Ses jambes s'agitent sous l'effet d'un dernier soubresaut. Une traînée de bulles remonte de sa bouche ouverte, absorbée par les bulles parfumées plus denses, plus grosses, dans lesquelles elle remonte et se perd.

Finalement, Ezra atteint son but. Son sperme se tortille, jaillit, légèrement douloureux, immensément agréable, saisissant, épuisant, régénérant. Il continue ses va-et-vient, encore et encore, voudrait que le plaisir n'ait pas de fin, et ce n'est que maintenant qu'il réalise qu'Annabelle a totalement cessé de résister, que non seulement elle ne résiste plus, mais qu'elle ne réagit plus du tout. Il se retire lentement de son ventre et s'accroupit à nouveau, attend qu'elle aussi se relève pour s'asseoir.

Le sang et le sexe l'ont tellement abruti qu'il lui faut encore une minute avant que le sens commun ne reprenne le dessus. Il sort précipitamment Annabelle de l'eau, mais il est déjà trop tard.

Neuf

Peter White et Cynthia remontent le pâté de maisons en courant, d'est en ouest, puis, une fois cette course désespérée achevée, ne savent plus vraiment quoi faire, et parcourent le même pâté de maisons, d'ouest en est cette fois. White semble agacé, mais Cynthia est paniquée. Elle agrippe le bras du thérapeute.

« Ils peuvent être n'importe où !

— Je vous l'ai dit, répond White sans chercher à dissimuler son mécontentement. Il faut les mettre sous traitement.

— Pour l'amour de Dieu ! réplique Cynthia en se détournant de lui, pas maintenant ! »

Car dans le monde à cet instant, il y a sept milliards d'individus qui ne sont ni Adam ni Alice Kramer, et il semble à Cynthia, plantée là dans cette rue écrasée de soleil de Manhattan, qu'une bonne partie de cette multitude anonyme défile juste devant elle. Grands ou petits, trapus ou maigres, titubants ou vifs, vieux ou jeunes, voûtés ou raides, parfumés ou puants, sains d'esprit ou dérangés, élégants ou en loques, blancs, jaunes ou noirs, hirsutes ou glabres, joyeux ou abattus, le téléphone à l'oreille ou un snack à la bouche – tous ces individus : aucun d'eux n'est Alice, aucun d'eux n'est Adam.

Ils sont arrivés à la fontaine Bethesda, là où Alice, en s'enfuyant de chez ses parents, a rencontré Rodolfo pour la première fois. Cette fois-là, il faisait nuit et elle était seule. Rodolfo faisait partie d'une bande qui s'entraînait bruyamment à faire des figures de skate-board. Il avait été gentil avec elle, à sa manière, quelque peu terrifiante. Et au fur et à mesure, s'était montré de plus en plus amical.

« On va avoir des ennuis, dit Adam.

— Aide-moi à les chercher », répond Alice.

La fontaine, dominée par un ange de pierre sombre, crache une eau que le soleil argente. Le bassin au-dessous frémit. Sur le petit muret de pierre qui l'entoure, des gens sont assis, certains pour lire, d'autres pour manger, pour méditer ou téléphoner. Les briques qui entourent la fontaine sont rose pigeon, de la même couleur que les pattes de ces oiseaux affairés qui patrouillent les lieux à la recherche de miettes. Au-delà de la fontaine et de son bassin frémissant s'étend l'un des lacs du parc, aujourd'hui plein de barques, et même de quelques jouets radiocommandés.

« Tu vois quelqu'un ? » demande Adam.

Alice fait non de la tête. Il y a beaucoup de skateurs, de tous âges, races et genres, mais pas de visages connus. Une trentaine de mètres devant eux, la foule s'écarte soudain. Un garçon court, poursuivi par deux policiers, jeunes et sportifs.

Le garçon est petit, avec des cheveux foncés longs qui volettent tandis qu'il court. Il est maigre ; ses yeux sont deux flaques de folie bleu clair. Il porte un jean, un T-shirt, il a l'air sale, négligé. Et pourtant il est étonnamment rapide, et la distance entre lui et ses poursuivants augmente graduellement.

Un homme aux cheveux gris coupés en brosse, en short et marcel, décide de venir en aide aux forces de l'ordre et se met en travers de la route du petit fuyard. Le garçon le renverse d'un seul geste fluide, comme s'il se débarrassait d'un parapluie cassé. La tête de l'homme heurte le sol avec un bruit sourd. Du sang commence à couler de sa bouche. Mais c'est moins grave qu'il n'y paraît : il a seulement cogné le sol si violemment qu'il s'est mordu la langue.

Quand le garçon passe en cavalant près d'Alice et d'Adam, ils n'hésitent pas un instant, et se mettent à courir à ses côtés.

Dix

Dans le silence et la solitude de la maison de la 69e Rue, Cynthia peut encore sentir l'odeur douce des murs repeints de frais – elle avait demandé à l'entreprise d'ajouter un petit flacon d'extrait de vanille dans chaque pot de peinture, pour que, quand elle et les enfants s'installeraient, la maison sente la boulangerie. Ça semblait une très bonne idée, mais à présent le parfum gai et agréable n'est qu'une insulte à ses sens.

Ses yeux brûlent d'avoir pleuré. Elle se demande s'il est possible de devenir aveugle à force de larmes.

Elle n'a pas eu d'autre choix que d'aller à la police. Dans son imagination enfiévrée, tous les flics du commissariat savaient que les jumeaux étaient des enfants adoptés, et on allait se servir de leur disparition pour prouver son incapacité à être une bonne mère. Mais il en a été tout autrement. L'officier qui a recueilli sa déposition – un type jeune, à l'apparence vaguement turque, avec des sourcils broussailleux et un sourire de pirate – n'a pas du tout remis en cause ses compétences maternelles, mais a affiché peu d'empressement à signaler que deux enfants avaient disparu. Apparemment, pour la police, il ne s'était pas déroulé assez de temps pour que la recherche des deux enfants devienne une priorité absolue. En fait, en quittant le commissariat, Cynthia doutait fort que ce fût une priorité tout court.

Elle a continué à les chercher, mais à présent elle est rentrée et attend que quelqu'un, la police ou les enfants, lui téléphone. Ou, miracle plus grand encore, que les enfants rentrent à la maison.

Une heure passe. Elle est assise dans le salon, jambes croisées, les mains posées sur le ventre. Elle doit se forcer à respirer.

De temps à autre, l'attente devient intolérable, elle bondit du canapé et se rue sur une fenêtre ou une autre, écarte les rideaux, surveille la rue. Elle en vient à croire qu'à un certain niveau, l'espoir et la folie se croisent. Et qu'elle se situe à ce niveau.

Qui pourrait-elle appeler ? Elle ne connaît personne dans cette ville à part Arthur, et elle a déjà essayé tous ses numéros, sans succès. Qui d'autre ? Les gens du milieu des antiquaires ? Autant appeler un chat siamois pour vous sauver de la noyade. Pourquoi, mais pourquoi n'a-t-elle pas contacté une des cellules des AA à New York ? Croyait-elle vraiment qu'elle se débrouillerait mieux toute seule ?

Elle boit du thé glacé tout fait. Tout à coup affamée, elle déchire un paquet de biscuits, en dévore la moitié. Elle allume la télé juste au moment des informations locales. Les présentateurs ressemblent plutôt à un ancien footballeur et à une ex-top model.

« L'été le plus chaud de l'histoire de New York continue de battre des records et un ancien trader se signale dans le scandale de la Banco del Mondo qui secoue toujours le monde de la finance », annonce l'ancienne top model avec une expression de dégoût pour ce monde qui échappe à tout contrôle.

« Et la police, commence l'athlète à la retraite, a trouvé dans Central Park les corps de deux jeunes gens qui ont apparemment été tués en plein jour. » Il regarde sa coprésentatrice, secoue la tête comme pour dire : *Pourquoi est-ce à moi d'annoncer ces choses terribles ?* « Puis Earl nous présentera la météo, Lilani les sports et, petit plaisir à la fin de notre édition, le célèbre chef Tangerine Dream nous proposera cinq recettes faciles qui aident véritablement à perdre du poids.

— C'est intéressant, remarque la top model, en se frottant un ventre quasiment inexistant.

— Nous revenons après une courte page de publicité », dit l'athlète.

Cynthia est debout, les mains sur le sommet du crâne, la bouche ouverte. Il lui faut maintenant attendre trois longues minutes de publicité pour de l'or, des nettoyants pour dentier, des assurances vie et, pire que tout, un nouveau médicament pour les enfants dont on estime qu'ils ne réalisent pas pleinement leur potentiel à l'école : l'Excello, prescrit pour un large éventail de types de comportement, des enfants distraits à ceux qui trépignent. Le tout est présenté par une grand-mère qui a l'air de s'être échappée de *La Petite Maison dans la prairie*, et qui assure à sa fille au look branché (elle est tatouée) mais responsable et sérieuse (les lunettes, l'expression inquiète) qu'il est absolument sans danger de donner à Sean (en échec scolaire, qui n'a plus d'amis) de l'Excello. « J'aurais aimé en avoir quand tu étais petite et que tu rendais tout le monde fou », dit la vieille femme, à quoi sa fille répond avec le reproche dans la voix : « Maman !!! » en lui donnant une minuscule tape amicale et totalement respectueuse.

Enfin, le visage des présentateurs remplit à nouveau l'écran. Une impulsion pousse Cynthia à éteindre la télé, mais elle se force à la regarder. Images de deux corps, tous deux sur le côté, recouverts d'une bâche. Les lumières bleu et rouge de plusieurs véhicules de secours clignotent à travers les feuilles des nombreux arbres. Des mètres de ruban jaune isolent la scène de crime ; des centaines de gens semblent n'avoir rien de mieux à faire qu'à observer ce qui se passe.

Comment peut-on ? se demande Cynthia. *Comment peut-on rester là à regarder ?*

Et pourtant, elle fait partie de ces gens. Elle est rivée à l'écran, attend le moment improbable où l'une des couvertures va glisser et révéler le visage qui est dessous, ou dévoiler une main, une chaussure, n'importe quoi d'autre...

L'envoyé spécial, un jeune homme à l'air aimable, dans les vingt-cinq ou trente ans, qui porte une veste à rayures gaufrée par-dessus un T-shirt blanc, s'adresse à la caméra de manière laconique, presque comique.

« À l'heure actuelle, Tina et Doug, la police ne veut donner aucun détail sur les deux victimes, et attend de les identifier formellement.

— Que sait-on sur eux jusqu'ici, Rafael ? demande Doug en une vague approximation de conversation véritable.

— Eh bien, selon mes sources, les victimes semblent avoir entre quatorze et seize ans. Ils n'avaient aucune pièce d'identité sur eux. Étonnamment, ils étaient porteurs d'une importante somme d'argent. »

De l'argent ? pense Cynthia. Elle s'accroche à cette bizarrerie, qui lui donne de l'espoir.

« Les deux garçons étaient bien habillés et, à l'heure actuelle, on ne connaît pas la cause de leur mort », continue Rafael.

Deux garçons ? Sans se rendre compte de ce qu'elle faisait, Cynthia s'était recroquevillée, presque accroupie, devant le téléviseur, et en entendant ce dernier élément d'information, à savoir que les deux victimes étaient masculines, elle se laisse glisser sur le sol, baisse la tête, et reste là à scruter ses mains et le motif du tapis persan.

Le reporter parle encore, mais Cynthia ne l'écoute plus. Tout ce qu'elle sait, c'est que les deux victimes étaient mâles. Ce qui exclut Adam et Alice. Et d'ailleurs, qui en les voyant pourrait croire qu'ils ont seize ans ? On leur en donnerait plutôt dix. Et ils n'avaient pas d'argent sur eux, ou pour ainsi dire pas. Elle a la sensation d'être folle et horrible, infecte : d'être si ravie que ces enfants morts ne soient pas les siens. C'est un péché, assurément. Et en vieille habitante de San Francisco, elle croit que les lois du karma la rattraperont un jour.

« Merci, Raf. Prenez soin de vous là-bas », conclut Tina.

Cynthia éteint la télé et arpente la pièce. Elle nage dans le bonheur, momentanément. Elle voudrait pouvoir annoncer à quelqu'un la merveilleuse nouvelle : les cadavres trouvés dans Central Park ne sont pas ceux des jumeaux ! Oui, elle en est arrivée là : que des enfants abattus ne soient pas les siens constitue une bonne nouvelle.

Elle retourne à la fenêtre, regarde dehors, s'attendant à les voir. Mais ils ne sont pas là. Elle revient au canapé, s'assied, se frotte les yeux de la paume des mains. Ne peut-elle vraiment rien faire pour ramener ces enfants à la maison ? Pas de coup de fil à passer, pas d'endroit connu à fouiller, personne pour l'aider ? Hillary Clinton disait qu'il fallait tout un village pour élever un enfant, mais, en ce moment précis, Cynthia se contenterait d'un quatuor amateur, de deux cousins ou même, en fait, d'une seule personne supplémentaire : quelqu'un qui puisse rester ici à la maison pendant qu'elle courrait dans les rues de New York en espérant un coup de chance.

Elle a besoin d'un verre. Mais pourquoi Seigneur a-t-elle bu ces milliers d'autres verres dont elle n'a jamais eu besoin autant qu'elle a besoin d'un verre, là tout de suite ? Si seulement elle n'avait pas déjà foutu sa vie en l'air une fois à cause de l'alcool – deux fois, en réalité –, elle pourrait faire ce que toute personne normale ferait dans une telle situation. Elle pourrait se servir un modeste petit verre. Elle pourrait mettre deux glaçons dans un verre, et verser un peu de vodka dessus. Un peu. Rien d'extravagant. Juste un trait, un bon Dieu de trait. La chaleur de la vodka surprendrait les glaçons, ils craqueraient, se fendraient et sécréteraient un peu d'humidité qui se mêlerait à la vodka, elle ferait tourner le verre en un petit mouvement circulaire pour mélanger l'eau glacée et la vodka, et en prendrait une petite gorgée. La vodka serait froide et astringente à ses lèvres, sur le bout de sa langue, au fond de sa gorge et, en descendant, muterait miraculeusement, du froid au chaud, au très, très chaud, en vérité. Et le temps d'atteindre son estomac, elle deviendrait un bel hortensia aux mille couleurs chatoyantes. Cela résoudrait-il tous ses problèmes ? Bien sûr que non. Ça ne ferait que calmer ses nerfs, ce qui, raisonne-t-elle, la rendrait plus efficace qu'elle ne l'est maintenant. En cet instant, elle touche aux limites de sa résistance, ses pensées sont répétitives, exaspérantes. C'est ce que toute personne en désintoxication redoute : la voix intérieure raisonnable, persuasive et absolument diabolique, qui répète encore et encore qu'il n'y a qu'un shoot, une ligne ou un verre qui puisse vous aider.

Et pourtant... on pourrait avancer, on pourrait définitivement établir que si elle ne fait rien pour calmer ses nerfs, elle va bientôt devenir folle. Et qu'est-ce qui peut la soulager mieux qu'une modeste petite gorgée d'alcool ? C'est prouvé. C'est un remède ancien. Plus ancien même que la prière. Elle a lu quelque part que la consommation d'alcool remonte à l'aube des sociétés humaines. En fait, elle s'en souvient en faisant des allers-retours d'une pièce à l'autre, l'article semblait suggérer que sans les boissons fermentées et les sensations agréables qu'elles procurent, les sociétés humaines auraient pu prendre quelques milliers d'années de retard.

Alors, comment se fait-il que les gens – à commencer par ceux qui vivaient il y a si longtemps qu'ils se tenaient à peine debout, et jusqu'à ces millions de badauds, là, dehors – peuvent tous profiter d'un petit verre sympa et relaxant tandis qu'elle, Cynthia, la maudite, doit se contenter de serrer les poings ? Où est la justice là-dedans ? Pourquoi est-elle punie ?

Et puis elle comprend : si cette sobriété méchamment appliquée est une prison, elle est, en fait, son propre geôlier. Et les clés sont dans sa poche ! Elle pourra sortir de sa prison, elle sera libre – libre de choisir, libre de respirer – dès qu'elle le voudra.

Il n'y a pas une goutte d'alcool dans la maison.

Même pas de rhum de cuisine ou d'après-rasage. Elle se demande où est le magasin d'alcools le plus proche, fait encore semblant de ne pas très bien le savoir. En réalité, elle connaît l'emplacement de tous les marchands de vin à moins de dix blocs autour de la maison, elle a sur elle un plan invisible avec toutes leurs adresses. Elle sait même quels sont ceux qui livrent à domicile.

Elle a le téléphone à la main. Ce qui la surprend plutôt. Elle se demande quand elle l'a pris, depuis combien de temps elle tourne en rond avec cet objet dans la main. Elle presse la touche d'appel, écoute la tonalité. Épreuve. Épreuve. Quelque peu paniquée, elle jette le téléphone sur le canapé. Arrière, Satan !

Bon, en tout cas c'est sûr : elle ne va pas commander une bouteille de vodka. Premièrement : quelle perte d'argent ! Deuxièmement : s'il y a une chose dont elle n'a pas besoin, c'est de commencer à nouer des liens avec les marchands de vin, d'ouvrir des comptes chez eux, de discuter avec les employés, de laisser des pourboires aux livreurs. Pas question. Pas question, merde ! Si elle veut une bouteille de Grey Goose, elle peut aller jusqu'à l'angle de la 70e et Lexington, et la rapporter elle-même. Et d'ailleurs, pas question de Grey Goose. Si elle doit faire une petite entorse à sa sobriété, elle ne retombera pas dans ses penchants pour certaines marques ; elle prendra la vodka la moins chère possible. Elle se souvient en souriant bizarrement qu'une fois, à San Francisco, elle a acheté trois litres d'une vodka baptisée St Pitersberg pour quatre dollars quatre-vingt-dix-neuf. Les abrutis qui la produisaient ne savaient même pas épeler Petersburg! Et la vodka avait un arrière-goût qui lui rappelait la mouche qu'elle avait accidentellement avalée à l'âge de sept ans.

L'après-midi tourne au soir. La lumière du crépuscule, un bleu sombre et poussiéreux, s'accroche comme on s'accroche au bord d'une falaise, puis lâche soudainement, et l'obscurité s'engouffre. Complètement perdue à présent dans son raisonnement fallacieux, Cynthia se dit : *Bon, c'est maintenant ou jamais*, et se dépêche vers Lexington Avenue, en respirant à grand-peine. À chaque inspiration, elle a l'impression d'avaler un chiffon imbibé d'essence. Les passants semblent la dévisager, lui jeter des regards qui disent : *Ne fais pas ça !* Bien sûr, rien n'est plus éloigné de la réalité. Elle le sait. Elle le sait sans pourtant le savoir.

L'employé de Lexington Quality Spirits a une tête en forme d'ampoule électrique. Il décide de torturer Cynthia en lui demandant si elle souhaite qu'il fasse un paquet-cadeau pour sa bouteille de vodka bas de gamme. Cynthia parvient à répondre :

« Mettez-la seulement dans un sac. »

Elle rentre chez elle en traînant des pieds, tient le sac loin d'elle, comme les gens qui promènent leur chien portent le sachet qui contient la merde de leur animal.

Rentrée ! Elle avait laissé la porte déverrouillée

au cas où ils reviendraient durant ses cinq minutes d'absence. Elle appelle en entrant :

« Les enfants ! Les enfants ? Les enfants ? »

La porte claque derrière elle. Elle fait demi-tour. Pourquoi a-t-elle fait ça ? Bah...

Elle débouche la bouteille. Très bon mot, ça : *dé-bouche.* Comme si on voulait s'anesthésier la mâchoire, s'annihiler tout entier gorgée après gorgée, jusqu'à n'être plus qu'une tranche de viande programmée pour métaboliser l'alcool. En tout cas, c'est bon d'avoir mis fin au suspense. Cette bouteille n'est pas faite pour être rangée dans un coin. Elle va la boire. Il n'y a plus qu'une seule question : quelques petites gorgées réconfortantes, ou tout descendre jusqu'à la stalagmite de verre au fond de la bouteille ?

Elle s'assied avec la vodka, retarde le moment de la première gorgée. Elle respire l'arôme qui monte du goulot. Aaah ! Atrocement merveilleux, merveilleusement atroce !

Puis elle réalise : elle n'est pas seule !

Son cœur bondit, pas du tout en rythme.

« Alice ? Adam ? Les enfants ? »

Elle lève la bouteille comme une massue, oubliant qu'elle l'a débouchée. La vodka coule sur la paume de sa main, sur son poignet, sur son bras, jusqu'au coude. Elle jure, repose la bouteille sur la table. Elle lèche la trace d'humidité, et voilà, finalement, voilà comment elle met fin soudainement à ces jours de sobriété ininterrompue. Sans porter de toast, sans aucun plaisir, sans grande gifle ni petit frisson. Une simple série à peine volontaire de petits coups de langue pour se nettoyer.

L'obscurité roule dans la maison comme de l'eau noire qui aurait rompu une digue. Pièce après pièce, Cynthia devance l'obscurité, allume les lumières.

Chaque lampe illumine le mobilier qui se trouve à proximité. Le canapé XVIIIe recouvert de tissu damassé lilas, l'une des rares belles pièces ayant survécu au chaos des derniers jours d'Alex et Leslie. Une gravure de John LaFarge représentant un gamin en haillons charmant de sa lyre une meute de loups. Le profond fauteuil de cuir noir que Cynthia a acheté dans une boutique de décoration près d'Union Square pendant la semaine de shopping intensif où elle a essayé de meubler cette immense maison que sa sœur et Alex, en s'enfonçant dans leur folie animale, avaient pratiquement vidée de tout mobilier utilisable.

À chaque lampe qu'elle allume, Cynthia hésite, tend l'oreille. Mais elle n'entend que la vie au-dehors, le bruit de la circulation qui pénètre malgré les fenêtres à double vitrage. La maison est silencieuse, mais elle sent une présence au sein de ce silence, quelque chose qui rôde.

Quelque chose se tapit.

Quelque chose attend.

Elle prend un tisonnier de laiton sur le serviteur de la cheminée de la salle à manger. Elle revient dans le salon et contemple un instant la bouteille de vodka ouverte. *Quelle chance incroyable de l'avoir ici*, pense-t-elle. Sa vieille amie, sa protectrice.

Et pourtant, quelque chose l'arrête. Une ultime fibre de résolution. Le souvenir d'une promesse qui renaît de ses cendres, tout à coup vivante, qui hurle à son intention. *Jette ça dans l'évier*, lui commande une voix.

La voix est suffisamment convaincante pour l'empêcher d'avaler toute la bouteille en une longue goulée nihiliste, mais pas assez pour qu'elle exécute son ordre.

Elle est dans une impasse. Elle jette un regard noir à la bouteille, pointe l'index vers elle comme pour l'avertir et lui tourne le dos – mais la laisse pleine. Et elle continue de renifler son bras, tristement excitée par l'odeur de l'alcool sur sa peau, exactement comme quand, jeune fille, elle s'excitait en feuilletant les magazines pornos que son idiot de père croyait avoir bien cachés. Comme ces nibards gonflés à bloc la pétrifiaient, lui fouettaient les sens, entre admiration et répulsion.

Oh, le corps, le corps humain ! Quelle source d'humiliation et d'horreur ! Tout à coup, Cynthia a un besoin pressant de se soulager. Sa vessie est pleine, et masque toute autre sensation, tout comme la ridicule petite lune peut éclipser l'énorme soleil brûlant. Les poings serrés, elle fonce aux toilettes les plus proches. Elle remonte sa jupe, baisse son collant, regarde dans la cuvette – elle ne s'assiéra plus jamais sur un siège de toilettes sans vérifier qu'il n'y flotte pas une hideuse créature. Son urine jaillit en un long tourbillon brûlant ; elle coule et coule et coule, parce que Cynthia se retient depuis le matin.

Elle se penche en avant, les coudes sur les genoux. Elle s'autorise à fermer les yeux, mais, un instant plus tard, hoquette de terreur. Quelque chose de froid et d'horrible a touché sa nuque. Dans sa terreur, elle se prend les pieds dans ses sous-vêtements et tombe à quatre pattes. Elle roule sur le dos, recule précipitamment à coups de talon. Elle lève les yeux et voit une tache sombre au plafond, de la taille d'un cœur humain. En son centre, *plic-ploc*, de l'eau goutte.

Quelques secondes plus tard, elle fonce dans l'escalier, appelle les jumeaux. Au fond d'elle-même, elle tente de se rappeler quelle pièce du premier étage est située au-dessus des toilettes qu'elle vient d'utiliser. Pour autant qu'elle s'en souvienne, c'est une pièce où il n'y a pas d'eau : c'est une pièce avec des vitrines qui vont du sol au plafond et des boiseries sombres, qui abritait autrefois d'anciennes cartes encadrées, de précieuses mappemondes et divers objets recueillis lors d'expéditions touristiques et scientifiques auxquelles avaient pris part les aïeux Twisden.

La pièce est désormais vide, repeinte à neuf mais pas encore meublée. De l'eau s'est accumulée sur ses parquets de merisier à larges lames. Cynthia lève les yeux et voit une énorme tache d'humidité au plafond, d'où l'eau goutte de plus en plus rapidement. Chaque goutte est de la taille d'un ongle. Avec le plâtre qui a commencé de tomber, les insectes qui vivaient derrière se mettent à évacuer en grappes. Des coccinelles ? Elle n'en est pas sûre. Un paquet de ces insectes, couleur de cérumen, se détache et s'envole, leurs petites ailes palpitent à l'unisson en un gémissement.

Elle court au deuxième étage. Elle entend déjà l'eau qui coule de la baignoire de la salle de bains commune des jumeaux. La porte est fermée et elle reste là, la main sur la poignée ; elle a peur d'ouvrir.

« Adam ? Alice ? »

Elle attend un instant puis tourne la poignée, pousse la porte et s'avance dans un univers d'épaisse vapeur savonneuse, douceâtre à s'étouffer. La vapeur effleure sa peau en un million de vrilles. Comme un doigt, la peur lui ouvre la bouche, la buée lui emplit les poumons.

En toussant, elle repousse les exhalaisons qui se précipitent vers l'air frais de la porte ouverte.

« Les enfants ? »

Elle allume le plafonnier. Il éclaire faiblement à travers les couches de vapeur, comme un losange de lune dans un ciel couvert. Elle est devant la baignoire, y jette un œil. Il n'y a personne – mais elle ne fait pas confiance à ses sens ; il pourrait y avoir quelqu'un qui se cache sous l'eau.

Elle barbote dans cinq centimètres d'eau. Le plafonnier commence à crépiter, à cracher des étincelles. Elle a une vision d'elle-même, électrocutée, raide et carbonisée, une image si vive et réaliste qu'elle ressemble plus à un souvenir qu'à une prémonition.

Elle tourne les robinets de porcelaine de la baignoire pour les fermer, mais l'eau continue à déborder et à se répandre sur le sol. Il faut ôter le bouchon de caoutchouc noir qui ferme la bonde. Elle plonge la main dans l'eau trouble, saisit le bouchon. Quelque chose de mouillé et de rêche s'enroule autour de son poignet. Terrorisée, elle sort la main de l'eau, mais ce n'est qu'une lavette, une lavette brune qu'elle a achetée il y a quelques semaines chez Bed, Bath & Beyond.

Elle regarde la baignoire se vider. Elle serait complètement incapable de dire pourquoi elle reste là, paralysée. La réponse est probablement très simple : son esprit est débordé et elle ne sait pas quoi faire ensuite. Pendant que l'eau gargouille dans les tuyaux, elle tente d'éponger l'eau avec tout ce qui lui tombe sous la main pour éviter des dégâts supplémentaires, même si des sols trempés et du plâtre qui tombe sont les moindres de ses soucis.

La baignoire est presque vide à présent. Accrochée à ses bords, une couche de crasse si épaisse qu'on dirait de la fourrure. À vrai dire, il y en a tant que Cynthia doit la toucher du doigt, juste pour être sûre. Celui qui s'est baigné ici, quel qu'il fût, était indiciblement sale.

À présent, elle ne croit plus simplement qu'il y a quelqu'un dans cette maison, elle le sait. Elle pense à appeler la police, mais de quoi aurait-elle l'air si elle finissait par trouver ses propres enfants chez elle ? Et qui fait confiance aux flics, d'ailleurs ? Avec leurs armes au poing, un doigt hypersensible sur la détente… Si seulement la maison était plus petite.

Elle passe de pièce en pièce, chacune aussi inanimée qu'un tableau. Et pourtant, plus elle accumule de preuves qu'il n'y a personne, plus elle est sûre de ne pas être seule. Elle sent la présence invisible comme elle sent l'air froid sur sa figure. Les doigts invisibles qui la touchent presque, qui ne font qu'effleurer le duvet de ses bras, l'extrémité des mèches sur sa nuque.

Finalement, chaque lampe de la maison est allumée. Et chaque pièce de la maison a été inspectée. Les placards ouverts, les vêtements tirés, les cintres cliquetants. Elle a regardé sous les lits. Ils ne sont pas là. Et pourtant, elle est sûre qu'ils sont là.

Si ce n'est pas eux, qui est-ce ?

À son troisième passage dans le salon, elle se trouve à nouveau face à la bouteille de vodka ouverte. Non, pas aujourd'hui, pas aujourd'hui. Elle l'attrape brutalement par le col, comme pour la dominer, et la vide dans l'évier le plus proche, qui se trouve être un minuscule lavabo d'angle dans les toilettes sous l'escalier du premier étage. En sortant, elle voit la lourde porte de chêne qui donne sur la cave.

Cette cave a été le théâtre de crimes. C'est là qu'Alex et Leslie gardaient les animaux qu'ils dévoraient de plus en plus souvent, alors que leurs appétits devenaient plus impérieux et incontrôlables. Et c'est là qu'ils se sont essayés pour la première fois au cannibalisme, qu'ils ont mangé un jeune immigré cubain, morceau par morceau. C'est dans la cave que Cynthia elle-même s'est aventurée après avoir accepté de rejoindre sa sœur à New York, et c'est là qu'elle a vu ce pauvre jeune homme dans une cage, le bras dévoré.

En faisant rénover la maison, Cynthia avait demandé à l'entreprise de tout vider à la cave. Non seulement les cages, les éviers et les dalles de ciment tachées d'auréoles sombres, mais aussi la chaudière et le chauffe-eau, qu'on a déplacés dans un petit réduit spécialement construit à cet effet derrière la maison. Et une fois que la cave a été vide, Cynthia a cadenassé la porte et ne l'a plus ouverte depuis. Le cadenas est énorme, lourd, avec une anse d'acier épaisse et lourde comme un tronc. Et le cadenas, elle s'en aperçoit, a disparu.

L'inconnu est juste en bas de cet escalier.

Cynthia pose la main sur le bouton de la porte, l'ôte précipitamment, comme s'il la brûlait.

Non. Elle doit le faire. Il le faut.

Elle ouvre la porte. Si lourde. L'humidité froide de la cave remonte comme si la lumière la ressuscitait. Cynthia tâtonne, cherche à l'aveugle un interrupteur jusqu'à ce qu'il lui revienne qu'il n'y a pas d'électricité à la cave : couper l'électricité faisait partie du bannissement éternel du sous-sol.

Il lui faut une lampe torche. Cuisine. Tiroir. Des piles ? Seigneur, faites qu'il y ait des piles.

Elle s'apprête à refermer la porte quand elle

entend un pépiement suraigu, tel un essaim d'oisillons, puis un tambourinement léger, comme une centaine de petits doigts qui pianoteraient nerveusement sur une table. Avant qu'elle ait le temps de se demander d'où viennent ces bruits, la réponse surgit, atrocement claire : des rats.

Des rats.

Des dizaines de rats. Une centaine, peut-être. Enfermés dans cette cave, nés là pour ce qu'elle en sait, ils montent maintenant à l'assaut des marches comme une armée en maraude, attirés par la lumière et peut-être par la promesse de nourriture, d'eau. Elle voit des moustaches, des museaux, le rose pâle des pattes sans poils. En hurlant, elle claque la porte. Le rat de tête l'a déjà presque franchie, et la lourde porte l'écrase à moitié. Ses petits yeux furieux passent de la couleur de la peinture fraîche à celle de la peinture sèche ; son horrible petite langue pointe hors de sa petite gueule si efficace, pleine de dents.

Le pauvre rat innocent ainsi coincé l'empêche de fermer complètement la porte. Elle a le choix. Elle peut ouvrir légèrement la porte et repousser le rat du bout du pied – malheureusement, elle porte des sandales ouvertes – ou elle peut user de toute sa force et pousser la porte jusqu'à couper la créature en deux. Le risque du plan A, c'est que Dieu sait combien d'autres rats vont se précipiter par l'ouverture (elle les entend couiner et gratter en ce moment même), et le plan B (qui semble d'ores et déjà l'option la plus probable) signifie probablement qu'un petit geyser sanguinolent va jaillir du rongeur mort.

Les autres rats ont déjà commencé à grimper sur le dos du rat mort. De minuscules griffes apparaissent dans l'interstice de la porte. Ils semblent se jeter contre elle comme s'ils étaient assez forts pour l'obliger à s'ouvrir.

C'est alors que Cynthia entend une voix, un faible appel de détresse qui monte de la cave.

« À l'aide ! »

C'est Alice. Vivante ! Ici !

Le trouble et le soulagement s'engouffrent en Cynthia comme une bourrasque. Un temps, elle reste incapable de penser ou de bouger. Puis, dans un sursaut d'énergie, elle donne un coup d'épaule à la porte, qui se referme en un gargouillis humide. La partie avant du rat tombe au sol, immobile. Un regard. Un seul. Regarde ailleurs !

« J'arrive ! » hurle Cynthia en espérant que sa voix portera à travers la lourde porte.

Elle se rend à la cuisine, trouve dans le placard le balai récent, à peine utilisé, avec une pelle à poussière en cuivre brillant attachée à la poignée. Elle trouve une lampe torche en plastique rouge toute neuve. Elle l'allume pour vérifier les piles. La lampe s'éclaire d'une vive lumière jaune.

Cynthia revient à la porte de la cave, écarte le demi-rat. Deux centimètres de colonne vertébrale sont visibles, ainsi que l'extrémité violette de quelques veines. Elle inspire profondément, comme pour se redonner du courage. Inspire, expire. Son courage ne donne tout d'abord aucun signe de vie, mais finalement, après la cinquième respiration profonde, il se réveille.

Elle attend. Son espoir, c'est que les rats qui ont remonté l'escalier se sont découragés et sont repartis au sous-sol. Elle ne sait pas ce qu'elle fera contre eux en bas, mais tout vaudra mieux que d'avoir à les affronter dans l'escalier. Elle doit agir vite, avant que son peu de courage ne soit anéanti.

Elle ouvre la porte brutalement, en hurlant pour effrayer les rats qui rôdent peut-être encore là et pour faire savoir aux enfants qu'elle arrive. Son hurlement lui fait mal. Il est douloureux à sa gorge, et il est douloureux à son âme. C'est comme si on lui ôtait son humanité.

Et bien sûr, les rats sont là. Elle balaie de gauche et de droite du rayon de sa lampe, attaque l'essaim de rongeurs de l'autre main avec son balai. Certains basculent dans l'escalier – elle entend leurs bruits sourds et leurs craquements tandis qu'ils disparaissent dans l'obscurité. Certains fuient d'eux-mêmes. Il n'y a pas de héros chez les rats de cette horde ; seulement des rats affamés, apeurés. L'un d'eux, cependant, en essayant d'éviter les poils durs et pointus du balai, a grimpé sur le manche. Cynthia lève le balai, le cogne contre le mur de toutes ses forces, assomme – ou tue – cet unique rat courageux. Quoi qu'il en soit, il lâche sa prise désespérée et disparaît.

Elle dirige le rayon de la torche vers le bas des marches. Le rayon de lumière dorée doit redonner espoir aux jumeaux ; ils se lèvent aussitôt comme des tournesols vers le soleil.

« On est là !

— Vite, s'il te plaît, dépêche-toi ! »

Qui est plus terrifié, Cynthia ou les rats ? Elle mise sur le fait que les rats auront plus peur...

En frappant de grands coups désordonnés sur les marches, elle descend aussi vite que possible, consciente que si elle tombe, tout est perdu. Le rayon de la torche balaie les dos gris-brun des rats qui se retirent, qui fuient comme des villageois devant un dragon. Cynthia est arrivée au bas de l'escalier.

Mais il en est un courageux. Peut-être une femelle ; peut-être vient-elle d'avoir une portée de minuscules ratons sans défense, presque translucides, qu'elle est programmée pour défendre. Quelle que soit la motivation de ce rat solitaire, il se dresse sur les pattes arrière, allonge sa tête étroite, et tout indique qu'il veut protéger son territoire.

« Les enfants ?

— Ils se rapprochent ! » répond l'un d'eux.

Cynthia suppose que c'est Adam. Il semble résigné.

« Donnez-leur des coups de pied. Défendez-vous ! » crie Cynthia.

Le rat qui lui fait face retombe à quatre pattes et s'avance de quelques pas. Cynthia fait un grand arc de cercle avec le balai, en espérant l'effrayer. Elle l'atteint en plein.

Mais plutôt que de fuir, le rat téméraire parvient

on ne sait comment à enfoncer les griffes dans les poils de la tête du balai. Il lui faut un instant pour trouver l'équilibre, mais il remonte lentement vers la jonction entre la tête et le manche, il pose une griffe dessus, puis une deuxième et à présent…

Paniquée, Cynthia jette le balai et son passager à l'autre bout de la cave. Il rebondit contre le mur ou contre un pilier, et il ne reste plus maintenant à Cynthia que sa lampe torche.

Les rats qui fuyaient semblent s'en apercevoir. Par grappes, ils émergent des fissures dans les murs, jusqu'à se fondre en une sorte d'armée de rongeurs, de deux mètres de large sur deux mètres de long. Ils courent tous ensemble le long du mur, incroyablement vifs, comme un éclair.

Trop effrayée pour bouger, Cynthia les garde dans le rayon de sa torche. Les rats semblent converser frénétiquement les uns avec les autres.

« Les enfants ? Je ne vous entends pas ! Où êtes-vous ? »

Auraient-ils trop peur pour parler ? Quelque chose leur est-il arrivé ?

« On est là ! » répond Alice dans un chuchotement désespéré.

Sa voix vient du fond de la cave, là où se trouvait l'ancien soupirail à charbon – la maison a été entièrement chauffée au charbon jusqu'après la fin de la Seconde Guerre mondiale. Le soupirail n'existe plus et la trappe par laquelle les charbonniers pelletaient le charbon dans un grand coffre en contrebas a été murée depuis longtemps. Mais il reste un rebord en saillie, et c'est là que les jumeaux sont perchés, jambes ballantes, trois mètres au-dessus du sol de ciment. Une question traverse l'esprit de Cynthia : *Comment ont-ils réussi à grimper là-haut ?*

Mais ça n'a pas d'importance. Pas maintenant. Elle les a retrouvés. Ils sont vivants. Rien d'autre n'a vraiment d'importance.

Elle arrive au-dessous d'eux, et ils tendent les mains vers elle d'un air suppliant. Elle leur tend à son tour les bras, sans pouvoir beaucoup s'approcher – ils sont à plus d'un mètre cinquante du bout de ses doigts.

Et ils ne sont pas seuls. Une créature plus petite – oh, c'est un enfant ! Cynthia n'en était pas sûre – est accroupie entre eux deux. Une pauvre petite chose sale. L'enfant protège ses yeux pâles du rayon de la torche qui fouille vivement sa petite figure. Quand la lumière balaie ses mains, le bout de ses doigts émet une vive lueur rouge.

« Il faut se dépêcher ! » dit Cynthia.

Elle pointe à nouveau la torche sur les rats, qui recommencent à s'approcher. Le rayon les arrête, en tout cas pour l'instant.

Elle pose la torche au sol, pointée vers les rats.

« Toi, d'abord, Alice. Saute, je vais t'attraper. »

Cynthia s'attend à devoir convaincre la fillette apeurée, mais Alice la surprend et saute de son perchoir sans un instant d'hésitation. Cynthia est à peine prête à la réceptionner, mais elle y parvient. La fillette – sa fille ! – est dans ses bras. Elles restent là un moment dans la quasi-obscurité.

« Alice, dit Cynthia, la voix tremblante de soulagement.

— M'man », murmure Alice.

Cynthia en a le souffle coupé. *M'man !* Elle sent les larmes affluer, le sang lui monter au visage.

Aux autres à présent.

Mais quand elle lève les yeux, ils sont déjà debout à côté d'elle.

« Adam, tu m'as fait peur, merde !

— Votre mère dit des gros mots, dit le petit garçon qui est avec eux.

— Qui es-tu ?

— Dylan, répond Alice. C'est notre ami.

— Dylan Morris, dit le garçon, gonflant sa maigre poitrine. Mon père est le maire de New York ! »

Il a un paquet de biscuits Carr's à la main. Il en prend un, en croque une moitié, se met à mâcher vigoureusement.

« Donne-moi ça », souffle Cynthia.

Elle s'empare du paquet de biscuits de Dylan, trop abasourdi pour dire quelque chose ; il écarquille les yeux d'étonnement. La troupe de rongeurs s'avance lentement, Cynthia jette un biscuit dans leur direction. Mais le biscuit est très léger, et elle le lance trop nerveusement, trop maladroitement : le biscuit retombe cinquante centimètres devant elle et, plutôt que de détourner les rats, il les attire encore plus près d'eux. Elle déchire la cellophane qui entoure le reste des biscuits et les lance vivement, de toutes ses forces. Les rats ne résistent pas; ils se ruent dessus et se mettent à les dévorer avec une énergie si féroce que les jumeaux et Dylan s'en bouchent les oreilles.

« Allez, dit Cynthia en ramassant la lampe torche, partons d'ici avant qu'ils ne s'attaquent à nous. »

Elle prend Dylan dans ses bras, et s'engage dans l'escalier, suivie par les jumeaux.

De nouveau, le faisceau de la torche passe sur la main du petit garçon et, sous l'effet de cette lumière, ses doigts virent nettement au rouge vif. Il s'aperçoit que Cynthia le remarque, et lui jette un regard mauvais.

Lorsqu'ils sont à mi-chemin, Cynthia entend un cri presque humain. Elle se retourne, pointe la lampe torche en direction du cri : certains rats, dans leur frénésie, dans leur délectation, ont commencé à s'entre-dévorer.

Onze

Dennis Keswick fait face à un bâtiment anonyme, quelconque, un bloc en retrait de Kissena Boulevard, dans l'immense quartier de Queens. La lune est claire et il sait qu'il y a des caméras de surveillance dissimulées partout pour garder les abords du bâtiment, mais il ne voit aucune raison de se déguiser, de jouer à cache-cache ou d'empêcher par un moyen quelconque ses employeurs de savoir qu'il est venu inspecter les lieux. C'est dans ce bâtiment, trapu, gris, avec des grilles qui protègent ses rares fenêtres, que les enfants sauvages qu'il récolte sont emmenés. C'est ici que se trouvent les laboratoires Borman & Davis et, il a beau essayer, Keswick ne parvient pas à savoir exactement ce qui se passe ici.

Borman & Davis est un groupe pharmaceutique international réputé et si Dennis sait bien que ses dirigeants, comme ceux de toute grande entreprise, sont motivés par la volonté de maximiser leurs profits (une volonté à peine déguisée sous le mince costume de la « responsabilité envers nos actionnaires »), il croit également que la taille même de l'entreprise les oblige à se comporter de façon plus ou moins raisonnable. Ces garçons et ces filles qu'il leur a livrés et qui se trouvent quelque part derrière la façade terne de ce bâtiment gris clair sont au moins traités aussi humainement que les chimpanzés pendant la période faste, avant qu'une bande de vieilles filles aigries et le gouvernement ne fassent interdire l'expérimentation sur les primates.

Combien y a-t-il de ces petits sauvageons dans le bâtiment à cette heure-ci ? Est-ce qu'on les garde tous dans une grande pièce ? dans des cellules individuelles ? Non, pas des cellules. Des chambres. Les scientifiques leur prélèvent-ils du sang ? du liquide rachidien ? de la moelle épinière ?

Ah, les scientifiques, les scientifiques, ces misérables, prétentieux, arrogants, supérieurs, répugnants scientifiques. Les blouses, voilà comment il les appelle. Les blouses blanches. Traitent-ils Dennis comme leur égal, comme un collègue ? Pas du tout. Ils le traitent comme un livreur. Merci pour le corps, Dennis, à la prochaine. Lui offrent-ils de visiter les installations ? Oh, absolument pas ! Est-ce qu'ils lui proposent de boire un verre d'eau, de passer rapidement au distributeur ? Non. Il ne connaît que le quai de déchargement à l'arrière du bâtiment, c'est tout. Parfois, un type que Dennis appelle Igor le retrouve là, derrière, et l'aide à transporter sa prise du jour à l'intérieur. Igor porte un sweater violet et un pantalon noir, quel que soit le temps. Parfois, trois des savants sortent, des gars plutôt jeunes, qui se sentent un peu reclus et qui veulent profiter de la livraison de Dennis pour prendre l'air frais quelques instants. Ces jeunes chimistes sont polis, presque amicaux. L'un d'eux appelle même Dennis « mec », un autre « mon pote ». Des gens sortis de Harvard/Stanford/MIT, et qui l'appellent « mon pote » !

Dennis aurait pu être un des leurs, si on lui avait donné sa chance. Avec une mère digne de ce nom et un père disposé à assumer son rôle de père... Dennis voit peu de limites à ce qu'il aurait été capable d'accomplir si on lui avait donné un bon départ dans la vie.

Une brise tiède se lève, apportant avec elle une odeur de sucre brûlé. Un couple d'Asiatiques passe, sacs d'épicerie à la main. Ils sont peut-être chinois, peut-être coréens. Dennis ne sait pas faire la différence et il s'en fout. Les Asiatiques sont en pleine ascension et il doit y en avoir quelques-uns très haut placés dans la chaîne alimentaire de Borman & Davis. Qu'ils aillent se faire foutre. Qu'ils aillent tous se faire foutre.

C'est ça, le plan : si les blouses blanches parviennent à isoler le truc qui rend ces gamins quasiment surhumains, il y a une fortune à se faire. Évidemment, la plus grande, la plus grosse, la plus délicieuse part du gâteau ira aux cinq ou six huiles d'en haut, mais les chimistes, les endocrinologues et les biologistes moléculaires qui travaillent dans ce bâtiment auront sûrement droit à une grosse paye.

Même Dennis aura peut-être droit à une augmentation. Ils lui fileront peut-être quelques gros billets, pour fêter ça. Peut-être.

En attendant, il surveille le bâtiment et se demande ce qu'ils peuvent bien F-O-U-T-R-E avec les exemplaires humains qu'il leur livre si fidèlement.

Ô joie ! Joie ! Joie ! Le doux sentiment fébrile du plaisir absolu ! Rodolfo le premier, les autres ensuite – garçons, filles et indécis – foncent escalader des monticules de pierres, courent à travers des pelouses brillantes de lune, des fourrés, grimpent aux arbres, s'enfoncent dans des tunnels sombres, sautent par-dessus des bancs noirs couverts de rosée, s'attrapent, se fuient, s'appellent dans leur langage secret et sans mots de mugissements, de braillements, de cris, de sifflements. Les rires. Le danger. Le désir sexuel. La sensation d'être absolument libres – libérés de leur famille, libérés de la faim, libérés de toute interdiction, d'un « non » de la tête, d'un index pointé, d'un sourcil froncé. La liberté ! De ne pas être jugés, de ne pas avoir peur. Ils sont libres.

Comme l'est Central Park. Il est trois heures du matin. Bien après que la dernière carriole a emporté, au son du *clip-clop* des sabots du cheval, les derniers touristes soûls par les allées sinueuses, bien après que le dernier solitaire qui fixait d'un air abattu son téléphone a fini par rentrer chez lui en titubant. Des halos de lumière blanche papillonnent autour des réverbères. L'éclatante fragrance de la ville flotte dans l'air : parfums et pots d'échappement des limousines. La température a à peine baissé d'un degré depuis le coucher du soleil ; la moiteur de l'air retient la chaleur comme un avare qui s'accroche à une liasse de billets humides.

Çà et là, des sans-abri, dont beaucoup sont fous, dorment sous un buisson, sur les marches de la fontaine. Rodolfo et sa bande ne vont pas les déranger ; ils ont conclu une trêve tacite. La plupart des sans-abri n'ouvrent même pas l'œil quand les petits sauvages passent en courant, et ceux qui se soulèvent sur un coude pour les observer un moment clignent des yeux avant de se rallonger sur leurs pitoyables lits de carton. Ils ne signaleront jamais ce qu'ils voient. Pour quoi faire ? Et qui les croirait ? Pas la police de Central Park, qui depuis son pittoresque commissariat face à la 69e Rue patrouille le parc à cheval, à vélo, en voiture : elle a plus de chances de renverser un des sans-abri que d'écouter sa déposition.

Cette nuit, les enfants sauvages courent librement, dépensent leur énergie. Vivre à l'intérieur a des inconvénients, même en considérant l'argent, la nourriture, les vidéos, les jeux, les lits. Ils ne sont pas faits pour vivre à l'intérieur. Ils ne sont pas faits non plus pour vivre dehors. Ils sont faits pour avoir les deux. Et maintenant, ils ont les deux.

La meute compte une centaine de garçons et

de filles indomptables, mais seuls dix-neuf d'entre eux ont un sang que Rodolfo ose commercialiser. Il aime à prétendre que c'est scientifique, mais en réalité c'est au jugé qu'il fait ses choix. S'ils vendent du sang trop sauvage, ils pourraient avoir des ennuis – l'idée, c'est que les clients s'éclatent, pas de les carboniser ! Et s'ils vendent du sang d'un de ceux qui ne sont pas fondamentalement très différents de n'importe quel autre adolescent – plus rapide, plus prompt à se mettre en colère, un peu plus fidèle peut-être, mais globalement rien de plus que ça –, alors ils vendront de la pure merde, et le frisson que recherchent si avidement les clients ne se produira pas. Tout ce qu'ils auront en échange de leur argent, c'est un petit tube de sang et peut-être, peut-être seulement, une érection placebo. Et ça finira par se savoir. Ces baby-boomers qui cherchent le grand boom ont un réseau. Ils se connaissent tous ; ils parlent – ils n'ont que ça à faire ! Donc, l'important, c'est de préserver l'intégrité du produit. Dans un business qui repose sur le bouche à oreille, l'intégrité du produit est primordiale. Protéger les propriétés du produit, c'est la principale activité de Rodolfo. Il y a un million de choses dont il doit s'occuper : est-ce qu'ils ont assez de seringues, le truc est-il convenablement réfrigéré, qui a droit à une dose gratuite parce qu'il a apporté des nouveaux clients… Il faut aussi suivre les doses elles-mêmes : il vaut mieux ne pas vendre du sang de Boy-Boy à quelqu'un qui a le cœur fragile et qui veut juste un supplément d'énergie pour continuer à distraire sa femme légèrement plus jeune que lui lors de leur anniversaire de mariage – parce que si vous faites ça, ils pourraient bien se retrouver tous les deux dans des tiroirs réfrigérés, à la morgue.

Le rêve de Rodolfo : un jour ils se serviront de l'argent gagné avec ce sang pour acheter une maison à la campagne. Pas trop loin. Ils auront toujours besoin de New York. Les affaires, après tout, sont les affaires. Peut-être à cent cinquante kilomètres en amont du fleuve. Une grande maison, assez grande pour plusieurs dizaines d'entre eux. Au bout d'une longue allée, avec une grille pour en fermer l'entrée. Vérandas. Balcons. Une vaste pelouse. Un million d'arbres. Un étang, un lac, un bassin. Il pourrait fermer les yeux et imaginer la lune chevaucher les ondulations de l'eau.

Habituellement, la meute s'ébat dans le parc en complet désordre, mais, ce soir, Polly reste accrochée aux basques de Rodolfo. Qu'il grimpe un monticule, qu'il joue sur une balançoire, partout où il va, elle est juste à côté de lui, lui emboîte le pas avec sa figure lunaire, sa longue natte, son nez enfantin et son regard vert vif protégé par d'épaisses lunettes.

Contrairement à la plupart des autres, Polly n'a jamais été en danger dans sa famille. Ses deux parents ont été parmi les rares qui ont réussi à se suicider – la plupart des autres étaient trop bestiaux pour le faire, et les animaux ne se suicident pas. Mais les parents de Polly en ont trouvé le moyen. Elle s'est levée un matin et ses parents étaient dans leur chambre pour une fois en ordre, les vêtements rangés, les chaises redressées, le lit fait; tous deux semblaient étrangement calmes, timides et, bien évidemment, morts. Vieux, proches de la soixantaine, ils étaient professeurs et, dans un autre monde, Polly serait également devenue professeure. Elle passait son temps à lire. Elle fuyait les contacts physiques. Si vous la trouviez près de vous, c'est parce qu'elle voulait parler.

Et comme elle parle! Son grand sujet du moment, c'est qu'ils sont tous post-humains.

« Nous sommes les premiers d'une nouvelle race. Nous sommes neufs! Eux sont une espèce disparue venue des profondeurs inimaginables de sédiments fossiles. Des créatures à cinquante pattes et à deux têtes, dit-elle à présent.

— C'est dingo! répond Rodolfo.

— Tout n'arrive pas au sommet de l'échelle de l'évolution, continue Polly. Et même si c'était le cas, on ne sait pas la moitié de ce qu'il y a là-haut. La science ne connaît que dix pour cent de toutes les espèces sur terre. Le monde est plein d'êtres vivants, animaux, plantes et tout, que personne n'a encore étudiés, qui n'ont même pas été nommés. Et ils n'ont pas de nom pour nous non plus. Regardenous! Plus vifs, plus forts, et je ne dirais pas que nous sommes idiots, ça c'est sûr. C'est pour ça qu'ils nous haïssent. Il faut rester prudents jusqu'à ce que nous soyons plus nombreux. »

Elle dit tout cela dans le bon vieil anglais que ses parents lui ont inculqué. Dans la meute, quelques-uns se méfient d'elle, à cause de son langage d'institutrice. C'est la voix de l'ennemi ; ils l'entendent comme un soldat allié de la Seconde Guerre mondiale pouvait entendre le mot « *Achtung!* ».

« Combien des nôtres ont-ils attrapés jusqu'ici ? » demande Polly.

Elle et Rodolfo sont assis sur les balançoires de l'aire de jeux Diana-Ross. Les chaînes grincent. Polly tend les pieds vers l'avant, pour se balancer de plus en plus haut.

« Ça va. Je trouver celui qui faire ça et je le démolir. »

Il lève le menton, fait la moue. Il entend ses garçons, ses filles, quelque part dans le noir. Duels à coups de bâton, luttes.

« Aïeee ! crie l'un d'eux. Me lance pas trop fort ! »

Ça doit être Little Man. Toujours perdant, toujours à se plaindre. S'il était dans une portée, c'est lui qui se ferait écarter de la tétée... C'est lui qu'une petite fille nourrirait à la pipette.

Polly insiste.

« Mais combien, Rodolfo ? Combien ont disparu ?

— Six ? »

Rodolfo répond en haussant les épaules, comme si le sujet lui était indifférent, mais son cœur chavire et se tord à cette seule pensée.

« Ils veulent nous effacer de la surface du globe, dit Polly. J'ai lu... »

Rodolfo rit, comme si elle venait d'avouer quelque chose d'un peu embarrassant.

« Cette usine, en Chine. Tu sais ce qu'elle produit ?

— Des baguettes ?

— Des souris. De toutes les sortes. Ils les vendent à des labos. Des souris sans poils. Des souris schizo. Des souris qui ne savent marcher qu'à reculons. Des souris qui vieillissent en un jour.

— Les gens, c'est méchant comme un film d'horreur.

— Ils font ça en ne modifiant qu'un seul chromosome, reprend Polly. Cette usine de souris a mille sortes de souris différentes, comme des parfums de glace. Et elle les vend à qui veut faire de l'expérimentation. Le seul hic, c'est qu'ils ne peuvent pas contrôler ce qui arrive à la génération suivante. Ce chromosome qui manque modifie l'ADN, mais on ne peut rien prévoir. Donc même si tu croises deux souris sans poils, leurs bébés peuvent être agressifs, ou briller dans le noir, comme ces poissons dans les animaleries.

— J'aimer bien briller dans le noir !

— Ça arrivera peut-être à tes enfants. On a bien un bébé avec des ailes.

— L'est mignon.

— La question, Rodolfo, c'est : que sommes-nous ? Je ne le sais pas. Et toi non plus. »

Rodolfo s'éjecte de la balançoire. Un long moment, il flotte en l'air, puis atterrit sur les cailloux avec un léger crissement.

Polly est là debout, juste à côté de lui. Elle lui

prend la main. *Alors, elle ne fuit pas tout contact*, pense Rodolfo.

« Nous ne sommes pas assez nombreux. Nous ne pouvons pas nous défendre. Il n'y a aucun espoir.

— On est bien. On devenir riches. »

Il remonte sur la balançoire, imité par Polly.

Elle plie et étire ses longues jambes minces. Ils sont parfaitement en rythme. Une impulsion pousse Rodolfo à lui toucher les jambes, mais il serre les poings sur les chaînes.

« Vendre notre sang pour qu'une bande de vieux pervers puissent se sentir rajeunir ? Ça va durer combien de temps ? Et comment sais-tu quel sang il faut vendre ? Vends un mauvais échantillon, quelqu'un deviendra fou et alors la police et tout le monde se lanceront à nos trousses comme si on avait fait exploser l'Empire State Building.

— Tu t'inquiéter trop, Polly. T'avoir besoin de te détendre. »

Rodolfo rit, tend le bras, tire sur longue natte, qui fait comme la corde d'une cloche d'église.

« Si tu veux mon sang, tu peux le prendre. Je sais que je ne suis presque pas sauvage. Je pense que je suis peut-être animale à vingt pour cent. Donc, mon sang est sûr. Mais il y en a d'autres : waouh ! trop bestial.

— Chuis sauvage aussi, répond Rodolfo.

— Pas vraiment. Enfin, je veux dire… Si, tu l'es, bien sûr. Mais pas comme certains autres. » Elle attrape le poignet de Rodolfo, ce qui oblige sa balançoire à tourner, à se tortiller. Elle tient bon, remonte la manche de sa chemise blanche, passe la main sur son bras. « Tu n'as pas de poils. Et tu es intelligent. Et tu es doux.

— Chuis pas doux, réplique Rodolfo en retirant son bras.

— Tu devrais m'emmener quelque part.

— Où ? Il y a tout, ici.

— Je voudrais simplement être seule avec toi. »

Rodolfo sent la chaleur de l'embarras lui monter au visage, il se détourne, ne veut pas qu'elle s'en aperçoive. Polly est jolie, à sa façon. Et intelligente. Et en fait, sa façon de parler, comme une princesse à la télé, ne le dérange pas.

« J'en avoir marre, dit-il. On rentrer ?

— J'aime beaucoup l'appartement, Rodolfo. Mais il s'y passe trop de choses.

— J'ai une chambre, moi tout seul.

— Je sais, mais ça serait bizarre. Y aller avec toi ? Avec tout le monde de l'autre côté de la porte. Philip, Little Man, Suzie, Captain Blood. » Elle lève les doigts pour les compter, ses doigts longs, minces. Elle pratique toujours ses exercices pour être capable d'atteindre une octave d'écart, si jamais elle avait la chance de s'asseoir à nouveau devant un piano. « Boy-Boy, Bump, Lola. Ils t'adorent, tous. »

Ça le fait sourire. La chaleur suinte en lui, comme du miel par la fêlure d'un pot. Il ferme les yeux, lance les jambes vers l'avant, propulse la balançoire encore plus haut. Il ne faudrait pas beaucoup plus d'élan pour qu'il fasse un tour complet. Ou il va peut-être sauter – en ajoutant l'énergie de la balançoire à la sienne, il pourrait rester en l'air pendant cinq secondes. Il sent un vent frais sur son visage. L'air de la nuit gonfle sa chemise.

Il voit le sommet des arbres ; le gyrophare d'une voiture de patrouille illumine leurs feuilles qui tremblent en bleu et blanc. Quelques instants après, la voiture de flics apparaît et, pour afficher le sérieux de son énervement, le flic qui la conduit la fait monter sur le trottoir, traverse celui-ci puis la pelouse et s'arrête aussi près que possible de l'aire de jeux.

Normalement, la bande peut s'évaporer presque instantanément quand ils voient la police. Si jamais un policier les voit, ces garçons et ces filles se déplacent si vite que les agents en patrouille ne remarquent même pas leur présence, ou bien ils se frottent les yeux et s'interrogent l'un l'autre du regard, comme s'ils venaient peut-être d'apercevoir un coyote. Mais ce soir, c'est différent.

Cette nuit les gamins ne s'enfuient pas, ne se dissimulent pas dans l'ombre.

Rodolfo se tourne vers Polly. Elle a enfoncé le bout de ses chaussures dans le gravier pour arrêter sa balançoire. Elle s'accroche aux chaînes et regarde à son tour Rodolfo en attendant qu'il lui indique quoi faire ensuite.

Du sommet des rochers, des buissons et de la grande pelouse centrale, des quatre points cardinaux, la bande apparaît, par deux, trois ou quatre, jusqu'à être une vingtaine à encercler l'aire de jeux. Cette nuit, ils n'ont pas peur. Cette nuit, c'en est fini de la dissimulation, c'en est fini de simplement vouloir que les gens les laissent tranquilles. Cette nuit, ils ne veulent plus espérer être seulement des enfants normaux qui habitent avec leurs parents normaux dans des appartements. Cette nuit, ils en ont assez d'être menacés, assez d'être chassés. Cette nuit, ils sont curieux de voir ce qui va arriver s'ils se défendent.

Les deux policiers viennent du commissariat de Central Park, leur quartier général est à deux minutes de là, c'est ce bâtiment bucolique brun aux lettres blanches en relief qui annoncent fièrement le nom du commissariat. L'un des agents s'appelle Olivia Martinez, c'est son premier mois en poste. Elle a des cheveux noirs coupés aussi court que ceux d'un enfant de chœur, et elle est menue – tellement menue qu'elle a du mal à porter tout son équipement : matraque, menottes, lampe torche, radio, revolver qui pèsent lourd à sa ceinture. Son coéquipier John Kluggel, grand et joufflu, est depuis seize ans dans la police. Cette affectation est une rétrogradation pour lui ; il a reculé sur l'échelle des salaires, de sergent à simple agent, après avoir fait mettre en fourrière la voiture du mari de son ex-femme – non pas une ni deux mais trois fois. Kluggel a des yeux bleus délavés qui disent « Ne m'emmerdez pas » et une grosse tache de naissance rouge sur la joue, de la taille d'une gifle.

Kluggel ouvre son holster, et même si Martinez se dit que ce n'est pas du tout la bonne façon de procéder, s'agissant après tout d'une simple bande d'adolescents qui traînent dans un square, elle fait de même, sachant que sinon ce serait une critique tacite de Kluggel.

« Regarde comment il faut faire », lui marmonne Kluggel en s'approchant de Rodolfo et de Polly. (Il dit à Martinez « regarde comment il faut faire » quoi qu'il fasse en sa présence : remplir un rapport d'arrestation ou commander un café noisette.)

Martinez, qui lève les yeux, à gauche, à droite, à gauche encore, se demande si John n'a pas vu la bonne dizaine d'autres ados qui les encerclent presque, ou s'il les a vus mais a pris le parti de les ignorer et de ne s'occuper que des deux jeunes sur les balançoires.

Il y a deux manières de s'approcher de quelqu'un : vous pouvez aller vite ou lentement. John préférait l'approche lente, il aimait son côté cow-boy bravache, elle sous-entendait qu'il avait tout le temps du monde et qu'il n'était pas du tout tendu ou inquiet. L'approche lente donnait à la personne que vous alliez arrêter et fouiller le temps de s'inquiéter vraiment. Mais tout récemment, il a opté pour l'approche rapide, il fonce sur les gens à une vitesse surprenante, comme propulsé par un moteur qui tourne à plein régime. Il couvre la distance qui sépare sa voiture du pavement de pierres blanches qui entoure les balançoires en quatre ou cinq enjambées vigoureuses.

« Levez-vous », dit-il, la main posée sur la crosse de son revolver, aux deux jeunes qui sont sur les balançoires.

Il attend un instant puis réitère son ordre, la voix pleine de rage cette fois. C'est un adepte fervent de la théorie du respect par la terreur en matière de travail de police. Mais les deux adolescents paraissent sereins. Le garçon a l'air de sourire, et la fille rajuste sa longue natte pour qu'elle lui tombe exactement au milieu du dos.

« On fait pas d'mal », dit Rodolfo.

Il le chante presque.

« Vous m'avez entendu ! réplique Kluggel.

— Ça, vous peut en être sûr, monsieur Bang-Bang ! »

La fille sourit, et l'agent Martinez reconnaît la nature de ce sourire, reconnaît l'expression d'une fille qui est à peine, un tout petit peu, effrayée, mais qui a eu le malheur de tomber amoureuse d'un *bad boy*. Certaines jeunes filles aiment les rodéos émotionnels, jusqu'à ce qu'elles se laissent désarçonner, qu'une ruade les envoie voler, qu'elles se fassent encorner, qu'elles se fassent piétiner. Les pauvres cruches...

John, comme tous les flics du commissariat de Central Park, sait qu'il y a une bande de jeunes bizarres qui rôde dans le parc à des heures bizarres et laisse derrière elle des choses bizarres : des os de petits animaux, de petits tas discrets d'excréments humains. Et qu'elle est bizarrement insaisissable, également. Tellement insaisissable qu'en repérer un (et ces deux-là sur les balançoires entrent sûrement dans la catégorie des jeunes bizarres du parc, tout comme les autres andouilles qui les encerclent lentement là-haut) reviendrait à croiser le dahu lors d'une randonnée. Et tous les flics du commissariat savent aussi que le maire s'intéresse tout particulièrement à ces petits cons, intérêt aussi bizarre que les os et les excréments que les flics et les citoyens ordinaires trouvent dans le parc, de Columbus Circle à Harlem. Bizarre parce que chaque fois que le maire, ce petit snobinard riche qui se pavane à Gracie Mansion, leur met un peu la pression sur cette question des gamins du parc, il s'empresse aussi d'ajouter que si un des flics en voit un plus jeune courir en leur compagnie, il n'a pas intérêt à toucher à un seul de ses cheveux. Mais pourquoi est-ce que le maire Morris dit ça ? On spécule que l'enfant du maire lui-même, qui a disparu, fait maintenant partie de la bande, mais bien sûr, quand un événement important se produit (et la disparition de Dylan Morris en est un capital), il y a toujours des cinglés conspirationnistes qui arrivent à « deviner » un motif secret et un camouflage. L'explication de John à ces directives est beaucoup plus simple : c'est en lien avec la volonté du maire d'éviter le désastre en termes de relations publiques qui surviendrait à coup sûr s'ils faisaient du mal à un gamin de dix ans. Mais ces deux-là, sur les balançoires ? Assez vieux pour ne pas être innocents, et assez vieux pour être tabassés, au besoin.

« Nous ne faisons rien de mal, monsieur l'agent », reprend Polly.

Elle le dit sans supplier, l'énonce simplement comme un fait.

« Montrez-moi vos papiers ! dit Kluggel.

— Je n'ai rien sur moi », rétorque Polly.

Kluggel sourit, comme quelqu'un qui aime l'odeur de la viande pourrie.

« Qu'est-ce que vous faites là ?

— On se promène, c'est tout, répond Polly.

— Vous vous promenez ?

— Oui.

— Et toi ? dit-il à Rodolfo.

— Lèche mon cul », répond Rodolfo, en prononçant le mot cul comme s'il comportait une infinité de *u*.

Kluggel jette un œil par-dessus son épaule, pour s'assurer que Martinez fait bien son boulot. C'est le cas. Elle est à quelques pas seulement derrière lui. Mais elle a l'air terrorisé. Ça n'aide pas.

« Lève-toi, dit-il à Rodolfo.

— J'me balancer ici, monsieur l'agent.

— Lève-toi, putain, ou je te… », mais il n'a pas le temps de préciser sa menace.

Rodolfo se met debout, saisit les chaînes de la balançoire pour se propulser en l'air, effectue un saut périlleux arrière et, après réception, lance les bras en l'air, comme il l'a vu faire quand il regardait les jeux Olympiques de 2004, enfant, sur la télé de ses parents.

Polly fait mine de se lever aussi, mais Kluggel dégaine sa matraque comme si c'était une épée et la pointe vers elle.

« Je vous demande de rester où vous êtes, mademoiselle », dit-il en une pitoyable approximation de politesse.

Polly se rassied et le moral de Kluggel se redresse. Il ne se lassera jamais de faire obéir les gens à ses ordres.

« Fouillez-la, agent Martinez.

— Vous faire pas », dit Rodolfo.

Son long index va et vient comme un balai d'essuie-glace pour la mettre en garde.

« Fais bien gaffe, fiston, dit Kluggel. On n'ouvre pas la bouche quand on est dans la merde.

— Oooh, moi trop peur, réplique Rodolfo.

— Veuillez vous lever, s'il vous plaît », dit Martinez à Polly avec un ton qui se veut d'excuse.

Avec une vitesse stupéfiante, Rodolfo intercepte Martinez et la plaque, la percute de l'épaule juste au-dessus des genoux. Elle se retrouve allongée au sol, cligne des yeux face au ciel sans étoiles.

Ce qui donne toutes les raisons du monde à Kluggel pour dégainer. Mais il a à peine tiré son arme que Rodolfo entoure de ses jambes celles de Kluggel et d'une torsion brève et violente, aussi impitoyable qu'un coup de fouet, le fait tomber.

L'instant d'après, Rodolfo enfonce les dents dans la paume grassouillette de sa main droite. Kluggel s'est fait durement corriger par son propre père, a perdu une dent dans une bagarre à Far Rockaway le matin de son bal de promotion, s'est fait mordre par le chihuahua de sa mère, a reçu une fois un parpaing sur le pied, s'est retrouvé pris dans un carambolage de cinq voitures sur Hutchinson River

Parkway il y a cinq Thanksgiving de ça, et il s'est accidentellement tiré dans le lobe de l'oreille droite en nettoyant son revolver. Mais rien de ce qu'il a éprouvé ne pouvait le préparer à la douleur que lui causent les dents de Rodolfo qui s'enfoncent dans sa main. Si la douleur était une couleur, elle serait du rouge le plus vif, et si c'était une température, elle serait de deux cent treize degrés Celsius.

Ce n'est pas seulement la morsure. C'est le déchiquetage, le broyage. Le pistolet glisse de la main de Kluggel. Une voix en lui sonne l'alarme, mais il peut à peine en comprendre les mots – c'est comme si quelqu'un vous parlait au milieu des hurlements d'un ouragan. Mais cette alarme lui dit qu'en aucun cas il ne doit laisser le garçon s'emparer de son arme à feu.

« Désolée », dit Polly à Martinez en la clouant au sol.

Elle ne paraît pas faire un grand effort, mais Martinez est immobilisée. C'est comme si elle était dans un cercueil : la conscience bondit, fait des embardées, mais c'en est fini du corps.

Rodolfo se redresse d'un bond, donne un coup de pied dans le revolver qui finit sous des buissons, puis crache ce qu'il a croqué, un petit bout de chair déchiquetée accompagné d'un jet de sang salé.

« Vous être malade complètement, agent Bang-Bang », dit-il.

Il s'essuie la bouche d'un revers de main, en espérant que l'officier, au sol, ne lui a pas transmis de maladie bizarre.

John a peut-être eu des problèmes dans son service – sa carrière dans la police est loin d'être exemplaire –, mais il a gardé une sorte de dévouement, et même une vague forme d'idéalisme. Et il a toujours été un vrai compétiteur. La douleur lui donne le vertige, mais il est également résolu à arrêter ces gamins, et il a à présent un vrai chef d'inculpation, quelque chose qui tiendra à cent pour cent. La main blessée repliée, il tente de se mettre à genoux. Il jette un œil à Martinez : inutile. À sa voiture : trop loin. Il espère en vain qu'une autre voiture de patrouille va passer. Ou quelqu'un. N'importe qui.

Il résiste à la tentation de regarder sa main blessée, ça ne ferait qu'empirer les choses. Il lui faut plus longtemps que d'habitude pour se mettre debout. Il a un pied au sol, mais l'essentiel de son poids est sur le genou qu'il a encore à terre. D'accord. À trois. Un...

Il ne va pas plus loin. De tous les côtés à la fois, les jeunes sauvageons du parc se précipitent. Ils foncent sur lui comme s'il était un mannequin d'exercice au plaquage, la veille d'un grand match. Il se retrouve à plat ventre, le visage écrasé contre les cailloux. Les petites pierres blanches s'enfoncent dans son nez, lui entrent dans la bouche, appuient sur ses paupières fermées. Il ne peut rien faire.

Il entend le garçon sur la balançoire houspiller les autres, leur dire d'arrêter, de ralentir.

« Ça va, ça va !, crie-t-il. Stop ! Aller doucement ! »

Mais il ne semble pas que les autres soient prédisposés à aller doucement.

Ce qui suit est une éviscération pire qu'on puisse l'imaginer : sa chair et ses os sont sauvagement, férocement dévorés, son existence s'achève. Deux moments, deux moments seulement de la fin de sa vie suffisent à deviner l'horreur de la chose. Le premier est cet instant d'espoir qui l'a traversé quand le groupe s'est rué sur lui, d'espoir qu'ils ne cherchaient qu'à s'amuser. Têtes, genoux, poitrines osseuses et tout ce qui le cognait, comme s'ils voulaient faire une pyramide avec lui dessous !

Le second moment survient trois minutes peut-être après le début de l'attaque, après qu'ils l'ont fait rouler sur le dos, ou peut-être qu'il a réussi lui-même à se retourner sur le dos. Il est alors complètement submergé par la douleur physique qu'on lui inflige – sa chair déchiquetée, ses membres tordus. En un mouvement instinctif pour se défendre, il frappe un coup désespéré dans l'amas de corps indistincts, un grand coup circulaire porté, croit-il, avec assez de force pour en décramponner, peut-être même en assommer au moins deux ou trois. Mais rien ne se passe. Il ne sent pas l'impact de son poing… Il frappe dans le vide. Personne ne dit « aïe », personne ne recule. Le coup n'a pas porté. Mais pourquoi ? Puis il voit pourquoi… Le bras avec lequel il tente de porter le coup n'est plus rattaché à son corps. Il a été totalement arraché, et un de ces petits démons qui vivent au cœur de l'obscurité l'a pris dans ses sales petites mains et le soulève au-dessus de sa tête pour le montrer aux autres.

Rodolfo a renoncé à les empêcher de s'en prendre aux policiers. il s'est mis à l'écart avec Polly, et note lesquels sont les plus incontrôlables, lesquels attaquent seulement parce qu'ils suivent les plus affamés, les plus acharnés de la bande, et lesquels se contentent de regarder. Il a besoin de ces informations pour déterminer à qui prendre le sang qu'ils vont vendre, et qui a un comportement si extrême que son sang serait tout bonnement trop dangereux à commercialiser.

Douze

CENTRAL PARK FERMÉ
après l'attaque de deux policiers par des chiens sauvages

Je ne sais pas par où commencer. Les enfants ont disparu. Ils ne m'ont pas encore expliqué clairement où ils étaient partis, ni pourquoi. Ils sont revenus avec un troisième gamin qui prétend être le fils du maire de New York, rien que ça ! Et j'ai failli recommencer à boire. (Bon, techniquement, j'ai recommencé à boire. J'ai acheté une bouteille de vitamine V, je l'ai ouverte et il y en a eu un peu sur mes lèvres. Mais ma bouche ne s'est pas craquelée, je n'ai pas pris de cuite et, si j'ai vidé la bouteille, c'est dans l'évier !)

Bon. Je reprends au début. Les enfants ont disparu. Oh, là, là ! Cette horrible petite chanson dans le cabinet du thérapeute qui vous indique que la porte s'est ouverte, découvrir la salle d'attente vide et les chercher partout en ville – aiguille, botte de foin, etc. – sans avoir la moindre idée d'où ils sont allés (je ne le sais toujours pas), de ce qui les a poussés. Sans savoir si on les a enlevés ou s'ils ont couru après quelque chose, ou même s'ils me fuyaient, moi... Oh, mon Dieu, j'en ignore tant ! Je suis une mine de non-information.

J'ai été incapable de les retrouver. Ils sont revenus d'eux-mêmes, le petit Dylan Morris, si c'est bien son nom, à leur suite. Dylan doit être le gamin le plus perturbant que je connaisse. Il vous regarde, non pour vous connaître ni pour communiquer avec vous, mais simplement pour savoir ce que vous allez faire. Si vous allez tenter de le toucher. Si vous allez vous diriger à droite ou à gauche, si vous avez de la nourriture ou autre chose qui l'intéresse, si vous lui voulez du mal... C'est comme si vous marchiez sur un sentier, en forêt, que vous tombiez par hasard sur un animal, et que vous soyez tous les deux totalement surpris. Mais l'étrangeté de Dylan est pire qu'une horrible absence de sentiments humains : si c'est un fugitif, je peux comprendre qu'il ait du mal à s'ouvrir aux autres. Qui sait ce qu'il a enduré, ce qu'il fuit et ce qu'il a dû faire pour rester en vie ? Mais il a... Seigneur, je n'ai même pas envie de l'écrire. Ce serait la preuve que je commence à devenir folle... Et si je deviens vraiment folle, ces gamins vont bel et bien se retrouver avalés par le broyeur du système d'aide sociale qui transforme les enfants en chair à saucisse. Mais je vais l'écrire malgré tout : Dylan a des mains qui brillent dans le noir.

OK. Je reste assise là à relire la dernière phrase que j'ai écrite. Et si je devenais vraiment dingue ?

Oui, c'est possible. En voici une autre preuve : Je me suis laissé convaincre par Adam et Alice que Dylan pouvait rester ici. Juste cette nuit, selon eux. Je ne les ai jamais vus aussi catégoriques, aussi virulents et inflexibles. Et honnêtement, j'ai cédé par peur : à ce stade, s'ils disparaissaient à nouveau, je ne pourrais pas le supporter. Je croyais que mon boulot, ma mission, était plutôt simple : les garder à la maison à tout prix. Les tenir en sécurité. Et parfois, c'est en assouplissant les règles qu'on accomplit son boulot. Qu'est-ce que je préfère, défendre le principe qu'il faut obéir à tout ce que dit maman – ou tante Cynthia, ou Dieu sait qui je représente pour eux – ou les défendre, eux ?

Nous étions à la table de la salle à manger. Je les regardais dévorer leurs assiettes. Quel soulagement ! Malgré cette journée vraiment infernale, les voir manger me rendait heureuse. (Ils n'ont pas pris un gramme depuis que j'en ai la garde !) Et quand Dylan a tendu le bras pour se servir – il a des manières de furet – et que la lumière du lustre est tombée sur ses petites mains avides, sa peau s'est mise à luire d'un rouge fraise. Je sais, je l'ai déjà dit, mais je le redis. Là-haut, à l'étage, il y a un gamin endormi qui brille dans le noir. Et ce qui est encore plus dingue, c'est que, quand j'ai regardé Alice, elle s'est contentée de tendre le cou, comme si elle essayait de comprendre pourquoi je la regardais comme ça, et qu'Adam a fait la même chose. Soit ils n'ont rien vu, soit ils s'en fichent, soit c'est mon esprit qui me joue un horrible tour. Nous avons fini par conclure un accord : Dylan peut passer la nuit ici, et nous verrons demain matin quoi faire de lui. Je vais l'obliger à renoncer à son histoire débile de fils du maire de New York, trouver où il habite vraiment, et voilà tout.

Et cette maison. Cette maison est pleine de rats. Combien ? Un millier ? Essayer de trouver un dératiseur à

New York, c'est comme décrocher un rendez-vous chez un neurologue : « J'ai une possibilité en septembre, mademoiselle… » alors qu'il me faut quelqu'un pour hier sans faute ! Mais bon, j'ai quand même fini par en trouver un qui a bien voulu me laisser un putain d'espoir en me disant qu'il passerait d'ici un jour ou deux…

Quant à Alice et Adam, il va falloir qu'ils me disent pourquoi ils ont disparu comme ça. Ils ne comprennent peut-être même pas que, quand on fait partie d'une famille, on ne se comporte tout bonnement pas de cette façon. Ils ne perçoivent peut-être même pas combien je m'inquiète pour eux, ce que ça me fait endurer. Ils ne savent peut-être même pas ce qu'ils représentent pour moi, et l'idée qu'il puisse leur arriver quelque chose ne leur fait peut-être pas peur, ou alors ils n'y pensent même pas. Je dois garder à l'esprit que ces deux enfants adorables ont vécu dans la pire des pauvretés : la pauvreté affective. Quand ont-ils ressenti la sécurité de l'amour d'une mère (ou d'un père, ou de n'importe quel adulte, en fait) ? Et c'est pour cela que je t'appelle « cher », cher journal. Parce que je peux te confier ce que je suis incapable de confier à personne d'autre : j'adore ces enfants et je crois – de toute mon âme – que mon amour pour eux est plus fort que n'importe quel médicament, que n'importe quelle drogue démente que leurs idiots de parents, leurs pathétiques parents ont pu prendre. Et plus fort…

Cynthia entend un bruit, lève le stylo de la page, se tourne en direction du son, attend. Mais la maison est silencieuse – ou plutôt aussi silencieuse que peut l'être une maison à New York. Le tonnerre gronde dans le ciel sombre et flasque. Elle va à la fenêtre, regarde au-dehors. Il est près de minuit et il commence à pleuvoir : la chaleur va peut-être leur laisser un peu de répit. Bien qu'on soit en semaine et qu'il soit tard, il y a plus de circulation que pour dix samedis soir réunis n'importe où ailleurs. Taxis, limousines, minibus qui arrivent de Long Island, jeeps venues du New Jersey, Tesla[1] venues d'on ne sait où... L'onde vaporeuse d'un éclair. Sur le trottoir, les piétons se promènent, oublieux de la pluie. Certains l'accueillent même avec plaisir, écartent les bras, ouvrent la bouche pour la boire. Cynthia scrute la rue, cherche le moindre signe de ce taré. Elle ne le voit pas, ce qui ne la réconforte guère. Il peut être n'importe où. Il peut être dans un café, un bloc plus loin. Il peut être si proche de la maison qu'elle ne peut pas le voir. Il peut être dans la maison en ce moment même...

Il se passe trop de choses ; trop de choses qui ne vont pas. Elle sent la pression des événements monter en elle, prête à crever la digue en définitive fragile qu'est sa confiance en elle. *Qu'était* sa confiance en elle.

Cynthia ouvre son ordinateur, entre « le fils disparu du maire Morris » dans son moteur de recherche, juste pour s'assurer définitivement que ce Dylan que les enfants ont ramené à la maison ne dit que des conneries. La recherche donne plus d'un million de résultats, et Cynthia clique sur le quatrième – quelqu'un lui a dit une fois que les pre-

1. Marque de voitures électriques.

miers payaient les moteurs de recherche pour apparaître en tête. C'est un article du *New York Times* avec un gros titre : LE FILS DU MAIRE DISPARAÎT. Un chapeau annonce :

« Dylan Morris a disparu depuis trois jours. La police et le bureau du maire confirment enfin l'information. »

Elle lit rapidement. Selon l'article, le garçon a disparu de Gracie Mansion à un moment de la soirée du dimanche. Il explique la décision du maire, prise en accord total avec les services de police, de ne pas rendre la chose publique pour que rien ne puisse gêner les négociations avec les ravisseurs de Dylan, même si le journaliste souligne qu'aucune rançon n'a été réclamée pour le garçon, et qu'il n'y a eu apparemment aucun contact d'aucune sorte avec quelqu'un qui pourrait être responsable de sa disparition.

Cynthia parcourt l'article rapidement jusqu'en bas et voilà que surgit la photo de Dylan. Bien qu'il y apparaisse habillé du blazer, de la chemise blanche et de la cravate rayée de son uniforme scolaire, que ses cheveux soient brillants, bien peignés et qu'il arbore un large sourire confiant, il ne fait aucun doute que c'est bien le garçon qu'elle a trouvé blotti dans la cave.

Une vague de peur déferle en elle.

C'est impossible ! Elle ne peut pas abriter cet enfant. Ses parents sont au supplice – toute la ville est au supplice –, dans l'angoisse de ce qui lui est arrivé. Comment a-t-elle pu l'ignorer ? Elle se croit aliénée, coupée de tout. Ce n'est pas sa ville. Elle s'empare du téléphone, sans savoir qui appeler. La police, les urgences ? Oui, les urgences. Bien sûr. Elle compose les trois chiffres. Un opérateur répond à la deuxième sonnerie.

« Dylan Morris, le fils du maire, est chez moi, dit Cynthia d'une voix affolée, quoique à peine plus vive qu'un murmure.

— Où êtes-vous, madame ? »

L'opérateur doit savoir que l'appel vient d'un téléphone portable avec l'indicatif de San Francisco.

Haletante, Cynthia donne son adresse. Mais elle entend alors comme un bruit d'explosion. Assommée par le choc, elle s'assied au bout du lit, se recroqueville sur le téléphone.

« Madame ? »

La voix est courtoise, mais pressante.

« J'ai entendu quelque chose, murmure Cynthia.

— Vous dites que Dylan Morris est chez vous, madame. C'est bien ça ?

— Chut ! Il y a quelqu'un ici.

— Une voiture de patrouille est en route, madame. Le garçon est-il sain et sauf? Madame ! Est-il sain et sauf? »

En tenant le téléphone devant elle comme s'il pouvait la protéger, Cynthia quitte lentement sa chambre, s'avance en haut de l'escalier et jette un œil en bas, vers le hall d'entrée. La porte est grande ouverte. Un coup de tonnerre, le fracas d'un éclair. La pluie tombe à seaux, et s'engouffre dans l'entrée.

Oh non ! pense-t-elle. *Pas encore, par pitié !*

Elle repousse la porte. Le sol est trempé. Les murs éclaboussés de pluie. Sa jolie maison !

Mais elle s'inquiète surtout pour les enfants, là-haut. Elle fonce au deuxième étage. En grimpant les marches, elle entend l'opérateur des urgences qui l'interpelle avec de moins en moins de patience.

Et quand elle débouche sur le palier d'Alice et d'Adam, elle voit ce qu'elle redoutait le plus : deux chambres vides.

« Ils ne sont plus là ! hurle-t-elle dans le téléphone. Plus là, plus là, plus là !

— Restez calme, madame ! Des agents sont en route. »

Et effectivement, au moment où Cynthia rejoint le rez-de-chaussée, une voiture de police s'arrête devant la maison, teintant la pluie battante de ses gyrophares.

Libres ! Libres ! Adam, Alice et Dylan (qu'Adam porte sur son dos parce qu'il court moins vite que les jumeaux) foncent dans Central Park balayé par des trombes d'eau. La pluie libère la chaleur accumulée dans le sol après toutes ces journées de canicule, et nimbe le parc de brume, telle une antique lande hantée entourée de toutes parts de tours de verre et d'acier.

Ils ne savent pas si on les suit, mais ils savent qu'il n'y a pas de temps à perdre. Ils ne savent pas où ils vont, mais ils savent qu'ils doivent y aller le plus vite possible.

Ils ne savent pas qui ils sont – ou ce qu'ils sont –, mais ils savent ceci : ils doivent survivre.

Ils s'arrêtent un instant sous un platane géant pour reprendre leur souffle.

« On devrait peut-être rentrer, dit Adam, haletant, en posant Dylan au sol.

— Rentrer ? » s'exclame celui-ci, comme si l'idée était non seulement folle mais dangereuse.

Il ouvre la bouche pour attraper une goutte de pluie qui tombe du feuillage.

« Pourquoi rentrer ? dit Alice. De toute façon, je veux voir l'endroit où habitent les autres. OK ?

— Elle nous a pris avec elle, Al, répond Adam. Sans elle, on serait encore en famille d'accueil.

— Oui, je sais. Mais...

— Et on ne serait même pas ensemble, ajoute Adam. Et...

— Et quoi ?

— Dans mes familles, j'avais toujours... » Il détourne les yeux. De gros tourbillons de brume, épais comme des nuages de fumée, traversent la grande pelouse centrale. « J'avais toujours un peu les jetons, voilà, lâche-t-il à voix basse.

— On retournera à la maison dans pas longtemps, dit Alice.

— M'man est plutôt sympa. Tu trouves pas ?

— "M'man" ?

— Comment on devrait l'appeler ?

— C'est pas notre vraie mère.

— Maintenant, si. Et elle est méga gentille avec nous.

— Arrêtez, tous les deux », coupe Dylan.

Il est continuellement parcouru de grands sursauts d'énergie. Il se contorsionne pour assimiler le flux permanent d'adrénaline. Dylan se met à courir ; ils le suivent. Ils filent vers le nord. Vers l'ouest, à présent. De plus en plus vite. Et plus vite encore.

Chaque fois qu'ils passent sous le globe vaporeux d'un réverbère, Adam voit les petits doigts serrés de Dylan briller d'un rouge vif. *Qu'est-il donc ?* s'interroge Adam.

Au moment où ils sautent au-dessus d'un banc, son regard croise celui d'Alice. Ils passent deux bons mètres au-dessus du dossier ; la puissance de leurs jambes semble sans limites. Le ciel paraît se pencher sur eux, ses bras brumeux les soulever de plus en plus haut.

Que sommes-nous donc ? se demande Alice.

Rodolfo arpente à grandes enjambées le long couloir qui traverse tout l'appartement de Riverside Drive. Ce qu'il voit lui rappelle une image qu'il a vue lors de sa dernière année à l'école – il était en cinquième – quand ils étaient censés étudier la guerre de Sécession, mais qu'il ne parvenait qu'à agiter son stylo, à trépigner sur place et à prier pour que son crâne n'explose pas. Il ne se souvient de presque rien de cette année-là, mais il se rappelle l'image d'une tente avec un côté réduit en charpie, un hôpital de fortune plein de soldats blessés, où même les plus gravement touchés semblent calmes et résignés sur leurs lits de camp, tandis qu'un médecin impassible avec une barbe comme une enclume, assisté d'une infirmière qui ressemble à un ange, fait ce qu'il peut pour les sauver. Ici, dans son antre qui domine la ville, neuf garçons et filles sont assis par terre, dos au mur, leurs bras dénudés tendus, pendant que Boy-Boy passe de l'un à l'autre et leur prend du sang. C'est lui, le roi de la seringue. Il est non seulement doux et habile avec une aiguille intraveineuse, mais c'est également lui qui a forcé une pharmacie voisine et volé plusieurs boîtes de seringues et de tubes à essai étanches. Little Man le suit, recueille les tubes, s'assure qu'ils sont hermétiquement fermés et les emporte à la cuisine, où il les dispose dans le réfrigérateur.

Rodolfo observe, les bras croisés sur la poitrine, comme le général Sherman passant ses troupes en revue. C'est au tour de Boum-Boum, et Rodolfo sourit devant son évidente sensiblerie. Boum-Boum, indomptable et intrépide, plus rapide que n'importe quel animal du parc, qui escalade un arbre aussi facilement qu'un escalier grimace à présent ; il louche, détourne la tête aussi loin qu'il peut sur la gauche tandis que l'aiguille fait couler son sang et que le flacon passe du transparent au rouge vif, puis à quelque chose de presque noir.

Rodolfo entend du bruit dans l'entrée, et se tourne vers sa source avec la concentration instantanée, pure, de l'animal des bois qui a entendu une branche se casser.

C'est le petit Dylan Morris. La moitié des flics de la ville le cherchent, et il a reçu l'ordre de ne jamais venir à l'appartement. Mais il est là.

Et il n'est pas seul.

Adam est derrière lui, et derrière Adam... Alice.

Alice !

Rodolfo court à sa rencontre. Il lui fonce dedans, en réalité, mais ce n'est qu'un coup en passant. Il continue à courir – ses jambes ne veulent pas s'arrêter. Elles sont comme les pistons d'un moteur dont l'accélérateur est collé au plancher. Il cogne les murs, rebondit sur les meubles, yeux écarquillés, bras levés, court dans tous les sens dans l'appartement, en une extase incontrôlable. Finalement, il bondit à mi-hauteur sur le mur du salon, effectue un salto arrière avec un atterrissage parfait qui vaudrait dix points.

«Je savais que tu venirais !» dit-il, pantelant.

À cinq heures du matin, Cynthia rentre à la maison, enfin libre après sa garde à vue. Les policiers n'ont pas paru très inquiets à l'idée qu'Adam et Alice sont seuls quelque part dans cette grande ville dangereuse ; ils sont, à l'inverse, extrêmement sensibles au fait qu'elle ait vu le fils du maire et, durant les premières heures de sa garde à vue, l'ont traitée comme suspecte potentielle. On l'a d'abord suppliée d'aider à retrouver Dylan Morris, puis les questions se sont faites de plus en plus pressantes, pour se transformer en un véritable interrogatoire. Elle est en compagnie d'Arthur Glassman, qu'elle a appelé quand ils ont fini par l'autoriser à passer un coup de fil. Ils entrent dans la maison, avec le mince espoir que les jumeaux seront revenus durant son absence.

Ils sont tous deux épuisés. Cynthia n'a pas dormi ; Arthur, seulement deux heures. Leurs estomacs sont aigres, leurs haleines, fétides. Cynthia est humiliée d'avoir été traitée comme une criminelle, et Arthur commence à se demander combien de bonnes actions il lui faudra accomplir par respect pour ses deux vieux amis Alex et Leslie. Cette sœur, c'est pas rien. Elle a quelque chose de fanatique dans sa solitude. Il serait peut-être temps de commencer à lui facturer des honoraires.

Un bruit de scie se fait entendre, de partout. Ce sont les rats – les rats de la cave, les rats du grenier, les rats dans les murs – qui rongent le bois. Ils rongent pour limer leurs incisives en perpétuelle croissance ; sinon, leurs dents perceraient leurs babines.

« Des rats, dit Cynthia en réponse au regard interrogateur d'Arthur.

— Il faut que vous fassiez venir quelqu'un pour vous en débarrasser. On dirait qu'ils vont littéralement sortir des murs.

— Je crois qu'ils sont craintifs, en fait.

— Je n'en doute pas », répond Arthur.

Cynthia sent bien que les jumeaux ne sont pas là, mais la maison est très grande et elle doit la fouiller, pièce après pièce. Arthur l'attend dans la bibliothèque. Il se réconforte à l'idée de son petit déjeuner à venir. Consulte sa montre. Bientôt six heures. Il se demande s'il est assez présentable pour faire le court trajet à pied jusqu'au Regency et s'offrir le plaisir pervers mais bien réel de dépenser pour une tasse de café à peu près ce que gagne un travailleur du textile bangladais en un mois. Il porte une paire de chaussures correctes, quoique sans chaussettes. Son pantalon est froissé, sa chemise a traversé de nombreuses heures de service angoissantes, et la question se pose de son hygiène intime, victime innocente de son réveil brutal. Mais les politiciens et les gens des médias ne seront pas encore arrivés, et il peut prendre une table à l'écart. L'omelette aux *fines herbes*[1] ! Les fruits rouges mélangés ! Le pain aux sept céréales. Il essaie vaguement de se rappeler la dernière fois qu'il a mangé du pain blanc. Autrefois, le grain suffisamment traité pour donner du pain blanc était un luxe réservé aux riches, mais lorsqu'il est devenu à la portée de tous, les riches ont tout à coup découvert que le pain blanc était du suicide en tranches, et préfèrent tous maintenant les farines paysannes plus denses. Arthur le sait, et il sait également que c'est absurde. Néanmoins, il veut son pain aux sept céréales, et ne peut même pas imaginer manger une tranche de pain de mie blanchâtre et sans goût fabriquée à l'intention des masses aux ventres flasques.

1. En français dans le texte.

« Bon Dieu de merde ! »

C'est la voix de Cynthia, qui vient du hall d'entrée. Elle paraît furieuse, ce qui fait lever les yeux au ciel à Arthur. Il est un peu surpris du peu de sympathie qu'il éprouve pour elle. Tout a commencé lorsqu'elle est montée dans la mauvaise voiture en sortant du tribunal, et son agacement a crû quand il a vu cette immense maison et suspecté que le bon vieux désir de devenir propriétaire compte pour une bonne part dans son enthousiasme à adopter ces étranges petits jumeaux. Mais le véritable moteur de sa contrariété, c'est qu'elle l'a appelé du commissariat et a interrompu son sommeil. Le sommeil est devenu sacro-saint pour Arthur ; ces heures à rêver dans ses draps français sont ce qui le motive toute la journée. Et il n'y a pas que ça : il a besoin de huit heures de sommeil, et neuf de préférence, autant que d'oxygène pour respirer. Il s'extrait néanmoins de son fauteuil, grogne puissamment. Mais avant qu'il ait parcouru la moitié de la bibliothèque, Cynthia entre en s'essuyant les mains sur les hanches et secoue la tête.

« La porte était grande ouverte, dit-elle. Le hall est trempé.

— Vous ne l'avez pas fermée quand nous sommes entrés ?

— Je croyais que si. Je ne sais plus… J'imagine que non.

— Écoutez, Cynthia. Je dois y aller. » Arthur consulte sa montre de luxe – il espère ne jamais se lasser d'observer la beauté simple de son adorable petit cadran. «J'ai une journée chargée devant moi.»

Son sourire n'est rien de plus qu'un étalage de dents, en réalité. Il pourrait aussi bien brandir un râteau. Mais Cynthia a peur de le voir partir, peur d'être seule dans la maison et, plus encore, peur de la possibilité qu'elle ne soit pas seule.

«Restez, je vous en prie», dit-elle.

Elle peut à peine le regarder en face tant elle a honte d'agir ainsi.

Le sourire s'efface lentement du visage d'Arthur – le râteau est écarté, la porte de la grange se ferme.

«Je dois vraiment y aller. Vous êtes mère à présent, ma chère. La tâche est difficile, mais vous devez l'assumer. Continuez et gardez votre calme, comme on dit.

— Arthur...

— Tout va bien, ne me raccompagnez pas. Vous devriez peut-être fermer à clé derrière moi : il ne faudrait pas... qu'elle se rouvre encore.»

Il part vivement, et Cynthia verrouille la porte, en se demandant si elle enferme les ennuis dehors ou dedans.

Elle appelle d'une voix tremblante :

«Les enfants ? Les enfants ?»

Elle est seule. Et elle sait qu'elle n'est pas seule. Le tourbillon de pressentiment et de peur qu'on appelle intuition contredit la certitude que lui procurent ses yeux et son sens logique. Elle sait qu'elle n'est pas seule. Elle sait que dans la pièce suivante, ou à l'étage, ou au palier suivant, ou à la cave, quelqu'un (quelque chose ?) rôde, affamé, mû par le mal le plus vil.

La maison est trop grande. Il y a trop de pièces. Comme ce doit être merveilleux d'habiter un petit appartement, une boîte, où tout est visible à tout instant. Où vous pourriez laisser la porte de la salle de bains ouverte, celle de l'unique placard aussi. Il ne devrait pas y avoir plus de pièces que de personnes. Un espace inoccupé est une pépinière pour… elle ne peut même pas mettre de mots sur ce qu'elle redoute.

« Les enfants ! »

Sa voix est désormais très pressante. Même à ses propres oreilles, elle paraît frénétique, presque dérangée.

Elle traverse l'entrée trempée. Il y a quelqu'un ici. Elle ne peut pas le prouver, mais vraiment, en fin de compte, se dit-elle, les choses les plus importantes dans la vie ne sont-elles pas celles qui n'ont aucune explication rationnelle, celles qu'on ne peut pas démontrer ?

Elle est face à la lourde porte de bois de la cave. Elle est verrouillée, de l'extérieur.

Cette cave n'est pour Cynthia qu'horreur et catastrophe. La première fois qu'elle en a descendu l'escalier, elle a découvert le hideux chenil-abattoir que sa sœur et Alex avaient installé, où chiens et chats, furets, écureuils, lapins et hamsters étaient engraissés puis dévorés par les maîtres de maison, de plus en plus fous furieux. Et c'est là que Cynthia est tombée sur le Cubain à demi dévoré, à peine vivant, qui est mort – quel soulagement – à l'hôpital peu de temps après. Elle pensait alors qu'elle ne se remettrait jamais de cette vision, mais tout comme le souvenir d'une gifle s'efface après qu'on a reçu un coup de poignard, et que ce coup de poignard paraît moins horrible, presque tolérable en réalité, quand on devient la cible d'un bombardement, le souvenir du pauvre Xavier Sardina déchiqueté, même s'il n'a pas disparu, a bel et bien été atténué par l'amoncellement de nuages de tout ce qui s'est passé ensuite – le *clic-clic* des portes de la Town Car, la chauve-souris dans les toilettes, la disparition des jumeaux et le tapis vivant des rats qui couinaient.

Et pourtant, elle doit inspecter la cave – mais, cette fois, elle laissera la porte ouverte et ne descendra pas plus qu'une marche. Deux tout au plus.

Elle se rend à la cuisine, prend une lampe torche, l'allume pour être sûre que les piles sont neuves. La large face lunaire de la torche s'allume d'une lueur dorée dans l'obscurité de la demeure qui précède l'aube. Oh, cette demeure, cette majestueuse maison de ville qu'elle enviait, qu'elle jalousait tant autrefois, cette forteresse, ce bijou de la couronne de l'Upper East Side que Cynthia, dans son envie et son avarice, voulait tellement posséder ! Elle est maintenant piégée dans cette vitrine, dans ce symbole d'une époque lointaine, terriblement élégante, où les maçons tout juste débarqués du bateau arrivé d'Italie travaillaient pour presque rien, où les servantes rougeaudes à l'accent irlandais chantant trimaient et récuraient pour à peine plus que le gîte et le couvert, où les Twisden de jadis reposaient à l'abri de leur fortune non imposée.

Elle déverrouille la porte. En haut de l'escalier raide, accrochée d'une main à l'encadrement de la porte comme si un vent soudain pouvait la balayer et la précipiter toujours plus bas dans les profondeurs, Cynthia tâtonne le long du mur froid et humide, essaie de localiser l'interrupteur, oubliant un moment que l'électricité y a été coupée il y a plusieurs mois. Puis, avec précaution, Cynthia avance un pied puis l'autre sur la marche supérieure, telle une hydrophobe sur un plongeoir.

« Je sais que vous êtes là en bas », dit-elle du ton le plus neutre qu'elle puisse adopter.

Un faible écho lui répond. Mais ensuite, tout n'est que silence. Même les rats sont silencieux – ou alors, ils sont partis ailleurs.

Aucune chance !

Cynthia attend, et décide d'essayer encore une fois. Après, elle s'en ira. Verrouillera la porte. Et priera pour ne jamais avoir à y remettre les pieds.

« D'accord, les enfants. Allez ! Je ne suis pas fâchée, OK ? »

Elle est sûre qu'elle n'est pas seule – mais elle n'est pas sûre de qui est dans la maison avec elle. Elle appelle les jumeaux parce que c'est le scénario le plus optimiste. C'est l'option numéro un, l'option numéro deux étant... étant... Étant quoi ? Un SDF ? le fantôme de sa sœur ? un tueur ?

« Les enfants ? »

Elle se force à descendre une marche de plus. Elle est encore loin du pied de l'escalier. Elle peut encore sortir de là s'il le faut.

À moins bien sûr que la porte ne se claque.

Ce qui se produit. Avec un *boum* assourdissant. Aucun courant d'air n'a pu produire ça. Ça n'a rien d'accidentel, rien de naturel. C'est un claquement plein d'intention.

Aussi vite que ses sens paralysés le lui permettent, Cynthia se rue vers la porte mais, dès qu'elle l'atteint, elle entend le lourd loquet de cuivre plonger dans son logement avec un déclic sourd, comme un cou que l'on tord. Elle tourne la poignée. Rien. Elle la secoue. Elle pousse la porte. C'est une folle qui crie : « Non, non, laissez-moi sortir », une femme complètement démente, désespérée, incontrôlable, qui hurle ; et il lui faut quelques instants avant de comprendre que la pauvre femme tourmentée n'est autre qu'elle-même.

Elle se ressaisit en quelques inspirations profondes. *Réfléchis ! Réfléchis !* Mais elle pourrait aussi bien s'exhorter à voler ou à chanter le rôle de Mimi dans *La Bohème.* Là où se trouvaient autrefois ses pensées, il y a désormais une lumière vive – une aveuglante lumière blanche. Attendez ! De cette lumière blanche, une silhouette émerge, et lorsque la silhouette parvient au premier plan de sa conscience, Cynthia voit qu'elle porte une robe, qu'elle a un visage long de goule, ni masculin ni féminin ; et elle l'entend murmurer :

« Tu vas mourir. »

Avec une détermination renouvelée, une force née de la panique en réalité, elle essaie de fracturer la porte verrouillée, comme si ses mains pouvaient briser le verrou.

Elle supplie :

« Ne faites pas ça ! Non ! Alley-Oop ? » Le simple fait de murmurer ce petit surnom ramène la fillette à la conscience de Cynthia, comme l'odeur de la pluie. Elle réprime un sanglot. « Braveheart ? Vous êtes là ? »

Elle attend. Attend.

Son téléphone ! Elle le sent dans sa poche de derrière, parallélogramme résistant de plastique dur. Son smartphone, son génial téléphone. La police sera là en quelques minutes – ils connaissent le chemin, c'est sûr. Elle met la main à la poche mais n'y trouve qu'une carte de métro périmée, bleu et jaune, avec une piste magnétique noire sur le côté. Pas plus épaisse qu'un as de cœur : comment a-t-elle pu la confondre avec son téléphone ? La peur et l'espoir insensé qu'on viendrait la secourir ont perturbé ses sens. Elle jette dans l'escalier la carte qui volette dans le noir. Elle ferme les yeux comme pour construire une digue contre le flot de larmes qui montent.

Elle s'assied sur la marche, espère que son prochain geste se présentera de lui-même à son esprit. Bizarrement, elle se sent mieux en gardant les yeux fermés. Son corps lui fait mal. L'épuisement s'empare d'elle comme une fièvre. Elle se rappelle avoir lu quelque chose sur l'hypothermie, comment, lorsque la température du corps tombe à un niveau potentiellement mortel, les gens sont souvent pris par le désir incontrôlable de se rouler en boule et de dormir, et que ceux qui y succombent se réveillent rarement. Inspirer. Expirer. Trouver des raisons d'être reconnaissant. Trouver des raisons d'espérer. Inspirer. Expirer. Elle se dit : *Ouvre les yeux*. Les ouvre.

Mais ne regarde pas ta montre. Ne compte pas les minutes.

Le temps n'a pas d'importance.

Souviens-t'en : il n'a pas d'importance.

Qu'est-ce qui n'a pas d'importance ?

Ah, oui. Le temps.

Quelqu'un va finir par venir et la libérer. La personne de l'autre côté de la porte, qui l'a enfermée ici, quelle qu'elle soit, ne veut visiblement pas la tuer, ou la toucher, ou lui faire le moindre mal.

Qui sait ? Il est peut-être tout à fait gentil… celui qui a fait ça.

Ses yeux papillonnent, se ferment un moment, mais elle se force à les rouvrir.

Il y a quelque chose au pied de l'escalier. Ce n'est pas une entité corporelle. C'est juste une texture, une sorte d'onde dans l'obscurité. Qui n'a pas de forme, pas de dimension. Pas d'odeur. Qui ne fait pas de bruit. Qui est simplement là.

Il y a un ferment de terreur dans le cœur de Cynthia. Mais elle est surtout curieuse, intriguée. Qu'est-ce que c'est ?

À peine se pose-t-elle cette question que ce globule informe, indistinct, noir se rue dans l'escalier et monte, comme propulsé par un vent violent. Cynthia lève le bras pour se protéger le visage, mais ne peut s'empêcher de regarder ce qui s'avance vers elle.

C'est Alice ! La petite Alley-Oop, qui fonce vers elle comme un tourbillon de fumée démoniaque. Elle montre les dents, ses yeux sont sans éclat, sans pitié. Arrivée à un mètre de Cynthia, elle s'arrête, retombe sur ses pieds deux marches au-dessous d'elle, et reprend sa forme normale : un peu moins de cent cinquante-deux centimètres de chair, d'os et de cheveux humains apparemment normaux, habillés bizarrement... Elle porte une robe bleue informe, des chaussures avachies de vieille femme.

Puis une voix se fait entendre en Cynthia, grinçante, presque hystérique : *Idiote, si Dieu avait voulu que tu aies des enfants, tu les aurais eus. Regarde-toi, maintenant ! Complètement larguée, comme toujours.*

La voix de qui ?

Pas celle d'Alice, de sa petite Alley-Oop. La fillette, spectrale, se tient devant elle, sourit faiblement, et de petites volutes de fumée flottent encore autour d'elle. Mais alors, avec la soudaineté d'un léopard qui doit frapper vite pour saisir sa proie, la petite fille saisit le poignet de Cynthia.

« Non ! » hurle Cynthia.

Dans sa terreur et sa confusion, elle perd un instant l'équilibre, glisse sur trois marches. Ses vertèbres cognent le bois dur. Et les couinements reprennent. Que lui dit son esprit, cette fois-ci ?

Mais ce qui vient ne surgit pas de l'intérieur. Comme un ciel nocturne illuminé de petites étoiles rouges, les yeux d'une cinquantaine de rats, plus peut-être, se rapprochent d'elle. Le son de leurs petites pattes roses qui piétinent les marches de bois. Ils sont aussi ordonnés qu'une armée, ne paraissent pas très pressés. Cynthia se relève péniblement et fonce vers la porte. Tourne la poignée. Elle se demande pourquoi. La porte est verrouillée.

Sauf qu'elle ne l'est plus. Emportée par son élan, elle débouche en trombe dans le hall, trébuche. Elle se retourne vivement, claque la porte, la ferme à clé. Elle entend les rats gratter de l'autre côté. Certains épient sous les coins de la porte, d'autres couinent de dépit – quelques-uns crient réellement. On dirait les cris d'une vieille femme terrifiée.

Poussée par l'instinct maternel, Cynthia court au premier étage, puis au deuxième, jusqu'aux chambres d'Alice et d'Adam. Les lits sont vides, mais les placards sont ouverts, ainsi que tous les tiroirs des commodes. Quelqu'un est venu ici et a pris la moitié des vêtements que possèdent les jumeaux.

Treize

« Savez-vous pourquoi j'ai demandé à vous voir ?

— Non, pas vraiment.

— C'est drôle. Nous sommes ici depuis plusieurs minutes.

— Je sais.

— Et pourtant vous n'avez montré aucune curiosité.

— Je ne pensais pas que c'était mon rôle. Vous avez demandé à me voir. N'est-ce pas à vous de dire pourquoi ?

— Vous êtes du genre emmerdeur, c'est ça ? » Cal Rogers, avec ses cheveux gris fer coupés en une brosse sévère, son front proéminent et sa bouche aussi petite et serrée qu'un astérisque, examine théâtralement le dossier posé sur son bureau. « Monsieur Keswick. Dennis. »

Dennis sent la tension se relâcher un peu. Que Rogers fasse semblant d'avoir oublié son nom est tout à fait rassurant. S'il s'abaisse à jouer à ces petits jeux, cela signifie qu'il ne sait pas… qu'il ne sait pas si Dennis a fait quoi que ce soit de mal, qu'il n'est pas sûr de ce qu'il veut que Dennis fasse ensuite.

«Je ne me considère pas comme un emm... qui-quineur, monsieur», répond Dennis.

Il observe autour de lui l'austère petit bureau de Rogers. D'autres parties de ces bâtiments secrets de Borman & Davis sont immaculées, hypermodernes, stériles et étanches, avec quelque chose qui tient du vaisseau spatial dans leur design, dans leur sinistre éloignement de toute vie terrestre. Mais le cabinet de Rogers a tout de la hiérarchie intermédiaire : sans fenêtres, avec une vague odeur de Fritos dans l'air et un bureau qui a l'air d'avoir été acheté à un courtier de prêts hypothécaires en fuite après l'éclatement de la dernière bulle immobilière.

«Depuis combien de temps travaillez-vous pour nous, Dennis ? demande Rogers qui croise les mains sur le bureau et se penche en avant, changeant tout à coup de braquet, cherchant peut-être même à paraître amical.

— Pas très longtemps.

— Trois mois, c'est cela ?

— Si vous le dites, Cal.

— Et depuis combien de temps travaillez-vous pour Borman ?

— Laissez-moi vous dire quelque chose, Cal. Pour vous, je suis... quoi ? Du muscle ? Une brute ? Vous avez mon CV juste sous les yeux. Pourquoi ne regardez-vous pas mon parcours d'études ? Avec un peu de chance ici ou là, un peu de soutien à la maison, je serais là-bas à mener des recherches.

Pourquoi ne regardez-vous pas les rapports ? » Dennis sait qu'il s'avance un peu, ici, il sait qu'il scie la branche sur laquelle il est assis, mais c'est son sujet préféré, la blessure que son esprit entretient : il aurait pu être un vrai scientifique plutôt qu'un foutu garçon de courses ! « Chimie, biochimie, tout est là. Vous pensez qu'il n'y a que vous et les autres blouses blanches, vous les précieux, les élus, qui puissiez faire ce que vous faites ? »

Rogers reste calme. Il a déjà été mis au courant – mis en garde, en fait – à propos de Keswick, de son ressentiment, de la rage qu'il dégage comme du méthane. Mais Dennis est trop précieux pour qu'on l'abandonne ; il fournit les corps vivants qui rendent la recherche possible.

Rogers sourit, ce qui ne fait qu'énerver un peu plus Dennis.

« École de médecine. Il y a beaucoup d'écoles de médecine qui m'auraient accepté. Mais il faut de l'argent, et j'étais fauché. Et il faut des gens qui croient en vous, alors que mes parents se fichaient bien de moi ! Leur parler d'études : autant leur demander de me payer un voyage sur la Lune.

— Mais vous êtes encore jeune, dit Rogers. Vous envisagez de vous inscrire en fac de médecine ?

— Trop vieux, vous le savez très bien.

— Vous avez un bon salaire maintenant, Dennis. Vous devez avoir un peu d'économies.

— Je m'en sors.

— Et Borman & Davis dispose d'un programme

pour ses employés. Je ne suis pas sûr que vous en soyez informé. Le programme "Oser l'excellence" ?

— J'en prends bonne note, Cal.

— Parlez-en à Dave Pritzer, à la DRH. »

Dennis décide d'utiliser le regard dénué d'expression qu'il affectionne.

« Dave vous aidera à formuler votre candidature », dit Rogers.

Il y a un petit tremblement d'incertitude dans sa voix. Savoir où est le point sensible d'une personne est source de grande force pour Dennis. C'est comme fendre du bois. On cherche une fissure, un point faible, et c'est là que la hache tombe. *Voilà*[1] ! Du bois de feu.

« J'ai beaucoup à faire, Cal. Vous voulez bien me dire pourquoi vous m'avez demandé de venir ?

— Trois choses, Dennis. » Rogers a posé l'index tendu de sa main droite sur l'index replié de sa main gauche. Il se sent mieux ainsi – comme toujours – pour énumérer les choses. Le geste suggère un grand dessein, projette de l'autorité. « Vous êtes au courant des directives se rapportant au fils du maire.

— Ah ! L'insaisissable Dylan, répond Dennis.

— Oui. Gardez bien en tête que monsieur le maire serait furieux contre nous si quoi que ce soit arrivait à ce garçon.

— Nous en avons déjà discuté, déclare Dennis.

— Deux. » Il y a à présent deux doigts de la main

1. En français dans le texte.

droite accrochés à l'index gauche. « Nous avons perdu un de nos sujets. Le garçon que vous nous avez amené la semaine dernière, de l'Upper West Side.

— Il vous a échappé ? »

Rogers écarquille un instant les yeux, rejette la tête en arrière, comme s'il reculait devant l'atrocité de l'idée qu'un des sujets puisse sortir du bâtiment et retourner dans le monde.

« Oh, non, pas échappé. Expiré.

— Vraiment ? Que s'est-il passé ?

— Nous essayons de le découvrir. Mais nous devons accélérer un peu les opérations. Il nous faut son remplaçant. C'est frustrant car il a immédiatement donné d'excellents résultats. Toujours est-il que nous allons étendre tout le projet. Plus nous en saurons sur ces créatures, plus nous serons… je ne sais pas quel est le mot juste. Je crois que je vais dire *inspirés*. Oui, découvrir ce dont ils sont capables nous inspire. Nous faisons venir de nouvelles équipes de chercheurs, nous augmentons les heures de travail.

— Oui », répond Dennis. Même s'il ne baisse pas la garde, il s'autorise à se sentir un peu collégial. Au fond de lui, il a un véritable esprit d'équipe et, à son grand malheur – du moins le croit-il –, son travail est surtout solitaire, sans collaborateurs, sans la camaraderie ni la stimulation intellectuelle que dans son imagination il trouverait s'il travaillait dans ce bâtiment-ci, si les décideurs cherchaient au fond d'eux-mêmes le courage de voir plus loin que ses références incomplètes pour percevoir son intelligence et son dévouement.

« J'ai toujours pensé que nous pouvions en tirer beaucoup plus qu'un simple produit destiné à augmenter le plaisir sexuel des hommes vieillissants. » Dennis répugne même à dire *sexuel*, et il se racle la gorge comme si le mot lui laissait un arrière-goût bizarre. « Je pense que les gens ont déjà tous les rapports sexuels nécessaires, de toute façon. Ils n'ont pas besoin de pilules ou de quelque chose à boire pour en avoir plus. »

Il ne peut s'empêcher d'ajouter cela, même s'il sait très bien que très peu de gens seront d'accord avec lui, surtout ici dans un laboratoire où les blouses blanches sont à la poursuite de la formule qui permettra de rendre une quéquette molle dure comme la pierre.

« Eh bien, vous apprenez vite. » Rogers ne perçoit pas la condescendance de son ton. « Vous avez tout à fait raison. Il y a beaucoup, beaucoup d'applications possibles que nous sommes en train d'investiguer. Des cosmétiques aux traitements qui permettraient de sauver des vies. Cela va sans dire, nous sommes tous très enthousiastes. La seule ombre au tableau, c'est que nous devons agir avec un certain degré de confidentialité. Un très haut degré, en réalité.

— Genre, le secret absolu », dit Dennis.

Rogers écarte cette ingénuité d'un geste.

« Notre chemin vers la compréhension et la maîtrise de la biochimie à l'œuvre ici aurait été plus facile si quelques conditions avaient été remplies. »

Il regarde ses mains, réalise qu'il les a déjà utilisées pour le premier décompte, et continue sans appui gestuel. « Premièrement, si nous avions eu vent de cette mutation un peu plus tôt et que nous avions eu une chance de travailler avec quelques-unes de ces petites créatures avant qu'elles grandissent, ç'aurait été extrêmement utile. Mais hélas, ça n'a pas été le cas.

— Certains sont encore assez jeunes.

— Oui. Et certains ont une puberté retardée. Ces jumeaux que vous deviez nous amener, par exemple. »

Dennis hoche la tête.

« Ceux que vous avez laissés s'échapper.

— J'y travaille. Je sais où ils habitent. Mais enfin, vous le savez, je dois être prudent. Je ne peux pas simplement les enlever en plein jour.

— Ah, mais je suis sûr que vous avez plein de petits tours dans votre sac, Dennis. Débrouillez-vous pour y arriver. » Rogers baisse à nouveau les yeux sur le dossier. « Twisden. Adam et Alice. Nous avons de bonnes raisons de croire qu'ils sont de potentielles mines d'or génétiques. À l'école, ils n'ont démontré quasiment aucune attitude antisociale. Nous avons obtenu des rapports sur la période où ils étaient en foyers d'accueil : ils étaient obéissants, se tenaient bien. Une des familles d'accueil décrit même le garçon comme doux. Et pourtant, ils ont tous les deux bien réussi au plan athlétique. Et leurs parents étaient des cas extrêmes. La mère, comme vous le savez, a pratiquement démembré notre ami slovène, celui qui leur avait administré leur traitement. Évidemment, on ne peut pas en être sûr, mais nous subodorons que ces jumeaux ont peut-être l'équilibre parfait. Ils ont la vigueur hybride que nous espérons pouvoir reproduire, et ils sont encore assez humains pour que ce que nous en tirerons soit autorisé. Si nous pouvions reproduire ce qui coule dans leurs veines, nous gagnerions un an, peut-être plus. Et nous éviterions beaucoup de tracas avec la FDA [1].

— J'y travaille.

— Nous obtenons déjà des résultats incroyables. Nos rats deviennent des bon Dieu de génies. Une injection du sang de ces enfants et les rats traversent des labyrinthes trente à quarante fois plus vite que le groupe témoin. Ces imbéciles à Washington nous ont compliqué les moyens d'obtenir des primates pour nos travaux, mais nous nous débrouillons. Et les résultats de nos essais avec des chimpanzés sont très prometteurs. Des tumeurs qui se sont réduites. Une augmentation de trente-cinq pour cent des connexions neuronales. Des signes d'inversion du vieillissement. Honnêtement, j'ai hâte d'en prendre moi-même. » Il sourit. « Et le travail que nous avons fourni – vingt-quatre heures sur vingt-quatre –, nous allons tous devoir nous y mettre. »

Dennis déglutit. Son cœur se brise d'entendre ça.

1. Food & Drug Administration : agence américaine accordant les autorisations de mise sur le marché des denrées alimentaires et des médicaments.

Il devrait être au labo, pas dans un putain de van à se bagarrer avec des ados puants.

Mais Rogers ne perçoit pas la détresse du regard de Dennis ou, s'il la voit, choisit de l'ignorer.

« Vous savez, une bonne partie de tout cela n'aurait pas été nécessaire si nous avions pu utiliser les recherches initiales effectuées par le Dr Slobodan Kis en Slovénie. Mais il a été assassiné, et son laboratoire démantelé peu de temps après. Toutes les traces de ses travaux ont disparu. L'œuvre du gouvernement, sans aucun doute. Nous pensons qu'on a brûlé ses papiers, mais ils sont peut-être au fond du lac de Bled. Nous avons envoyé des hommes sur place et... » Rogers hoche tristement la tête. « C'est comme si Kis n'avait jamais existé. Personne ne veut parler, personne n'a jamais travaillé avec lui, étudié avec lui. C'est comme l'Union soviétique des années 1940. L'homme a tout bonnement été éradiqué, purgé, supprimé de l'alphabet humain. Nous devons nous débrouiller seuls. » Il soupire – il s'est peut-être ému lui-même avec les difficultés et les vicissitudes de sa propre vie. « Toujours plus loin en recherche et développement. N'est-ce pas ? La bonne nouvelle, c'est que nous avons une équipe de chercheurs aussi géniaux que dévoués qui travaille là-dessus.

— Oui, c'est une bonne nouvelle, répond Dennis en croisant les bras.

— C'est pourquoi il va nous falloir des nouveaux sujets, et en quantité, aussi rapidement que possible. Heureusement, il y a beaucoup de ces petites créatures en ville. Elles sont pour la plupart sans domicile, vivent comme des animaux dans nos parcs, sèment le désordre, le trouble – et honnêtement, sont en passe de causer autre chose que de simples ennuis. Vous l'avez constaté vous-même, j'en suis sûr. En grandissant, ils peuvent passer de la malice à la violence, et nous ne voulons certes pas nous retrouver en position de devoir les chasser avec de gros fusils, comme une bande d'éleveurs de l'Utah qui doivent protéger leurs moutons des meutes de coyotes. Je pense que ça ne ferait pas très bien au journal télévisé de dix-huit heures. Vous comprenez ?

— Ouais. Bien sûr. C'est le point numéro deux. Vous voulez que j'accélère. Mais vous disiez qu'il y avait trois points. Quel est le troisième ?

— Le troisième, c'est vous, monsieur Keswick. Vous.

— Moi ?

— On vous a vu venir ici seul, la nuit. On vous a vu passer beaucoup de temps ici, pour une raison qui n'avait rien à voir avec votre travail ou avec l'entreprise Borman, à rôder comme un criminel autour de nos installations. Nous ne voulons pas de ça. Pas de votre part. Ni de la part de personne. Ça attire l'attention. Et nous aurons toute l'attention possible quand nous commencerons à produire les molécules de synthèse issues de nos travaux ici. Mais jusque-là, nous ne voulons pas attirer l'attention. En aucune façon. »

Dennis ouvre la bouche, prêt à se défendre contre

ces insinuations. Bon sang, ce sont beaucoup plus que des insinuations ; on l'accuse, on le menace. Mais Rogers lève la main gauche – désormais libre de ses devoirs de comptage – pour le faire taire.

« C'est bien plus que la question de votre capacité à obéir au règlement, monsieur Keswick. C'est une question primordiale qui vise le cœur même de notre compétence à préserver notre sécurité et à remplir notre mission. Si vous êtes incapable de vous conformer à ces attentes tout à fait raisonnables, sans autre avertissement, il sera mis fin à vos fonctions. Vous comprenez ? Oui ? Vous comprenez parfaitement ce que je vous dis ? »

Dennis hoche lentement la tête. Il comprend parfaitement. Il comprend qu'il s'est fait prendre par les caméras de surveillance en venant sur les lieux ; il comprend que, malgré ses services, les blouses blanches le prennent pour un gorille facilement remplaçable, et il comprend aussi que quand Rogers (et les huiles de Borman qui sont au-dessus de lui) dit « il sera mis fin à vos fonctions », il ne veut pas dire une lettre recommandée avec accusé de réception et deux semaines d'indemnités de salaire. Qu'il parle d'une vraie séparation, le genre de séparation où, par exemple, votre tête se retrouve séparée de votre corps.

Adam, debout dans la baignoire, règle la température de la douche. Il fronce les sourcils parce que dans le foutoir de cet appartement de Riverside Drive, la pression de l'eau est pourrie – plus nulle que dans le pire des foyers d'accueil qu'Adam a connus durant les deux ans écoulés entre la mort de ses parents et son adoption par sa tante Cynthia.

Il grimace. En pensant à Cynthia, il se sent coupable un moment. Il sait qu'elle est inquiète. Bah, tant pis, il ne peut rien y faire…

La température de l'eau est correcte, enfin aussi correcte que possible. Il baisse les yeux et voit l'eau qui monte au-dessus du siphon qui, Rodolfo l'a prévenu, est bouché par des poils.

Il y a un bidon format familial de débouche-évier à côté de la baignoire, mais quand il s'en saisit, il sent qu'il est vide.

Adam s'avance sous le jet d'eau diffusé par le pommeau rouillé de la douche. Il lève le bras droit et passe un doigt inquiet sur son aisselle humide. Un poil unique, presque invisible, pousse : il en pince l'extrémité et l'arrache. Il tord l'épaule jusqu'à en toucher sa joue et renifle. Une très faible odeur de quelque chose qui lui rappelle la soupe au poulet. Oh, oh ! Il cherche constamment des signes avant-coureurs de la transformation de son corps et sait qu'une modification de son odeur corporelle – plus profonde, plus intense – est une salve précoce tirée sur la proue de l'enfance. Et que l'instant d'après, les pirates de l'adolescence ont attaqué votre vaisseau…

Adam attrape le savon. Ce bloc parfumé a été de la graisse animale et semble revenir à son état d'origine. Des poils longs et courts, sombres ou jaunasses, sont incrustés partout dans ce parallélogramme rosâtre et glissant. Adam essaie de les ôter, mais il y en a trop et il est accablé par l'immensité de la tâche. Il décide que l'eau chaude seule suffira à le laver. Il s'avance un peu plus sous le jet, laisse l'eau marteler le sommet de son crâne. Il se penche en arrière, ouvre la bouche, la laisse se remplir d'eau. Il baisse les yeux sur ses membres inférieurs. Chaque fois qu'il visite – visuellement – cette partie de son corps, son cœur tremble d'angoisse. Un jour, son truc aura grossi, entouré d'un répugnant beignet de poils ; un jour, le duvet argenté de ses mollets va s'assombrir et friser. Qui sait ? Même les phalanges de ses pieds pourraient finir par posséder leur propre végétation drue.

Il s'inspecte en louchant. Jusqu'ici, tout va bien.

Sa douche terminée, Adam sort de la baignoire. Il y a des serviettes roulées en boule sur les étagères et le carrelage noir et blanc est jonché de torchons et de draps de bain, tous humides, tous puants. Adam choisit le moins répugnant qu'il puisse trouver et se sèche rapidement comme il le peut, en gardant les yeux mi-clos pour ne pas voir sur son corps quelque chose qu'il n'aurait pas envie de voir.

Rodolfo – en qui Adam n'a jamais eu confiance, et maintenant moins que jamais – est revenu de leur maison avec deux sacs à linge pleins de leurs vêtements. C'est un peu gênant que ces vêtements que Cynthia pliait si soigneusement se retrouvent en tas, froissés ; néanmoins, Adam est heureux de retrouver son Levi's aux revers impeccablement effilochés et son T-shirt vert Bruno Mars, qu'il possède depuis l'âge de neuf ans et qui lui vont toujours (à peu près).

Adam émerge de la salle de bains. L'humidité de la douche imprègne ses vêtements, mais il préfère ça qu'utiliser une autre serviette. Il secoue la tête pour égoutter ses cheveux, et le mouvement se communique à tout son corps – épaules, torse, hanches, arrière-train. *Ne fais pas ça !* se dit-il. *Tu ressembles à un chien.*

Il va vers l'entrée de l'appartement, où il a laissé Alice, Dylan et Rodolfo pour aller prendre sa douche. Mais ils n'y sont plus. Le fatras est à son comble : vélos de course, un gyropode Segway cassé, des jeux vidéo, un baby-foot, un plein grenier de meubles, des paquets de chips et des canettes de boissons énergisantes écrasées, des emballages de bonbons ; Adam ne voit pas tout de suite qu'il y a quelqu'un.

C'est Polly, agenouillée face au sofa. Sur celui-ci, un plateau métallique jaune récupéré dans une vieille boîte d'apprenti chimiste Thames & Kosmos, mais à la place des jouets qu'il contenait à l'origine se trouvent trente flacons de sang, avec un morceau de Scotch sur chaque. Avec un stylo-bille ringard au corps pailleté surmonté d'un petit troll de caoutchouc arborant une plume verte, Polly numérote chaque flacon.

« Salut, dit Adam, qui ne veut pas la faire sursauter.

— Tu cherches ta sœur ? demande Polly sans lever les yeux vers lui.

— Oui.

— Elle est dans la chambre de Rodolfo », dit Polly d'un ton qui l'invite à tirer les plus terribles conséquences de ce simple fait.

Elle aurait aussi bien pu dire qu'ils étaient en train de se déshabiller ou qu'ils étaient perchés sur l'appui de fenêtre et essayaient d'attraper les pigeons.

« Où ça ?

— Au bout du couloir. La grande porte. » Elle jette enfin un regard à Adam. « Mais je n'irais pas, à ta place. Règle numéro deux cent quarante-quatre : si on frappe quand la porte est fermée, on prend un coup sur le nez.

— Pour de vrai ?

— Absolument. »

Adam regarde longuement dans le couloir. Il entend de la musique. Il ne reconnaît pas la chanson. Il distingue seulement la batterie martiale, le grondement sourd de la basse, et une voix qui semble sortir d'une tombe, la voix d'un monstre dans une tombe, mais totalement artificielle. Adam sait cela des monstres : la plupart d'entre eux ont l'air normal. Ils aiment les tacos de poisson, ils pleurent devant des films tristes et idiots, et certains d'entre eux vous emmènent à l'école en vous tenant par la main…

« Et, euh… c'est quoi, ça ? » demande Adam en regardant Polly et ses flacons de sang soigneusement alignés et étiquetés. Polly porte un short noir et un T-shirt blanc taché de quelques traces de sang. Ses manches sont retroussées. Elle a les bras tout fins, comme ceux d'une petite princesse qui n'a jamais travaillé de sa vie, qui n'aurait même jamais porté sa propre brosse à dents. Elle a les jambes maigres aussi, et Adam devine que sous son T-shirt, sa poitrine n'est pas différente de celle d'un garçon. Elle fait comme Alice, elle contient le fleuve en crue de la puberté derrière la digue d'un régime basses calories.

« Rodolfo ne te l'a pas expliqué ? »

Elle a un peu une voix de chef de classe, le ton de celle qui répond toujours la première, et toujours correctement.

« Je suppose que si.

— Tu supposes ?

— Euh, non. Je ne sais pas. Expliqué quoi ?

— C'est avec ça qu'on paye l'appartement. »

Elle saisit un flacon, l'agite.

« Qu'est-ce que c'est ?

— C'est nous. Certains d'entre nous, en tout cas. Il y a des types qui paient pour goûter à ça et rajeunir, et tout, et tout. J'être… » Elle se frappe le front. « Bon Dieu, je me mets à parler comme les autres. *Je… je suis* chargée de la logistique du produit, je note tout ce qui part. » Elle s'empare d'un petit livre de comptes à la couverture bordeaux. « Je marque tout là-dedans.

— Vous prenez le sang où ?

— Dans nos bras. Qu'est-ce que tu crois ? Seringue. Tu la plantes, tu aspires. »

Adam grimace.

« Tu n'es pas très costaud, hein ? demande Polly.

— Peut-être pas, mais peut-être que si.
— Je crois que non.
— Tu veux me tester ? »

Polly sourit. Elle se lève lentement. Elle a une mine très, très sérieuse. Ses sourcils se plissent sur ses yeux verts, intenses, elle lève ses poings osseux devant elle, ils décrivent des petits cercles, comme un boxeur filmé au ralenti. Elle s'approche d'Adam qui lève la main à contrecœur, pas pour frapper mais pour se défendre.

« Je suis sérieux, dit-il.
— Moi aussi. »

Elle se rapproche encore. Il y a des paillettes sombres dans ses yeux verts. Ses canaux lacrymaux sont rose vif. Ses narines se dilatent, se contractent. Se dilatent, se contractent, se dilatent, se contractent. Tout à coup elle lance la tête en avant, comme un serpent qui frappe sa proie. Surpris (terrorisé, disons-le), Adam tente d'esquiver, craignant que Polly ne cherche à l'assommer d'un coup de tête. Mais elle a anticipé son mouvement, et saisit la nuque d'Adam d'une main. Elle l'immobilise et... et l'embrasse à pleine bouche.

C'est une première. Sa mère l'embrassait sur la joue. Son père lui ébouriffait les cheveux. Sa nouvelle mère semble avoir peur de lui, même si elle a déjà embrassé ses paupières quand elle croyait qu'il dormait. Une fois, dans son ancienne école, quand il était en CE1, il est tombé dans le couloir en courant pour entrer en classe et Mme McBurney – c'était une géante, avec sur la figure une verrue aussi grosse et humide qu'une truffe de chiot – l'a soulevé de terre, a déposé un baiser bruyant sur son ventre nu avant de le remettre debout et de reprendre joyeusement sa route.

Le baiser de Polly est dur, inflexible, pas comme ceux de la télé, baveux et pleins de langue, où les deux qui s'embrassent semblent faire un concours pour savoir qui peut enfourner le plus de salive dans la gorge de l'autre. Le baiser est plus surprenant que plaisant.

Polly s'écarte, le repousse d'une bourrade à l'épaule comme si c'était lui qui l'avait embrassée.

De quelque part au fond de l'appartement, une porte s'ouvre bruyamment, suivi d'un bruit de rires et de piétinement. Quelques instants après, alors qu'Adam est toujours abasourdi, qu'il s'essuie les lèvres du revers de la main, Rodolfo déboule en courant avec Alice sur le dos, les jambes enroulées sur ses côtes. Elle serre ses longs cheveux brillants comme elle tiendrait les rênes d'un cheval très fougueux.

« Repose-moi, repose-moi ! » dit Alice sans trop de conviction.

Mais comme beaucoup de garçons de son âge, Rodolfo a envie de faire le contraire de ce qu'on lui demande. Il se met à courir plus vite, on dirait qu'il va passer par la fenêtre et bondir en plein ciel dans un dernier galop d'extase avant de s'écrabouiller sur le trottoir soixante mètres plus bas.

Alice hurle de peur, mais le manège lui a fait tourner la tête, son cri se teinte de plaisir. Et si le mélange compte une part d'excitation joyeuse pour neuf parts de terreur, Rodolfo ne prend en compte que ce qu'il veut bien prendre en compte. Il s'arrête tout à coup, puis accélère brutalement la vitesse de ses tours de l'appartement à cheval. On dirait qu'Alice chevauche à présent non un garçon qui joue les chevaux, mais un véritable cheval. Un cheval sauvage dont elle serait la toute première cavalière. Il file d'un coin à l'autre, saute par-dessus les meubles en écrasant des canettes de Coca sous ses sabots.

Polly les observe, bras croisés sur la poitrine comme une baby-sitter débordée qui serait au bord de la crise de nerfs. Elle a les lèvres pincées, livides.

« Ta sœur... » marmonne-t-elle à Adam.

Quoi, ma sœur? pense-t-il. Elle ne fait rien de mal.

Finalement, Polly ne peut plus se contenir, son envie irrépressible d'empêcher Rodolfo de toucher Alice est aussi forte que celle de Rodolfo de faire des cabrioles. Elle crie.

«Bon, vous deux, ça suffit!» Ses doigts se replient, elle montre les dents. «Vous voulez qu'on se fasse virer d'ici, c'est ça que vous voulez?»

Rodolfo semble d'abord ne rien entendre. Il continue à foncer avec Alice sur le dos, mais il revient vers Polly, et au moment où il va la dépasser, comme si elle était le drapeau à damier d'un étrange Grand Prix, il s'immobilise.

«Qu'est-ce tu dire? demande-t-il en souriant.

— Tu te comportes comme un crétin, dit Polly.

Vraiment immature et crétin. Complètement crétin. » *Crétin* semble être le mot-clé. Elle doit alimenter sa colère ; si elle se relâche un tout petit peu, elle redoute de se mettre à geindre. Ça lui est tellement douloureux de voir qu'il continue avec cette petite crevette. Elle sait qu'elle agit comme une garce, mais il vaut mieux qu'ils entendent tous le rugissement de colère à vous glacer le sang de sa « garcitude » que le gémissement de son cœur brisé qui gît, juste en dessous.

Alice descend du dos de Rodolfo, se rajuste et fait mine d'être soulagée de se retrouver à nouveau sur ses pieds. Elle essaie aussi d'avoir l'air un peu agacé du foutoir causé par Rodolfo, mais son sourire de plaisir, aussi inexorable que le lever du soleil, la trahit.

« Tu as les cheveux mouillés, dit-elle à son frère.

— Je parie qu'il n'a pas voulu utiliser les serviettes sales et puantes de la salle de bains, rétorque Polly en montrant qu'elle peut ricaner et expliquer tout à la fois.

— C'est quoi, ton problème ? lui demande Alice du ton le plus agréable possible quand on pose cette question.

— Notre façon de vivre ? » répond Polly. Elle montre d'abord les flacons de sang sur le sofa – malgré tous ses tours débridés dans l'appartement, Rodolfo a réussi à laisser les produits intacts – puis, d'un geste plus large, tout l'appartement. « Tout ça n'est pas fait pour vous. Ce n'est pas votre place, ici. Laisse-moi deviner… » Polly tend le doigt vers

Alice. « Tu dors avec une robe de chambre de petite fille. » Elle désigne Adam. « Et toi ? en short et en T-shirt ? » Sans se tromper, elle prend leur silence pour une confirmation. « Bon, vous savez ce qu'on porte quand on dort, ici ? Rien.

— Et alors ? parvient à répondre Alice.

— On dort à poil.

— Depuis quand tu te déshabiller entièrement ? » demande Rodolfo à Polly.

Il est près d'elle, s'approche encore. Il cogne son front sur le sien.

« Il y a plein de trucs sur moi que tu ne connais pas.

— C'est vrai ou tu parler, juste ?

— Crétin... » répond Polly, mais elle se radoucit, et cette douceur ouvre une petite brèche dans sa façade de colère et de désapprobation.

« J'être le mec le plus crétin de New York », conclut-il avec jubilation.

Là-dessus, il attrape Polly et la balance sur son épaule comme s'il était un pompier sauvant une jeune fille d'une maison en flammes.

« Lâche-moi, crétin », dit Polly, avec une très faible trace de protestation dans la voix.

Alice et Adam restent debout tandis que Rodolfo fonce dans le couloir, sur lequel donnent trois des chambres de l'appartement.

« Qu'est-ce qu'il a ? demande Adam.

— Je ne sais pas. Il est sympa.

— Où est-ce qu'il a mis nos affaires ?

— Là-bas. On aura notre chambre à nous.

— Ah bon ? Combien de temps ? »

Dans la vie d'Adam, rien n'a jamais été permanent ; pourquoi cela changerait-il ?

« Autant qu'on le voudra.

— Qui dit ça ? Rodolfo ?

— Ne le prends pas en grippe. Il est super. » Elle voit l'air de désapprobation peinée qui se peint sur le visage de son frère. « Mais si, je te le dis. Je veux dire, il est sympa. Il a fait tout le trajet jusque chez nous pour prendre nos affaires.

— Tu ne t'es pas demandé comment il a fait ? Tu crois qu'il a frappé à la porte pour dire : "Oh, madame Kramer, je suis venu pour..."

— Je sais comment il a fait. Il a été courageux.

— Et qui est-ce qui paye pour cet appartement ? questionne Adam. C'est vraiment grand.

— Pas aussi grand que notre maison. Et en plus, c'est côté ouest.

— Et dans la chambre, tu l'as fait avec lui ?

— Adam, c'est dégoûtant.

— Et alors, tu l'as fait ?

— Non ! » Elle secoue la tête, l'air peiné. « Jamais.

— En vrai ?

— Regarde-moi ! » s'exclame Alice. Elle fait un pas en arrière, passe la main de son front à la taille. « Je ne suis pas comme ça. »

Adam se tait un moment. Du fond de l'appartement monte le rire argentin de Polly.

« Je commence à avoir une odeur, lui confie Adam dans un murmure.

— Tu manges peut-être trop ? avance Alice.

— Mais j'ai tellement faim.

— Tu peux manger, il suffit de ne pas le garder. »

Adam grimace, secoue la tête.

« On ferait mieux d'appeler m'man.

— Elle est morte.

— Tu vois qui je veux dire. Cynthia.

— C'est notre tante, pas notre mère.

— On devrait l'appeler. C'est pas juste pour elle.

— Alors, appelle-la. »

Il prend son téléphone dans sa poche. Il n'a presque plus de batterie.

« Qu'est-ce que je lui dis ?

— Je ne sais pas. Dis-lui qu'on va bien. » Elle réfléchit un moment. « Oui. Et dis-lui de ne pas appeler les flics, ni rien. Dis-lui seulement qu'on va bien.

— Je la trouve gentille.

— Moi aussi. Mais...

— Mais quoi ? Quand on est gentil, on est gentil.

— Mais elle ne nous comprend pas, dit Alice.

— Et si elle nous comprenait ?

— Non, elle ne nous comprend pas. »

Un son aigu, hésitant, capte soudain leur attention. On dirait le bruit d'un chaton dans une poubelle métallique mélangé à celui de l'alarme d'un réveil électronique. Ils se tournent dans sa direction : ça vient du grand couloir.

Une fille appelle :

« Gort ! Reviens ici ! »

Un instant plus tard, une petite tête rose se montre au coin, de l'autre côté du couloir. C'est la figure d'un enfant, d'un bébé. Et pourtant il semble voler. Y a-t-il quelqu'un qui le porte ?

Les jumeaux entendent comme une palpitation, comme le bruit d'un jeu de cartes qu'on battrait. Les yeux du bébé sont grands, pleins de malice brillant d'un vert vif. Le bébé se tourne vers Alice et Adam, et sa bouche s'élargit en un sourire ravi. Il sort la langue, l'étire. Ses yeux s'éclairent, plus vifs et pourtant en même temps moins humains, moins sensibles.

Avec la rapidité de mouvement d'un colibri, l'enfant fonce sur les jumeaux. Ils voient à présent que c'est un petit garçon, nu. Son petit pénis est court, flasque, comme l'extrémité nouée d'un ballon de baudruche. Son ventre rond a une texture étrange, semblable à la peau d'un melon. Ses petits doigts s'agitent d'émotion et les ailes gris pâle qui surgissent de ses omoplates battent furieusement l'air tandis qu'il s'avance vers eux. Les ailes elles-mêmes paraissent humides, larvaires. Il regarde longuement Alice et Adam, qui se recroquevillent, terrifiés, face à lui. Mais il n'a pas l'air de leur vouloir de mal. Il entend à nouveau sa mère l'appeler, fait demi-tour et file la retrouver.

« Il faut qu'on rentre chez nous », dit Adam d'une voix tremblante.

Alice secoue la tête.

« C'est ici, chez nous. »

Quatorze

La camionnette de Watertight Plumbing s'arrête devant le quai de chargement, sur la façade nord du vaste entrepôt apparemment abandonné du Queens. Une lune de fin d'été orange foncé, piquetée et grêlée comme une citrouille pourrie, flotte dans le ciel pommelé, assez lumineuse pour attirer l'œil mais pas suffisamment pour répandre la moindre lumière. La ville n'est jamais silencieuse, même ici dans un quartier prétendument périphérique. Il y a toujours le bruit des trains et des camions, le rythme d'une musique. Les rues ne sont jamais désertes ; il y a toujours quelqu'un qui vient, qui tourne au coin de la rue, qui promène son chien, qui fait du jogging ou qui cherche à se garer. Dans ces allées et venues perpétuelles, cette activité incessante, il est facile de passer inaperçu. Personne ne s'interroge : *Quel est ce bâtiment derrière cette grille électrifiée ?* Personne ne se demande : *Pourquoi est-ce qu'un camion de plombier s'arrête à un quai de chargement alors qu'il est près de minuit ?* Mais les gens qui dirigent les recherches dans ce labo de Borman & Davis ont (jusqu'ici avec succès) parié sur le fait que plus il y a de témoins à quelque chose qui sort de l'ordinaire – un chat blessé, une agression –, moins il y a de chances que l'un d'eux veuille intervenir. Si vous pensez être la seule personne à assister à quelque chose de bizarre, de dangereux ou d'illégal, vous allez probablement agir, ou tout au moins signaler ce que vous venez de voir. Mais lorsqu'il y a du monde, vous avez une échappatoire. Vous pouvez supposer (cette supposition étant une addition d'espoir et d'indifférence) que quelqu'un d'autre va s'en occuper, ou s'en est déjà occupé, et donc que déposer une plainte, demander de l'aide ou se mêler à l'histoire d'une quelconque manière est non seulement inutile, mais aussi susceptible de compliquer les choses et de créer des ennuis supplémentaires.

Ainsi ce soir, comme beaucoup d'autres soirs, Dennis Keswick fait avancer son camion jusqu'à la grille cadenassée de l'entrée de ce bâtiment mystérieux et abaisse la vitre pour que les caméras de surveillance l'identifient. Les blouses blanches ont refusé de lui délivrer un vrai laissez-passer pour pouvoir nier totalement le connaître au cas où quelque chose tourne mal. Il a cessé de souffrir de cette insulte, de cette sous-estimation permanente de sa valeur, et attend maintenant nonchalamment que la personne chargée ce soir de la sécurité appuie sur le bouton qui permet à la grille de s'ouvrir pour qu'il puisse livrer sa cargaison humaine.

La grille n'est pas parfaitement alignée ; le métal racle le ciment en s'écartant, suffisamment pour que Dennis puisse faire entrer son camion. Il est en mode production intensive, comme il le dit lui-même. Il a pris Rogers au mot et accéléré son programme de pistage, de capture et de neutralisation des enfants sauvages. Habituellement, il les amène un par un. En de rares occasions, il en a attrapé deux en même temps.

Mais ce soir, il en a pris trois. Une grande fille rousse dont les cheveux sentent le feu de feuilles mortes ; un gamin asiatique agile qui avait un gros rouleau de billets de cinquante dollars dans son jean (*avait*, c'est le mot, puisque Dennis l'a allégé de son fardeau numéraire quelques instants après lui avoir administré sa dose de potion d'adieu) ; et le plus turbulent des trois, un jeune homme plutôt massif d'au moins un mètre quatre-vingt-dix, la tête rasée et des plumes turquoise et rouge tatouées là où il devrait avoir des cheveux. Le grand se baptisait Salami mais, dans le registre de Dennis, il s'appelle Gabriel Martin. Ses parents sont, ou étaient, Louise et John Martin. Gabriel est seul depuis six ans, il avait alors onze ans. Louise et John sont introuvables, présumés morts. La plupart des parents de ces sauvageons sont morts désormais : crises cardiaques, AVC, ruptures d'anévrisme, accidents inexplicables ; les extraits de mammifères, d'oiseaux ou de poissons qu'on leur a injectés étaient trop forts pour que leurs physiologies humaines, bien trop humaines, puissent les supporter. Quelques-uns, même si cela va à l'encontre de la nature animale, ont pourtant réussi à se suicider, préférant visiblement la mort en se jetant du haut d'un balcon ou entre les roues d'acier d'un train à une vie sous l'emprise perpétuelle de leurs pulsions de plus en plus chaotiques et de leurs appétits décidément outranciers.

La cargaison de Keswick est enfermée à l'arrière de son van, chaque sujet individuellement enchaîné aux parois du compartiment pour le matériel, non seulement pour la sécurité de Dennis mais aussi pour la leur. Tous ces petits sauvages ne s'entendent pas forcément – on a dit à Dennis que certains étaient dotés de la même aptitude au mal et à la rancune que les humains, à laquelle venait s'ajouter l'agressivité irréfléchie de la bête traquée. (Dennis n'oubliera jamais la fois où il a aidé sa tante Joyce à Hillsborough, dans le New Hampshire, à éradiquer des écureuils rouges qui avaient envahi son petit cottage de contes de fées, au milieu des bois. Elle voulait s'en débarrasser humainement et avait insisté pour utiliser des pièges Havahart qui les attiraient à l'aide d'appâts irrésistibles tel le beurre de cacahuètes bio, et les emprisonnaient sans leur faire de mal. Elle ne savait pas que tous les écureuils rouges considèrent les autres écureuils rouges comme des ennemis mortels. Ainsi, quand ces pièges gentils et doux attrapaient deux écureuils, un seul survivait à la nuit. On retrouvait le survivant le lendemain matin, le ventre gonflé, rotant, rassasié, les yeux minuscules devenus vitreux, et les seules traces perceptibles de la lutte qui s'était déroulée pendant que tante Joyce dormait dans son lit à baldaquin étaient les minuscules pattes – apparemment immangeables – de son compagnon de captivité vaincu, abandonnées sur le plancher métallique du piège.)

Dennis entend maintenant des cliquetis de chaînes qui résonnent dans la soute métallique à l'arrière du van. Il est certain que c'est Salami qui a repris connaissance. Pas vraiment un problème, juste un emmerdement. Salami est vraiment costaud, et il y a tellement d'énergie animale en lui que la potion d'adieu n'a pas suffi, visiblement. Ah, bah, il y en a encore. Il ouvre la boîte à gants et en sort un bocal qui contenait autrefois des cotons à nettoyer imbibés d'alcool. Maintenant s'y trouvent une bonne douzaine des mini-seringues – elles ressemblent plutôt à des épingles – qu'il utilise pour neutraliser les gamins avant d'en faire don à la science, ha-ha-elle-est-bien-bonne-clin-d'œil-complice.

Il roule doucement jusqu'au quai de chargement. Plus tôt dans la soirée, il y a eu une brève et violente averse d'été, et des flaques d'eau se sont formées dans les nombreux nids-de-poule de la vieille allée mal entretenue qui longe le bâtiment. La lumière bleuâtre qui filtre de quelques fenêtres du bâtiment s'y reflète, scintille en tremblant à l'approche du van et se brise en éclats bleus quand les pneus s'y enfoncent.

Il s'arrête. Il s'apprête à donner un léger coup de klaxon mais se retient juste à temps. Il s'est déjà pris un savon à cause de ça. En y réfléchissant, peut-être qu'il va klaxonner. Sa main s'attarde sur le volant. Non, il ne vaut mieux pas. Pourquoi renforcer toutes les pensées négatives que les blouses blanches et leurs séides nourrissent à son égard ? Au lieu de ça, il fait deux appels de phares.

Quelques instants plus tard, un rectangle de lumière vive se dessine lorsqu'une petite porte latérale s'ouvre. Un travailleur âgé en sort, habillé d'une salopette informe et d'un T-shirt, poussant un chariot. *Mais il croit quoi, ce cornichon ?* se demande Dennis. *Comment s'est-il mis dans le crâne que c'était comme décharger des cartons d'enveloppes ou des sacs de maïs ?*

Il abaisse à nouveau sa vitre et parle au vieux en chuchotant avec autorité :

« Hé, chef, il nous faut quatre types costauds et un lasso de capture. » Il claque des doigts, les pointe vers le vieux. « Pronto ! »

Si l'homme n'aime pas que Dennis lui donne des ordres, il n'en laisse rien paraître. Il se contente de hausser les épaules, fait demi-tour et rentre dans le bâtiment. Le rectangle de lumière réapparaît brièvement quand il rouvre puis referme la porte.

« J'vais te buter mégafort, ducon », crie Salami.

Malgré la porte fermée, le son de sa voix est dur, lourd, avec quelques stries de son soprano de petit garçon encore perceptibles, incrustées comme des paillettes dans le tissu d'une chemise.

Ah, ça va être du boulot, se dit Dennis avec un soupir de résignation.

Quelques instants plus tard, quatre hommes taillés pour la tâche apparaissent.

« Il y en a deux qui dorment, explique Dennis aux déchargeurs. Mais le plus grand est réveillé, et il n'est pas content.

— Ouvrez », dit un des déchargeurs.

Il tient le lasso de capture, avec son épaisse boucle de cuir au bout de la perche.

« Ils sont sécurisés là-dedans, hein ? demande un autre.

— À moins qu'ils n'arrivent à briser le métal, lance Dennis.

— Et… c'est possible ? » questionne le nerveux.

Dennis produit son rire le plus railleur.

« À trois, messieurs, répond-il. Un. Deux. Trois. »

Il ouvre grand la porte. Ils sont là. Les prises du jour. Deux dorment. La fille, au premier coup d'œil, paraît morte. Elle a le visage de la couleur d'un filet de sole qui aurait dépassé la date limite de vente d'un ou deux jours, les yeux fermés, la mâchoire pendante, ouverte. Elle porte un haut bain-de-soleil, un short. Ses jambes nues sont couvertes de griffures d'épines, ses chevilles maigres pleines de croûtes. Près d'elle, un autre sauvageon inconscient, un garçon, également en short. Il a des jambes longues et minces, du poil très sombre sur les mollets. Il a un visage pointu qui semble méfiant, malveillant, même avec les yeux fermés et le menton reposant sur les clavicules.

Mais Salami, lui, est tout à fait réveillé. Il est assis et fusille du regard Dennis et les autres. Il a renoncé à essayer de briser ses menottes, mais n'a renoncé à rien d'autre. De sa gorge monte un bruit semblable à une boîte de vitesses qu'on force. Il rassemble salive et mucus, et l'instant d'après crache sur ses ravisseurs. Le glaviot file avec la précision et la vitesse d'une pierre lancée par une fronde. Dennis, qui connaît les manières de ces créatures répugnantes, s'écarte rapidement de la trajectoire du missile. L'employé de Borman & Davis qui tient le lasso de capture, lui, n'est pas aussi chanceux. Il était, selon toute vraisemblance, la première cible de Salami. Le crachat verdâtre atteint son but, touche Lasso au menton et s'y accroche, tremblotant, à demi transparent, comme une gelée interstellaire.

Lasso est peut-être trop colérique pour faire ce genre de travail. Il se débarrasse de cette bave, et se rue sur Salami, pas avec le harnais de cuir mais avec le manche de l'engin. Il l'abat furieusement sur le crâne rasé de Salami. Le garçon glapit, pleure.

« Doucement, doucement », murmure Dennis.

Mais Lasso ne veut rien entendre. Encore et encore, il frappe Salami avec la perche, jusqu'à ce que le sang coule de la tête du garçon, comme le jus d'une orange trop mûre. Salami essaye vainement de répliquer à Lasso et tout aussi vainement de se protéger. Mais il est piégé, sans défense. Ses yeux d'abord furieux deviennent vitreux, puis se révulsent lentement, tandis que le garçon auparavant-sauvage-mais-désormais-vaincu perd connaissance.

Dennis désentrave les trois gamins qu'on emporte rapidement à la réception. Par le passé, Dennis a souvent tenté de suivre ses captifs à l'intérieur et de voir où on les emmenait, comment on les traitait, ce qui se passait ensuite. Mais chaque fois, on lui a interdit de mettre le pied dans le bâtiment, et il y a désormais renoncé : se faire mener à la baguette par les blouses blanches et les écrivaillons est suffisamment humiliant, se faire houspiller par les gorilles de la sécurité et de la réception est intolérable.

La porte métallique claque. Tout est silence. Dennis est seul près de son van désormais vide.

Ah ! Pas tout à fait.

Trois flacons de sang se sont coincés entre le plancher de tôle ondulée et le côté du véhicule. Dennis en prend un, l'inspecte. Il le secoue. Le renifle. Et le laisse tomber dans sa poche de chemise. Il sent une chaleur contre son cœur. Curieux, avec une excitation grandissante, il empoche aussi les deux autres. Puis ses yeux se mettent à briller. Il y a un sac de toile brun abandonné dans un coin. Il tend la main et entend tinter une multitude de flacons. Le voilà riche !

« C'est pas mal, ici ! » dit la prostituée en évaluant le studio de Dennis au neuvième étage d'un immeuble des années 1950 d'Ocean Parkway, en plein Brooklyn. Elle est un peu grosse mais ça ne semble pas la gêner : elle porte une courte jupe de cuir et un dos-nu moulant. Sa voix est railleuse ; ses lèvres peintes, chirurgicalement gonflées, se retroussent en un rictus. Quand elle remue la tête, sa coupe au carré vaporisée de laque jusqu'à pétrification bouge à peine. Dennis, qui n'excelle peut-être pas à améliorer sa situation dans la vie, mais qui est plus que sensible à tout ce qui peut ressembler de près ou de loin à une faible opinion de sa personne, de son intelligence ou de son mode d'existence, peut voir le taudis humide qu'est son domicile à travers les yeux de la prostituée. Comment la compagnie d'escort girls a-t-elle dit qu'elle s'appelait, déjà ? Burgundy ? Bree ? Ça n'a pas d'importance.

Et Dennis s'appelle, pour cette femme et pour la compagnie qui l'a envoyée, Carl Ravenswood. Il adore utiliser ce nom. Son nom de baise. Et c'est celui de son contrat de location, aussi. Celui qui figure sur la sonnette, en bas. Il aimerait un jour écrire à ses vieux amis pour leur dire : *Essayez de vivre sous un nom d'emprunt, vous serez surpris de voir comme c'est apaisant.*

Il voit que son invitée tarifée examine le climatiseur vieux de quatorze ans laissé par le locataire précédent, qui le tenait probablement du locataire avant lui, le sofa trouvé dans un dépôt-vente après un incendie de cuisine, la tour branlante de boîtes de pizza, dans l'angle, que Dennis a accumulées ces trois derniers mois, parce qu'il joue tout seul à voir combien il pourra en empiler avant que ça ne s'écroule, et qu'il joue aussi à savoir combien de temps il supportera de les avoir là avant de devenir complètement cinglé – il voit qu'elle examine tout ça et qu'elle conclut qu'il est le genre de client désargenté qui doit se priver beaucoup pour se payer ses répugnants petits ébats dénudés et qu'il n'aura pas les moyens d'ajouter un pourboire à son tarif. Et voici une autre chose que Dennis sait ou qu'il suppose, tout au moins : Bree, ou quel que soit le nom qu'elle prétend avoir, n'a aucune envie d'être ici. Aucune de ces soi-disant call-girls ne veut aller jusqu'à Brooklyn et, si on l'a envoyée, elle, c'est que c'est une « prestataire » de deuxième – ou troisième – ordre.

Malgré tout cela, l'idée de l'avoir fait venir ici l'excite.

Il plonge la main dans sa poche arrière et lui tend quatre billets de cinquante dollars, fraîchement extraits des poches de Salami.

Elle recule d'un pas, comme pour s'éloigner d'une flamme.

« Mets-les dans une enveloppe, et pose l'enveloppe là », dit-elle.

Mais il ne veut pas recevoir d'ordres de la part d'une prostituée.

Il lui saisit le poignet et force les billets dans sa main ouverte. Pas question qu'elle les laisse tomber à terre. Elle fait demi-tour et met l'argent dans son sac.

« T'as déjà vu un de ces trucs-là ? » lui demande Dennis quand elle se retourne vers lui.

Il a un des flacons que Salami a dû laisser tomber à la main.

« C'est quoi ? Du Zoom ? »

Elle paraît énervée chaque fois qu'elle parle.

« Du Zoom ? C'est comme ça que ça s'appelle ?

— Zoom, ou Boum. Ça a plusieurs noms. C'est malsain, ce truc, putain ! On m'a dit que c'était du sang.

— C'en est », répond Dennis.

Il ne veut pas réagir à ses jurons. Jurer le rend malade, mais ça ne le surprend pas. Ce n'est pas comme s'il s'attendait à ce qu'elle soit prude ou bien élevée.

« Tu devrais jeter ça. Je veux même pas voir cette merde. »

Une vague de plaisir le traverse quand il sent qu'elle a peur de ce petit flacon qu'il tient à la verticale entre le bout de son pouce et son index.

« C'est bien du sang.

— C'est dégueulasse. T'en as pris ?

— Et si c'était le cas ?

— T'en as pris, c'est ça ? »

Sa voix se teinte d'incertitude.

Dennis sait bien que ce n'est pas vraiment politiquement correct, ni féministe, ni rien, mais sentir l'inquiétude d'une femme, sa peur même, est une sorte d'aphrodisiaque pour lui.

« Eh bien, ma chère, dit-il d'une voix suave obtenue à force d'avoir regardé de longs après-midi des films en noir et blanc quand ses parents le laissaient comme un paquet chez sa grand-mère ivrogne à Rock Island, je propose que nous célébrions cela et que nous partagions de ce fameux Zoom. »

Il sort un autre flacon de sa poche de chemise.

« Si tu prends une putain de goutte de cette merde, je me barre. »

Elle le fusille du regard et, comme elle ne perçoit aucun changement dans son expression, ajoute : « Et je garde cent dollars pour le déplacement et le temps perdu.

— Ah, ma belle damoiselle, dit Dennis. Vous me piquez au vif ! »

Il n'a aucune idée d'où lui vient ce genre de langage, mais cette nouvelle identité l'amuse, et il ne peut pas imaginer qu'elle soit rien moins qu'irrésistible.

« Tu dois être taré pour prendre ce truc.

— Tu as donc goûté à ce rouge puissant, je suppose ?

— Pas question, merde ! Mais deux des autres filles, oui. » Elle secoue la tête. « Il y a une alerte sur ce truc. C'est des tarés venus du Mexique qui ramènent ça en ville. En tout cas, c'est ce qu'on dit.

— Vraiment ? » Tous ses jurons sont pour Dennis comme des ongles qui crissent sur un tableau noir. « C'est ce que, dans ta sagesse infinie, tu crois vraiment ? » Il lui sourit et, si les sourires étaient des vitrines, celui-là exposerait un insigne de Phi Bêta Kappa, des diplômes de Stanford, de Harvard et du MIT, plus un arbre généalogique d'ancêtres accomplis remontant à la *Magna Carta*. « Et quelles autres informations de valeur tes confidentes ont-elles partagées avec toi, je te prie ?

— Oh, t'es un rigolo. Mais ça n'a rien de si rigolo de se faire défoncer et de s'en sortir avec des griffures partout. Y a un vieux Canadien descendu au Hilton qui a croqué un bout du lobe de l'oreille de Mirabella. Et qui a avalé la boucle en diamant que son petit ami lui avait offerte. »

Bree secoue la tête.

« Bien, alors, n'en prenons pas », dit Dennis en laissant tomber les flacons dans sa poche de chemise. Son sourire s'élargit. Elle a dit exactement ce qu'il avait prédit qu'elle dirait. Tout se passe selon le plan prévu...

Croyant que Dennis se range à son avis, elle se détend un peu, sa voix s'adoucit.

« Tu devrais faire gaffe avec ce truc, mon chou. T'es plus un ado. » Elle lui appuie sur le ventre. « Cette merde va te faire du mal, je te jure.

— Bon, buvons quand même un verre », dit Dennis. Il désigne deux verres posés sur la table basse encombrée. Bien que chacun contienne un flacon de Zoom (lesdits flacons qui contenaient le Zoom ont été remplis de jus de tomate), ils ressemblent à des Bloody Mary bien préparés, avec une rondelle de citron plantée sur le bord et une branche de céleri au milieu du verre. « Je n'ai pas encore ajouté la vodka, au cas où tu ne boives pas d'alcool. »

Elle consulte sa montre.

« Oh, je pense que je peux prendre un peu de vitamine V.

— "Vitamine V", ça me plaît », dit Dennis.

Il y a une bouteille de vodka, une sous-marque, sur la table. Il pourrait s'offrir une marque en vogue, mais il est convaincu que c'est pour les crétins prétentieux. Il débouche la bouteille, en verse une généreuse rasade dans chaque verre, en tend un à Bree et garde l'autre pour lui.

« À nous, dit-il en faisant cogner son verre contre celui de Bree.

— Santé ! »

Elle porte le verre à ses lèvres puis hésite, voyant que Dennis n'a pas levé le sien. Il a l'air de rechigner, d'hésiter.

« Qu'est-ce que t'as ?

— Je contemple ta beauté, ma chère.

— Tu bois pas ?

— Mais si. Bien sûr.

— Et si on échangeait nos verres ?

— Vraiment ? Je... mais celui-là est mon verre préféré.

— Je te dis qu'on échange. Alors ? Sois gentil.

— Si ça te fait plaisir, oui, bien sûr », répond Dennis.

Il lui tend son verre, prend l'autre en échange. La regarde d'un air de dire : « Alors, tu es contente ? »

« C'est un peu tôt pour moi, dit-elle.

— Allez ! Il est plus tard que jamais. »

Il fait tinter à nouveau les verres, cette fois avec une nuance de réprimande.

Ils boivent. Dennis s'arme contre le goût, qu'il imagine gras, répugnant. Mais ce n'est pas si terrible. Le jus de tomate, le raifort et la sauce au piment ont rempli leur fonction pour masquer le goût du sang de ces enfants.

Bree s'exclame :

« Oh, c'est salé ! »

Mais elle a bu une grande gorgée, le verre est à moitié vide. Les glaçons, couverts de rouge pâle, sont visibles.

« Désolé ! En fait je suis chimiste chevronné. Mais pas un très bon mixologue.

— Je dois surveiller mes apports en sodium.

— Oh, allez ! Et puis, tu ne m'as pas entendu ? Je suis un bon chimiste. Diplômé, et des meilleures écoles. » Il voit ses yeux dévier, réexaminer l'insalubrité indigente de son petit appartement merdique. « Fais-moi confiance dit-il plus hâtivement. Il y a très peu de sel dans ton verre. Et nous sommes également… nous sommes en train de démontrer la fausseté de toute cette histoire de régime sans sel, pauvre en sodium. Selon les recherches que nous menons au labo, ça ne veut rien dire.

— Tu parles.

— Ah, ma damoiselle. Vous me piquez au vif.

— T'as déjà dit ça », répond Bree.

Elle fronce les sourcils. Elle a un drôle d'air, comme si elle entendait quelqu'un très, très loin, l'appeler par son nom.

« Bon, je ne vois pas pourquoi tu ne finis pas ton verre. Regarde comment fait le professeur Papa. »

Il vide son verre. *Professeur Papa ! C'est moi, c'est ce que je vais être !*

« Ça va, je suis bien. »

Oh non, tu n'es pas bien, pense Dennis. *Tu es le*

contraire de bien. Tu es une pute, comment oses-tu dire que tu es bien ?

« Sûre ? »

Il la joue décontracté.

Il a embobiné cette femme trois fois. Il savait qu'elle allait mal réagir à la vue des flacons et c'est pourquoi il les a vidés et mis le Zoom dans les verres. Il savait qu'elle le verrait hésiter à boire, et puisqu'elle a un cerveau comme dans les bandes dessinées et qu'elle est plus prévisible que la météo, il savait qu'elle penserait qu'il y avait quelque chose dans son verre à elle. Et c'est pourquoi, des trois flacons qu'il avait mis de côté pour le jeu d'aujourd'hui, il en a versé deux et demi dans le verre qu'elle a fini par prendre. Et donc, même si elle veut jouer les enquiquineuses et qu'elle refuse de terminer son verre comme une bonne petite pute, elle en a déjà avalé plus qu'assez pour faire de ce qui va suivre une fantastique aventure.

Bree se lèche maintenant les babines et déglutit à grandes goulées, comme si elle avalait de grosses cuillerées de purée froide. Elle se tapote le sternum et ses yeux subissent toute une série de transformations : inquiétude, puis angoisse, puis fascination, et pour finir une sorte d'inexpressivité animale. De fenêtres sur l'âme qu'ils étaient, ses yeux deviennent des fenêtres sur le pur appétit.

Dennis ressent lui-même un peu de cet appétit. La vitesse à laquelle le Zoom monte est étonnante. Ça a pris combien, dix secondes ? Il a du mal à rester immobile. Il se retrouve à marcher sur place, mais son maintien n'a rien de militaire. Il fait jouer ses épaules, ses doigts, renifle, dilate ses narines. Tous ses sens sont en surcharge. Son esprit se répète la même question : *Qu'est-ce que je fais, qu'est-ce que je fais ?* Il voudrait aller à la fenêtre, fermer la porte. Il veut uriner, déféquer, manger, boire, procréer. Mais comme il s'est accordé cinquante pour cent d'une dose, il parvient à garder ces désirs naissants sous contrôle.

On ne peut en dire autant de Burgundy-Bree-etc. Il lui a donné une mégadose, et ce qui est pour Dennis une vague sur laquelle il peut surfer est pour elle un tsunami. Elle est incapable de résister. En réalité, le mot *elle* ne s'applique même plus, car, grammaticalement, il suppose une certaine spécificité, et la plupart des traits, des souvenirs et des objectifs qui forment le noyau de ce qu'elle est dans le monde réel ainsi que la manière dont elle se perçoit ont été balayés par le Zoom qui circule en elle comme une armée de Wisigoths en maraude qui dévasterait un village sans défenseurs, anéantissant tout sur son passage.

« Salut, chéri ! »

Elle crie presque. Pourquoi a-t-elle dit ça, elle n'en a aucune idée. Peut-être parce qu'elle est curieuse de savoir si elle peut encore parler comme un être humain. Elle fait un pas vers Dennis, empaume ses parties génitales, les secoue puis, les yeux écarquillés, inspire profondément, s'accroupit, appuie l'épaule contre le bras du canapé, remonte sa jupe, écarte son slip sur le côté et laisse jaillir un puissant jet d'urine.

Je vais faire pipi aussi ! se dit Dennis. Il a une érection et il doit s'escrimer pour sortir sa queue de son pantalon, mais, quelques instants plus tard, il se retrouve debout près de la femme, et ajoute son urine à la sienne. L'odeur est délicieuse. C'est comme un mélange du meilleur repas qu'il ait jamais fait et d'une compréhension soudaine de la façon dont tout est articulé dans l'univers.

Il s'enfonce dans la bouche de la femme. Ça ne semble pas la déranger, mais elle ne fait pas ce qu'il appellerait un travail de professionnelle. Ses yeux se révulsent un moment puis reviennent en place, sans plus d'expression que deux myrtilles au compteur d'une machine à sous.

Elle perd l'équilibre et se retrouve sur le dos, sans se soucier de ses cheveux soigneusement laqués (et sans parler de sa tête) qui se retrouvent au milieu du cercle sombre et trempé qu'ils ont tous les deux laissé sur le tapis. Dennis lui remonte la jupe plus haut, jusqu'à sa taille épaisse, comme si c'était une grosse ceinture de menuisier, sans les outils. Il tente ensuite de lui retirer son slip, mais elle se tortille, se contorsionne même, d'un côté à l'autre, et c'est trop difficile ; il fait donc ce que tout pieux gentilhomme ferait à sa place : il le lui arrache. La bande élastique demande un effort supplémentaire, mais Bree se retrouve vite totalement disponible pour Dennis.

Elle psalmodie :

« Viens, viens, viens, viens », et la langue sortie, halète comme un chien qu'on va nourrir.

Quand Dennis était au lycée, les élèves avaient monté la pièce *A Raisin in the Sun*, jouée uniquement par des Blancs, cette fois[1]. Il avait un petit rôle mais qu'il avait pris très à cœur, et le poème dont est tiré le titre de la pièce (*Qu'arrive-t-il à un rêve non accompli ? Est-ce qu'il se dessèche, comme un raisin au soleil...*) le hante depuis cette époque. Comme quelqu'un dont la vie n'est qu'une longue série de frustrations, il a dû lutter pour ne pas se décourager. Beaucoup de ses rêves ne se sont pas réalisés, mais aucun, pour autant qu'il sache, ne s'est desséché. Et l'un de ses rêves non accomplis – une femme qui le supplie de la baiser, qui écarte ses lèvres d'en bas et qui le supplie foutrement totalement de la baiser – est à l'instant en train de se réaliser. Et ça n'est pas un petit grain de raisin desséché au soleil. C'est une grosse grappe juteuse ; c'est, en fait, un vignoble entier au pic de sa maturité juteuse...

Ça, c'est la bonne nouvelle.

La mauvaise, c'est tout ce qui se déroule ensuite.

---

1. Cette pièce de 1959 de Lorraine Hansberry décrit les aventures d'une famille noire dans un quartier de Chicago.

Quinze

Un gouffre de désespoir s'est ouvert sous elle ; elle peut le sentir, le goûter, et Cynthia n'est retenue que par une corde mince, qui s'effiloche. Cette corde est constituée de deux brefs SMS, l'un d'Alice qui dit : TOUT VA BIEN, l'autre d'Adam, habituellement un peu plus expressif même si dans ce cas il ne l'est qu'à peine, qui dit : À BIENTÔT M'MAN. Cette corde est nouée à sa cheville et Cynthia est tête en bas, elle oscille lentement, le visage tourné vers ce gouffre puant de désespoir et de chagrin. Tout ce qu'il y a d'autre dans la vie – manger, dormir, faire du shopping, penser – est impossible ou hors de propos.

Elle écrit dans son journal : *Je ne peux pas appeler la police. Et si les enfants faisaient des bêtises, voire pire ? Ces pauvres petits. Et si on me les a enlevés ? Est-ce qu'on peut faire ça ? Je ne sais même pas quels sont mes droits. Je ne sais rien. Seulement ça, ces deux choses : Adam. Alice. Je les aime. Et ils ont besoin de moi.*

Elle est assise au beau milieu de son lit. Il est

vingt-deux heures, elle est tout habillée, prête à partir dans l'instant. La porte de sa chambre est grande ouverte. Elle se lève péniblement, ferme la porte, la verrouille.

Elle fait ça depuis une heure. Fermer à clé la porte de la chambre. La déverrouiller et l'ouvrir. Fermer, ouvrir, fermer, ouvrir. C'est pire que de l'indécision. À un moment, elle se sent plus en sécurité en s'enfermant, trois minutes plus tard, elle réalise que rien n'est plus dangereux qu'une porte fermée, verrouillée, qu'elle doit pouvoir entendre ce qui se passe (s'il se passe quelque chose) dans le reste de la maison. Puis la vision de cette porte béante et la pensée qu'une bête sauvage, un intrus, une horde de rats, une phalange aérienne de chauves-souris puissent s'y engouffrer... C'est comme si la personne qui a laissé la porte ouverte était complètement folle et elle la ferme violemment, se barricade, pour la rouvrir à nouveau quelques minutes plus tard.

Maintenant que la porte est fermée, la maison émet des bruits encore plus inexplicables. Un coup sourd. Un craquement. Un claquement. Un couinement. Elle se représente mentalement la maison. Comment, comment, comment a-t-elle bien pu vouloir habiter une grande maison ? Elle se rappelle la première fois qu'elle a mis les pieds ici, peu de temps après les fiançailles de Leslie et Alex. Comme elle était éblouie, fascinée, émue ; comme si une musique insupportablement belle avait soudain éclaté. Elle n'avait jamais été invitée dans une demeure aussi magnifique, encore moins eu la chance d'habiter un tel endroit. Tout la remplissait d'admiration. Elle avait trouvé la source ! Pendant des années, elle avait vendu des antiquités et, quand elle avait traversé ces pièces pour la première fois, elle avait eu l'impression de visiter le lieu de naissance de tout le beau mobilier : les tables basses, les tableaux, les fauteuils, les canapés, les chenets, les tisonniers et les pinces à feu, les tapis, les lampes et les lustres, les plateaux en étain, les saucières immémoriales, tous regroupés dans leur habitat naturel. Elle s'était sentie comme une amoureuse des animaux qui voit enfin ses lions et ses girafes bien-aimés dans la plaine du Serengeti.

Mais maintenant... Les briques, les chevrons, les poutres, les châssis de fenêtres, le verre, tout était un enfer. La maison la déconcertait, se moquait d'elle, la tourmentait. Si vous étiez dans une pièce, il semblait qu'une présence maligne dansait joyeusement dans une autre. Et si vous alliez dans cette pièce-là, l'entité s'était déjà déplacée dans une autre, puis une autre, et encore une autre, et encore une autre. Si seulement elle connaissait vingt-cinq personnes à New York, vingt-cinq personnes pour l'aider, la défendre, la réconforter... Elle les ferait venir ici maintenant, une personne dans chaque pièce.

Mais la cave ? Et le grenier ? Le jardin !

Elle se relève une nouvelle fois. Son journal glisse à terre, le bruit la fait se retourner. Elle rit sans joie. Un *ha* et un *ha* pas plus gais que le bruit des clous qu'on enfonce dans le couvercle d'un cercueil. Elle se précipite de pièce en pièce, allume les lumières.

Une ombre – la sienne – la terrifie. Son reflet dans une fenêtre. Le bruit de sa propre respiration.

Au deuxième étage de la demeure autrefois somptueuse, qui n'est plus qu'une boîte de briques pleine d'angoisse, elle se tient face aux chambres des jumeaux, haletante, le visage déformé de grimaces. Une chambre d'enfant devrait être gaie, réconfortante, colorée, ensoleillée et sûre, décorée des symboles de l'enthousiasme innocent de l'enfance : des images de superhéros, de chiens Beagle, de chatons, de pop stars, de dinosaures. Elle a fait de son mieux pour que les chambres plaisent aux enfants. Mais les jumeaux, depuis leur arrivée, n'ont rien fait pour personnaliser leurs chambres. Des années d'enfermement parental, puis la vie brutale d'enfants de l'Assistance publique durant laquelle ils ont erré de famille en famille, de maison en maison, de chambre en chambre, leur ont donné le sens permanent de l'impermanence.

Cynthia, qui voulait que les enfants fassent leurs ces chambres, avait délibérément laissé les murs vierges, et ils le sont encore. Les lits sont faits soigneusement, comme pour une inspection.

Cynthia entre d'abord dans la chambre d'Adam. Elle allume le plafonnier dont la lumière est vive, trop vive pour l'état de ses nerfs. Elle l'éteint et la chambre s'apaise, comme un cobra qui s'enroule dans son panier d'osier. Elle s'accroupit et allume la veilleuse, une lune enjouée de dessin animé qui cligne de l'œil, branchée directement dans la prise, qui émet une lueur douce. Cette lumière, son intention pleine de gentillesse, lui brisent le cœur. Comme on aimerait que l'enfance soit un lieu de bonheur ! Comme on espère malgré tout et contre toute évidence qu'en aimant suffisamment ses enfants, on pourra les garder à l'abri. À l'abri du monde. À l'abri d'eux-mêmes.

La personne qui est venue dans cette chambre prendre les vêtements d'Adam a laissé les tiroirs de la commode ouverts : en commençant par le bas, elle les remet soigneusement en place. Puis Cynthia va à la penderie et ramasse les cintres que l'intrus (ou les jumeaux eux-mêmes, peut-être ?) a laissés par terre. Elle les suspend, arrête d'une main leur mouvement de balancier et referme méticuleusement la penderie. Une partie d'elle-même pense que remettre un ordre impeccable dans la chambre lui ferait du bien.

Elle s'assied au bord du lit et caresse le doux édredon d'été, couvert d'une housse française pure soie, extravagance ridicule et à peu près aussi significative aux yeux d'un petit garçon qu'une carte de membre honoraire d'une association de retraités, mais quand elle a meublé la maison dans l'attente d'avoir la garde des jumeaux, Cynthia n'a pas pu résister. Ce soir, elle le regrette. Elle regrette... tout. Elle prend l'oreiller d'Adam, le serre contre elle, comme si c'était un enfant. Elle y enfouit le nez et retrouve, mêlée au léger parfum de lavande du détergent, l'odeur douce du garçon, à peine piquante, combinaison de sa peau, de sa chevelure et de son haleine.

C'est plus qu'elle n'en peut supporter. Les enfants lui ont été confiés. Elle a imploré le tribunal, a dit :

« Vous devez me faire confiance. » Elle les a enlevés à des foyers où ils n'étaient peut-être pas parfaitement heureux, mais où ils étaient au moins en sûreté – pas une fois quand ils étaient en famille d'accueil l'un des deux n'a disparu ! Mais il semble tout à coup que les garder quelque part est au-delà de ses capacités.

Elle se rappelle un sentiment qu'elle éprouvait souvent lorsqu'elle vendait des antiquités à Gilty Pleasures, à San Francisco – elle a maintenant l'impression que c'était il y a une éternité. Parfois, un client fortuné quittait sa boutique avec un tableau ancien délicat ou un vase fragile, pensant qu'il ou elle avait un droit sur cet objet irremplaçable parce qu'il ou elle avait l'argent pour l'acheter. Cynthia regardait ce client et son antiquité quitter le magasin, disait mentalement au revoir à l'objet et se demandait si elle ne l'envoyait pas en réalité à sa ruine et à sa destruction. Il ne suffisait pas de posséder une chose, il fallait aussi en prendre soin. Quand vous dites « ceci est à moi », vous signez un contrat sacré stipulant que vous ne lui ferez pas de mal.

Mais ici, pour autant qu'elle le sache, elle a commis des actes d'une légèreté et d'une irresponsabilité bien, bien au-delà de tout ce dont elle croyait capables certains de ses clients maladroits. Elle a échoué à protéger deux beaux, deux irréprochables, mystérieux et délicats petits êtres humains.

Elle pleure sur l'oreiller d'Adam, sans discontinuer, jusqu'à ce que l'obscurité de la maison se referme sur elle en montant lentement comme un fleuve en crue, effaçant tout sur son passage. Monstrueuse obscurité, avide, insatiable, implacable, impitoyable obscurité, ennemie de la sûreté, ennemie de la raison.

Fais attention, fais attention, l'avertit en silence une part d'elle-même. Quelqu'un pourrait être en train de monter l'escalier en ce moment même.

Laisse-moi tranquille, répond l'autre partie. *Ça m'est égal, maintenant.*

Alice, tout habillée, se glisse hors du lit de Rodolfo. Tout ce qu'il lui a demandé, c'est de dormir près de lui, et peut-être de le laisser l'entourer de ses bras. Elle a accepté de bon cœur, ça pouvait être amusant, innocemment amusant – mais elle n'arrive pas à dormir, le repas de ce soir s'agite sans cesse dans son estomac, comme un chien qui tourne en rond en attendant la sortie du soir. Quelqu'un a apporté un sac de poulets cuits, des kilos de macaronis au fromage et plein de sodas et de boissons énergétiques ; tout le monde était de bonne humeur et ça sentait incroyablement bon. Alice a donc fini par manger plus que ses six bouchées habituelles longuement mastiquées.

Maintenant, comme l'appartement est calme, son intimité (croit-elle) est assurée et elle se faufile dans le taudis de la salle de bains pour se débarrasser du repas du soir ainsi que d'éventuelles autres calories non digérées qui pourraient également rôder dans les parages.

Quand elle a appris (c'était à Cold Spring, dans

l'État de New York, dans sa première famille d'accueil) qu'elle pouvait au moins tenir la puberté en échec en se privant de nourriture, il lui a d'abord été extrêmement difficile de s'en débarrasser. Elle se mettait le bout avec la gomme d'un crayon le plus loin possible dans la gorge, jusqu'à toucher un muscle, un haut-le-cœur survenait et tout à coup la machine corporelle tout entière se mettait avec force à faire marche arrière. Puis elle a appris à utiliser son doigt. Tout le procédé était douloureux, laborieux, convulsif, et une fois qu'elle parvenait à vomir, elle suait et tremblait sous l'effort. Maintenant c'est facile-facile. Elle y arrive en avalant un peu d'air, en contractant les muscles de son estomac et en les forçant à remonter. Ça prend environ deux secondes et bloop ! Elle est vide et propre. C'est vraiment un simple éternuement intestinal. Ça n'a rien de compliqué. Elle se demande souvent pourquoi les gens ne font pas ça, plutôt que de se laisser devenir énormes. Mais elle garde ça pour elle. C'est son secret qui, comme beaucoup de secrets, fait de sa vie un voyage où l'on doit traverser du verre brisé sur la pointe des pieds. Bah ! Elle tire la chasse pendant qu'elle vomit, et personne n'en saura jamais rien.

Sauf que lorsqu'elle rouvre la porte de la salle de bains, Polly est juste là, tout habillée, un livre de cours de biologie à la main, ses sourcils sombres levés, et elle affiche un sourire en coin supérieur, comme un professeur qui pense que maintenir votre confiance en vous plus bas que terre fait partie de son boulot.

« Salut, dit Alice, qui se couvre la bouche de la main, faisant semblant de tousser.

— Tu te sens mieux ? murmure Polly.

— Ça va, répond Alice en chuchotant à son tour.

— Je sais ce que tu faisais là-dedans. »

Polly se plie en deux, sort la langue.

Alice se sent rougir, d'abord les joues, puis jusqu'au sommet du crâne. Ne rien dire semble la meilleure chose à faire – la seule.

« Bon, dit Polly.

— Je te jure que non.

— Il ne faut pas faire ça », annonce Polly d'un ton qui signifie qu'il y a une longue liste de choses qui se font ou qui ne se font pas, dont Alice n'a aucune idée.

Si Polly veut qu'Alice se sente comme une étrangère, une visiteuse importune qui peut se faire virer à tout moment, elle y parvient très bien.

Alice hausse les épaules, comme si toute cette conversation était stupide. Puis elle avance pour laisser Polly. Celle-ci lui saisit le bras.

« Où tu vas ?

— Je suis fatiguée.

— Oh, regardez-moi ça ! Elle n'a qu'une envie, c'est de retourner se coucher avec son petit ami.

— C'est pas mon petit ami, réplique Alice.

— Tu ferais mieux de te protéger. Rapports sexuels protégés, ma poule, tu m'entends ?

— C'est pas comme ça.

— Nous, on donne naissance à des choses que personne n'a jamais vues.

— Je sais. Tu n'as pas besoin de me le dire.

— Euh… » Polly montre Alice du doigt. « Tu as un peu de vomi sur le menton. »

Nerveusement, Alice tente de l'essuyer, mais son menton est sec, et elle comprend qu'elle s'est fait piéger.

« Je le savais ! » dit Polly en souriant. Puis, sérieuse tout à coup, son chuchotement teinté d'une inquiétude visible, elle ajoute : « Tu ne devrais pas faire ça. Tu pourrais en mourir. Et en plus, ça ne marche même pas. »

Alice hausse les épaules. Elle ne peut pas discuter, mais elle refuse de confirmer le fait qu'elle rejette sa nourriture.

« D'autres enfants ont essayé, tu sais. »

Polly n'a pas lâché le bras d'Alice. En fait, sa prise se resserre.

« Essayé quoi ? dit Alice qui cherche à se dégager.

— D'empêcher leur corps de changer. Ça ne marche qu'un moment. On sait tous que notre corps est un problème. Il fait ce qu'il fait, pas vrai ? Il veut ce qu'il veut. On croit que le corps est une sorte de voiture que l'esprit possède et conduit partout où il veut. Mais l'esprit n'est qu'un passager. Il ne peut pas toucher à l'accélérateur, au frein ou au volant.

— Je sais conduire, dit Alice. En vrai. Une Mazda. J'avais un frère de lait à Cold Spring, il m'a appris.

— Ouais, en échange d'une pipe.

— T'es dégueulasse.

— C'est ton problème, mademoiselle Parfaite. »

Polly détourne un moment les yeux. Mais pas parce qu'elle regrette ce qu'elle vient de dire. Jusqu'ici, elle est plutôt surprise par leur échange. Habituellement, à la maison, ou quand ils sortent avec leurs amis dans les parcs, Polly est la fille gentille, la fille raisonnable. Là, elle se comporte comme une véritable garce (c'est ce qu'elle dirait). Et ça fait vraiment du bien.

Dylan surgit. Il a les cheveux lissés en arrière, et il a un sandwich à la main – au beurre de cacahuètes, d'après l'odeur.

« Alors ? On s'en aller ? dit-il à Polly.

— Ouais. T'es prêt ?

— J'es toujours prêt, tout ma vie, ma sœur !

— Je ramène Dylan à sa bande, dit Polly à Alice. Ils sont près de la 110e Rue. Tu viens ?

— Non, ça va.

— Si, sérieusement ! Il faut que tu viennes. Je ne peux pas rentrer toute seule à la maison.

— Mais je suis fatiguée.

— Allez », insiste Polly. Enfin, elle libère Alice, mais seulement pour lui passer le bras sur l'épaule. « Tu me dois bien ça, merde.

— Ah bon ? »

Mais Alice sent que Polly vient de lui proposer de garder son secret et de ne parler à personne de son programme personnel pour surveiller son poids. *J'ai été stupide*, pense-t-elle. Alors même que ces gamins vivent comme des animaux, qu'ils vendent leur propre sang, qu'ils baisent partout dans l'appartement, qu'ils volent, que certains d'entre eux disparaissent, que d'autres meurent, Alice ne veut surtout pas que quelqu'un sache qu'elle se fait vomir après la plupart des repas.

Deux minutes plus tard, Alice, Polly et Dylan attendent l'ascenseur. Le couloir de l'étage est carrelé de noir et de blanc, mal éclairé. Le vieil ascenseur monte lentement, ses câbles claquent, cliquettent. Dylan ne tient pas en place. Il roule des épaules, agite les genoux et l'instant d'après sort d'on ne sait où une balle de jonglage, l'envoie en l'air de la pointe du pied, la réceptionne sur le front tout en fredonnant faux. En comparaison, la plupart des gamins diagnostiqués hyperactifs paraîtraient catatoniques.

La porte de l'ascenseur s'ouvre enfin. À la grande déception de Polly (la règle de la maison est de faire profil bas autant que possible), c'est le même liftier qui est à la manœuvre. L'ascenseur se commande en appuyant sur des boutons et Polly ne voit pas pourquoi un liftier est nécessaire, mais il est bien là, le vieux Dominick, avec ses yeux de basset, ses chaussures vernies et son uniforme bleu et jaune qui paraît sorti des années 1980 ou d'une autre époque bel et bien révolue.

« Nous y voilà, déclare Dominick comme toujours, en tenant la porte comme si sans sa force Polly et ses amis allaient se faire couper en deux.

— Merci, Dominick, murmure Polly.

— Il est un peu tard pour sortir, observe celui-ci.

— Pas vraiment.

— Alors, votre mère est rentrée à New York ?»

Dominick le lui a déjà demandé à de très nombreuses occasions.

«En fait, elle a appelé ce soir, dit Polly, la voix assurée, convaincante. Merci de prendre de ses nouvelles.»

Alice et Dylan regardent droit devant eux, s'efforcent de ne pas rire.

«Faites attention à vous, dit Dominick quand l'ascenseur arrive au rez-de-chaussée.

— Vous aussi», répond Polly d'une voix forte, tandis que les trois quittent bruyamment le hall au sol de marbre.

Il n'y a pas de portier : un système d'identification automatique a été installé, et plus rien ne sépare les enfants de la nuit. Ils y pénètrent comme des poissons gardés dans un seau qu'on reverse dans le lac.

Ils prennent vers l'est et Broadway. Il n'y a qu'Edible Broadway (qui ne ferme jamais) qui soit encore ouvert. Son propriétaire, un homme corpulent, verdâtre, que tout le monde appelle le Grec mais qui persiste à affirmer qu'il est portugais, est assis sur une chaise pliante à surveiller son étalage de raisins, de prunes, de fraises et d'oranges comme si sans sa vigilance constante des hordes de voleurs de fruits en maraude pouvaient le mettre en faillite.

«Salut, le Grec !» dit Polly tandis que Dylan empoche deux prunes sans même ralentir l'allure.

Le Grec, quant à lui, est surtout soulagé de voir que les trois gamins n'entrent pas dans la boutique, où sont présentés huile d'olive aux truffes, figues de Kalamata et autres produits de prix ; il ne sait pas pourquoi ces gamins sont particuliers, mais il sait reconnaître ces adolescents sauvages à vingt pas. Il sait que tant que personne ne parviendra à les contrôler, pas un commerçant de la ville ne pourra considérer sa boutique comme en sûreté.

Ils continuent vers l'est, traversent Amsterdam Avenue, Columbus Avenue, dépassent les monolithes scintillants de Central Park West, sautent par-dessus le mur de pierre qui borde le grand espace vert de New York, Central Park.

Ils marchent vite, sans suivre les trottoirs, les tunnels ou les différents sentiers que les gens ordinaires utilisent pour traverser le parc. Ils suivent des chemins qui leur sont propres, directs et non entretenus. Dylan ouvre la marche, il sait exactement où retrouver sa meute ; il est aussi plus nerveux que les deux filles et sa constitution l'empêche d'avancer à une allure un tant soit peu tranquille. Il saute, contourne, zigue et zague.

Dix pas devant, il se retourne et hèle les filles :

« J'aimer bien pouvoir rester avec Rodolfo ! C'est tout bien quand Rodolfo, il est là. »

Il lance les mains en l'air. Dans son enthousiasme, le bout de ses doigts luit d'un rouge sombre.

« Regarde-le, chuchote Alice à Polly.

— Il n'est pas le seul. Il se passe plein de trucs.

— C'est plutôt joli.

— C'est vrai. On fait galoper l'évolution. »

Polly s'arrête tout à coup, Alice aussi. Polly prend

l'air inquiet. Elle penche la tête, pose un doigt sur ses lèvres, implorant Alice de garder le silence.

« Allez, vous deux ! crie Dylan.

— J'ai entendu quelque chose, dit Polly à Alice.

— Où ça ?

— Là. »

Polly indique des buissons de chèvrefeuille, à dix mètres sur la gauche.

« J'ai trouvé une fois un chien qui se cachait dans des buissons, par ici, raconte Alice. Un petit chien blanc. Il était trop mignon. Quand j'étais petite. »

Le souvenir de cette période, de l'école qu'elle fréquentait avec Adam, de leur mère qui les accompagnait dans Madison Avenue, du professeur, des autres enfants. Ça fait longtemps qu'elle ne s'est pas laissée aller à penser à cette époque, et l'évoquer maintenant a un côté triste, fantomatique.

Polly la dévisage et son expression affirme clairement que le souvenir du petit chien d'Alice est à cent lieues de la question et pour elle, la simple mention de quelque chose d'aussi stupide et juvénile est la preuve qu'Alice ne comprend rien à ce qui se passe.

« Quelqu'un nous suit. »

Polly articule ces mots en silence.

Dylan a fini par cesser de pirouetter en tous sens et les regarde d'un air interrogateur, ses doigts luisants s'assombrissent jusqu'à prendre une couleur de rouille terne, sale. Polly lui fait signe de revenir.

Tous trois, avec mille précautions, s'approchent des buissons. Ils ont une ouïe extraordinaire et se penchent vers l'avant, tournent la tête légèrement de droite et de gauche, orientent leurs nerfs auditifs comme vous pointeriez une lampe torche sur un coin sombre.

Polly lève un doigt. Puis deux. Puis trois. À trois, ils convergent vers les buissons, plongent dans ce labyrinthe vert épais sans la moindre hésitation, comme des canidés affamés qui sentiraient là un écureuil tremblant et sans défense, marinant dans sa propre peur.

En fouillant la terre, ils ne trouvent que des emballages de préservatifs et des bouteilles de jus de fruits vides.

Le reste du trajet est plus nerveux. Polly a l'habitude d'être constamment sur ses gardes, de se méfier de la police du parc qui peut circuler à vélo, à cheval, en voiture ou à pied. Dylan a également appris à se rendre quasiment invisible quand il rôde dans le parc, même si les leçons de prudence qu'il a apprises vont à l'encontre de son éducation. Pendant toute la période passée à Gracie Mansion en tant que fils du maire, il a été nourri d'une sorte de certitude viscérale d'être privilégié et protégé, si bien qu'il lui manque souvent les notions élémentaires de survie que les autres petits sauvages du parc lui ont apprises. (De fait, lorsque Rodolfo pense à l'avenir de cette nouvelle race humaine qu'il dirige, cet avenir ne concerne habituellement pas Dylan ; il prend trop de risques, il part dans tous les sens et, pire que tout, Dylan Morris est un cas de mutation extrême : ceux qui brillent tendent à être les plus dingues. Un jour, la semaine ou l'année prochaine peut-être, Rodolfo suppose que Dylan Morris fera partie des Disparus.)

Ils se dirigent vers le nord, longent le bassin, qui est ce soir plein de canards endormis dont les silhouettes emplumées montent et s'abaissent sur l'eau qui ondule doucement. À l'approche des trois gamins, une vague d'alerte parcourt leur troupe : d'abord un grondement de quelques coin-coin nerveux, puis, comme une explosion de cymbales, les canards s'envolent, traversent le seuil du clair de lune pour s'enfoncer dans le palais sombre de la nuit.

« Ils nous haïssent, murmure Alice.

— Qui ça ? demande Dylan en sautant sur ses pieds alors qu'il faisait le poirier.

— Les canards. Quand j'étais petite, on venait ici leur donner à manger. Ce qu'ils préféraient, c'était les biscuits Wheat Thins. Ils adoraient ça.

— Oh, ça me rappeler quand je manger les Pepperidge Farm. Tu te souvenir ?

— Ceux au goût cheddar, dit Polly par-dessus son épaule.

— Oh ! J'en veux ! C'est trop miam et remiam et j'en veux encore. »

Il lève les bras, et la lueur rouge s'étend maintenant du bout de ses doigts jusqu'à ses paumes et à ses poignets.

« Baisse les mains, Dyl' ! » dit Polly en les éloignant du bassin, en direction d'un bosquet.

Ils avancent en silence. Leurs pas sont légers, gracieux, presque silencieux. Une voiture de patrouille passe, le gyrophare tournant au ralenti. Elle ne va nulle part en particulier. Elle affiche seulement sa présence.

À un moment, Polly demande à Alice :

« Alors, qu'est-ce que tu penses de Rodolfo ? Tu crois qu'il t'aime bien ?

— Je ne sais pas. Je crois que oui. »

Alice sait qu'elle doit être prudente avec Polly, mais elle ne sait pas ce que cette prudence suppose : doit-elle dire la vérité ? refuser de parler ? Qu'est-ce que Polly lui veut ?

« Tu crois que oui, que tu l'aimes bien ?

— Non, je veux dire que lui m'aime bien, répond Alice. Mais bon, ça n'a rien d'extraordinaire. On est copains.

— Comment vous pouvez être copains ? Tu es partie incroyablement longtemps.

— Je ne sais pas. C'est comme ça. »

Le rire de Polly n'en est pas vraiment un, c'est plus un souffle bref, toxique.

« Et toi ? demande Polly. Tu l'aimes bien ?

— Je crois que oui.

— Tu crois ?

— Je ne sais pas ce que je suis censée dire », répond Alice.

Elle ne prend pas un ton plaintif, mais elle l'énonce comme un fait.

« Ma grande », dit Polly. Elle pose la main sur sa hanche, la pousse en avant. « Je crois que tu l'aimes bien. Tu peux bien le dire. »

Elle secoue la tête puis marmonne « garce ! » dans sa barbe, mais assez fort pour qu'Alice l'entende.

« Hé, les mecs ! Les mecs ! Chuis là ! » crie Dylan au moment où ils atteignent la 110e Rue et qu'il aperçoit deux des membres de son ancienne bande. Ses mains brillent et il trépigne d'excitation. Ses acolytes miment un duel d'escrime, se servant de leurs skate-boards comme d'épées. De loin, il est difficile de déterminer leur sexe. Ils ont tous les deux des cheveux longs, relevés en un nuage frisé pour l'un, tirés en queue-de-cheval pour l'autre.

Avec un regard de gratitude par-dessus son épaule, Dylan se précipite vers ses amis, dans une pulsation lumineuse.

« Yo, yo, yo, yo ! » dit celui aux cheveux frisés.

Il laisse tomber son skate-board et ouvre grand les bras.

D'autres surgissent, comme de nulle part. Ils sont dix en tout. Polly remarque qu'ils portent tous des T-shirts vert foncé, comme si c'était une équipe ou un gang. Rodolfo insiste sur le fait que ce n'est pas une bonne idée que les groupes qui vivent ensemble portent des vêtements assortis. Il faut pouvoir se disperser rapidement, se fondre dans la foule. Autant que possible. Mais à vrai dire personne à Riverside ne s'attend à ce que la bande de la 110e Rue tienne longtemps. Ils prennent trop de risques ; ils s'exposent trop. Ils ont déjà perdu deux des leurs, enlevés par celui qui kidnappe les jeunes sauvages, et ils n'ont même pas l'air de se rendre compte qu'il y en a un qui manque, ou peut-être qu'ils s'en moquent. Ils ne partent jamais chercher ceux qui disparaissent, ils n'en parlent même à personne. Quand tout le monde se retrouve au square Diana-Ross, il en manque simplement un ou deux dans leur bande. Tôt ou tard, ils vont tous disparaître ; en tout cas, c'est ce que dit Rodolfo, et Polly tend à être d'accord avec lui.

« Allons-y », dit Polly.

Alice bâille, se frotte les yeux de la paume. Une vague de faim la traverse, aiguë et pressante, mais elle est devenue experte à ignorer ses tiraillements d'estomac. Quand son corps réclame de la nourriture, elle sait comment lui dire de la fermer. Et de se fermer.

Elles repartent, mais, au bout d'environ une minute, Polly s'arrête, lève la main. Elle paraît inquiète, presque effrayée.

Alice penche la tête, plisse le front, comme pour dire : « Que se passe-t-il ? »

Polly fixe un taillis composé de buissons entre les bancs et le mur de clôture. Elle s'avance d'un pas dans leur direction, s'arrête, écoute et, après quelques instants, hausse les épaules et fait signe d'un geste qu'elles feraient mieux de repartir vers la maison.

« Tu sais lire ? » demande Polly.

Sans se concerter, elles prennent le trottoir qui va vers le sud, comme deux enfants normaux qui iraient se promener très tard dans Central Park.

« Oui.

— Pas besoin de le dire comme ça !

— J'ai juste dit oui.

— Il y en a beaucoup qui ne savent pas lire, tu sais.

— Je sais. J'imagine que ce n'est pas si grave.

— Et ton frère ?

— Il sait lire. On sait lire tous les deux. On va à l'école.

— Mais tu lis ? Ça t'arrive de simplement te mettre à lire, juste comme ça ? Pas à l'école. Juste pour le plaisir ? »

Alice hausse les épaules. Elle ne peut pas dire deux mots à Polly sans avoir l'impression d'avoir dit ce qu'il ne fallait pas ou qu'elle va dire ce qu'il ne faut pas, et qu'elle est même peut-être en train de se faire piéger.

Polly passe le bras sur l'épaule d'Alice. Écarquille les yeux.

« Waouh ! tu es vraiment maigre ! »

Alice voudrait pouvoir s'écarter de Polly, mais elle craint que ça n'empire les choses. Tout ce qu'elle veut maintenant, c'est rentrer à l'appartement, aller dormir. Elle sait que Polly est furieuse qu'elle ait partagé le lit de Rodolfo, elle sait que Polly croit qu'il s'est passé quelque chose de sexuel, ce qui est faux. Si ça doit faciliter les choses, Alice dormira volontiers sur le canapé, ou bien elle trouvera où est Adam et s'allongera près de lui, ou par terre. Elle s'en fiche.

« Il faut mettre un peu de chair sur ces os, ma grande », dit Polly. Ses doigts rampent sur le dos d'Alice et lui saisissent l'omoplate. « C'est ce qu'il aime, Rodolfo ? La peau sur les os ?

— Je ne sais pas et je m'en fiche.

— Ah non ? » Polly se tait un moment. Quand elle reprend la parole, son ton a changé. Il n'est plus provocateur ou acéré, mais doux et confiant. « On se ressemble beaucoup, toi et moi, tu sais.

— Je crois que oui.

— Tu crois ? Tu crois beaucoup.

— Je suis fatiguée.

— On n'est pas aussi abîmées que les autres, dit Polly. On a un peu de je ne sais pas quel truc ont pris nos parents, mais pas autant qu'eux. Il y en a qui sont vraiment méchants. Il y en a quelques-uns qui sont comme nos parents, ou pire.

— Ma mère dit qu'on n'a pas demandé à être comme ça.

— Ta mère ? Je croyais que ta mère s'était suicidée.

— Je suis adoptée, maintenant. En réalité, c'est ma tante.

— Tu ne devrais pas l'appeler ta mère, c'est un manque de respect.

— Je crois que oui.

— Je crois que oui », dit Polly simultanément d'une voix maniérée, suivie d'un rire délibérément cruel.

Elles marchent en se taisant pendant une pleine minute. Les flèches du San Remo apparaissent devant elles. Tout à coup Polly s'arrête. Elle se tourne pour faire face à Alice.

« Tu dois rentrer chez toi et ta nouvelle maman. »

Alice soutient le regard de Polly. Elle attend ce sentiment familier d'humiliation, de désir de se cacher qu'elle a toujours ressenti quand elle est menacée ou bouleversée. Mais cette fois, elle ne sait pas pourquoi, elle ne sent rien. Non. Pas rien. Elle se sent calme. Elle se sent prête.

« Et tu dois rester à l'écart de Rodolfo, ajoute Polly.

— Non, je ne dois rien. »

La voix d'Alice est fluette mais posée.

« Oh si, tu dois, espèce de petite garce », dit Polly.

Elle respire rapidement, le visage congestionné. Elle essaie d'avoir l'air aussi en colère, aussi menaçante que possible, mais, en réalité, elle paraît désespérée. Elle attend qu'Alice recule, qu'elle se mette à bégayer, à promettre, à dire je-crois-que, à s'effondrer sur place, mais Alice reste calme. *Cette petite garce est devenue folle ?* se demande Polly.

Prise d'une inspiration soudaine, elle gifle Alice. Pas extrêmement fort, mais durement, vraiment durement. Alice est hébétée. Cligne des paupières. Elle fait un pas en arrière et pose des doigts explorateurs là où le coup de Polly a porté.

Polly interprète ce geste comme un signe de faiblesse et frappe à nouveau, en essayant cette fois de taper plus fort et de régler l'affaire une fois pour toutes. Mais Alice a des réflexes vifs et saisit le poignet de Polly avant que le coup ne porte. La prise de cette petite crevette osseuse est incroyablement forte. La main de Polly est comme un renard pris au piège, paralysé de douleur, foutrement malchanceux.

« Lâche-moi ! exige Polly.

— Tu allais me frapper. »

Il se passe quelque chose dans les yeux d'Alice. Leur marron s'assombrit, s'approfondit. Les pupilles s'élargissent. Elle dégage une terrifiante indifférence. Les gens qui n'y connaissent rien disent d'un animal qu'il est méchant quand il a seulement faim. Un animal ne peut pas haïr, pas plus qu'il ne peut réellement aimer ; en tout cas pas aimer au sens que les humains voudraient donner au mot « aimer ». Un animal ne gravera pas un CD de chansons pour séduire, ne mentira pas pour vous rendre jaloux. L'histoire qu'on raconte sur le chien qui attend patiemment son maître à la porte des années après que son propriétaire est tombé sur le champ de bataille est soit un mythe, soit l'histoire d'un chien dressé. Les animaux ne se vengent pas, ne tirent aucun plaisir à faire souffrir d'autres créatures. Tout ce qu'un animal peut faire, c'est désirer, manger et protéger. Un animal est fait pour survivre.

Et pourtant, en regardant Alice dans les yeux et en sentant son inexorable étreinte d'acier sur son poignet, Polly ressent bien de la peur, un énorme, étourdissant geyser de peur. Elle essaie de se dégager et, comme elle n'y parvient pas, essaie de frapper Alice de l'autre main.

« Lâche-moi, petite garce, lâche-moi ! » hurle-t-elle avec fureur.

Alice sent une force s'emparer d'elle. Qui part de son ventre, lui traverse les jambes, remonte jusqu'à sa gorge, à ses mains, à son visage, au sommet de son crâne. Elle est bouche bée ; son sang est comme du miel chaud. Des phrases lui reviennent de l'enfance, qu'elle répète à présent.

« Tu ferais mieux d'apprendre les bonnes manières. On ne t'a pas appris la politesse ? »

Sauf que quand on les lui assenait s'y ajoutaient un froncement de sourcils, une lente dénégation de la tête. Mais quand elle les prononce, c'est une rage physique abrupte et totale qui les accompagne. C'est comme si sa nature nouvelle l'électrocutait.

« Bon, dit Polly comme si elle était encore en mesure de décider de quelque chose, on ferait mieux d'y aller. On parlera plus tard.

— Laisse-moi tranquille, parvient à dire Alice.

— Ouais, OK, répond Polly, qui ne peut concéder plus que ça.

— Ne me frappe plus jamais. »

Alice a les muscles de la nuque douloureusement tendus. Elle se masse de la main, relève le menton en grimaçant.

« Alors, reste à l'écart de Rodolfo ! » rétorque Polly, dont le courage et l'énergie refont tout à coup surface.

Alice ne trouve pas quoi lui répondre, alors elle gronde, s'approche encore de Polly, montre les dents.

« Tarée, dit Polly. Tu es pire que les autres. »

Mais elle recule d'un pas. Elles ont quitté le sentier pavé à présent. Polly sent un buisson lui égratigner le dos.

Qui est cette fille ? Qui est cette Alice nouvelle qui baisse la tête, qui retrousse les lèvres pour montrer encore plus les dents, qui se rue maintenant sur Polly ? Une fois, à Cold Spring, elle a marché involontairement sur un petit crapaud, camouflé et presque invisible sous les feuilles mortes accumulées sur la véranda. La pauvre chose a éclaté sous son poids et, quand elle a fait un bond en arrière, horrifiée, puis baissé les yeux, le crapaud était mourant, ses petites pattes avant jointes comme pour une prière, un air de dégoût et de résignation peint sur sa petite figure. Cette nuit-là, elle avait pleuré dans son lit, porté le deuil de cette vie qu'elle avait prise par accident, s'était juré qu'un jour quand elle serait grande, libre et qu'elle aurait de l'argent, elle achèterait un ranch ou une ferme ou une montagne quelque part pour en faire un sanctuaire pour tous les animaux. Cette fillette – si tendre, si humaine, si charitable – est-elle toujours en elle ? Ou a-t-elle été avalée tout cru, comme un petit poisson dévoré par un gros, par l'être qu'elle est devenue si abruptement ?

Un être qui saisit Polly aux épaules, la force à tourner sur la gauche, sur la droite, sur la gauche à nouveau, avec tant de force que Polly se demande si sa moitié supérieure ne va pas être arrachée de sa moitié inférieure.

« Arrête », crie-t-elle tandis que ses pieds perdent

leur appui au sol, qu'elle tombe à genoux, puis sur le dos.

Elle se retrouve exposée. Son ventre, ce coffre au trésor rempli d'intestins, sa gorge et la couche de peau mince, totalement vulnérable qui protège les artères vitales. Elle fait un rapide calcul de ses chances et décide que son meilleur espoir de survie est de supplier.

« OK, OK, je suis désolée. »

En voyant la tête d'Alice, Polly n'est pas du tout sûre qu'elle a entendu ou compris ce qu'elle disait. Ou qu'elle s'en soucie.

« Je suis désolée, je suis désolée », répète-t-elle, la voix de plus en aiguë.

Comme pour faire un essai, curieuse, hésitante, Alice griffe la joue de Polly. Elle recule d'un pas, baisse les yeux, attend de voir l'effet de ce qu'elle vient de faire. Trois lignes, trois zébrures rouges apparaissent sur le visage de Polly, comme une autoroute où circulerait la douleur, du coin de son œil à sa lèvre supérieure.

De l'autre main, Alice frappe encore, laboure sa joue gauche. Polly hurle de douleur. Elle sait maintenant qu'adopter une posture de reddition ne la sauvera pas. La courtoisie animale qui épargne le vaincu ne s'appliquera pas dans cette situation. Alice n'est pas suffisamment animale, ou bien elle est de la mauvaise sorte d'animal. Peu importe. Polly se remet tant bien que mal debout, recule en titubant et, reprenant pied, balance les bras pour retrouver l'équilibre.

Il faut un moment à Alice pour comprendre que Polly va s'échapper. Celle-ci court déjà quand Alice se lance à sa poursuite. Polly est rapide. C'est une superbe coureuse. Ses longues jambes. Sa longue natte. Ses bras relâchés le long du corps.

Alice est rapide également. Mais pas autant que Polly. Elle court penchée en avant, les bras tendus, les doigts pointés vers le bas. Il lui traverse brièvement la conscience – comme une étoile filante, devinée autant que vue – qu'elle courrait mieux en se mettant à quatre pattes.

Elles atteignent la partie du parc par laquelle elles sont arrivées. Alice ne veut pas que Polly rentre à l'appartement avant elle, même si elle ne sait pas très bien pourquoi. Elle veut l'attraper, et elle ne sait pas très bien pourquoi non plus. Mais c'est ce qu'elle veut. Elle le veut. Elle veut lui faire mal. Elle le veut vraiment.

Puis, aussi soudainement qu'il est apparu, le désir de faire mal à Polly disparaît, sans laisser plus de traces qu'une bulle de savon crevée. Alice ralentit, laisse la distance entre Polly et elle se creuser.

Polly sent qu'elle n'est plus poursuivie. Elle s'autorise un regard par-dessus son épaule et bien sûr, voilà Alice, immobile sous le cône de lumière jaune d'un réverbère. Polly s'arrête, se retourne complètement. Pourquoi Alice s'est-elle arrêtée ? Ah, pas le temps de penser à ça maintenant. Elle fait à nouveau demi-tour pour reprendre sa route vers l'appartement et se retrouve nez à nez avec un homme en T-shirt noir, à la figure pâle, avec des yeux morts et un petit nez graisseux.

« C'est l'heure de ta potion d'adieu ! » souffle-t-il.

Haleine de hot-dog à l'oignon et de café. Il fait un geste vers elle. Il est vif. Il connaît son affaire. Elle sent un pincement aigu entre ses omoplates. Elle se raidit, prête à souffrir horriblement. Mais elle ne sent rien. En fait… si, un petit quelque chose. Mais pas très fort. Oh… un peu plus fort. Du mal à penser. Son cerveau semble bloqué.

« Polly ! » crie Alice.

L'homme saisit Polly et la jette sur son épaule comme si elle était une simple veste. En quelques enjambées rapides, précises, il a quitté le parc.

Alice court aussi vite qu'elle le peut, mais il est trop tard. Un van attend l'homme, moteur crachotant, avec un nuage de fumée noire qui monte du pot d'échappement. L'homme ouvre l'arrière du van, y balance Polly. Alice n'est plus qu'à quelques foulées quand le van s'éloigne. Elle le prend en chasse, mais c'est en vain. Les vitres à l'arrière ont été peintes en noir.

Seize

Il est quatre heures trente du matin, l'heure la plus silencieuse dans le parc. Le vent est presque complètement tombé ; les écureuils et les oiseaux vont commencer leurs rondes dans deux heures ; les sans-abri butineurs ont ramassé toutes les bouteilles et les canettes des poubelles, des pelouses et des buissons et les ont emportées dans leurs chariots de courses grinçants. Les humains semeurs de troubles ont déjà semé leur trouble. Les amants affamés sont repus. Les flics des équipes de nuit sombrent dans le coma et les durs des équipes du matin n'ont pas encore pointé. C'est l'heure idéale pour réunir les bandes et faire une assemblée générale, mais même si ce n'était pas l'heure idéale, Rodolfo aurait dû faire passer le mot parce que ce qui était jusque-là une crise latente est désormais une urgence absolue.

« Vous m'écouter maintenant, j'aller vite », commence Rodolfo depuis son perchoir en haut du toboggan de l'aire de jeux Diana-Ross.

Ses mots d'introduction sont répétés par les plus proches de lui, puis encore et encore, et son message se répand comme des ondes à la surface d'un bassin.

« Trois heures. » Il pointe derrière son épaule pour indiquer le passé. « Polly. » Il s'arrête, se reprend. Prononcer son nom lui fait mal. Il le savait, mais pas à ce point. « Le ravisseur. Notre Alice. Elle le voir. Un homme. » Il lève un doigt. « Un camion. Blanc. Des mots écrits sur le côté. » Il jette un œil interrogateur à Alice.

« Watertight, dit celle-ci.

— Watertight, répète Rodolfo. Puis il attend que le mot voyage jusqu'aux plus éloignés. « On trouver l'homme. On trouver le camion. On libérer nos frères et sœurs. » Il attend que le message se transmette dans le réseau des jeunes sauvageons. « On n'a pas demander ça, proclame Rodolfo en posant la main, avec ses longs doigts élégants, sur son cœur. On n'a jamais demander à naître, on ne demander pas, non, à être comme on être. » Il laisse ses phrases voyager, attend qu'elles portent. « Mais on être fiers ! On pas méchants. On pas dresser ! On n'être pas pire ! On être mieux !!! »

La foule commence à pousser des acclamations avant même que cette dernière déclaration ne soit relayée. Ils se lèvent sur le terre-plein, sur les bancs, sur les rochers. Les plus petits sont assis sur les épaules des plus grands, des plus costauds. Cheveux longs, cheveux courts, tatouages, piercings, certains tellement mal habillés que c'en est presque comique, d'autres en short, certains en jeans hors de prix volés dans des magasins hors de prix, d'autres portent encore ce qui reste de leurs vieux uniformes scolaires : blazers aux emblèmes arrachés, cravates reconverties en bandeaux à cheveux, jupes réglementaires tachées de nourriture, d'herbe et de tous les autres détritus de leur vie actuelle.

« On être mieux ! crient-ils.

— On être meilleurs ! » aboie Rodolfo. Il lève le poing au-dessus de sa tête.

« On être meilleurs ! » répètent les bandes rassemblées. Ils crient fort, c'est le tumulte.

« On doit rentrer à la maison », murmure Adam à Alice. Ils sont tous les deux, à l'avant de la foule, avec Boy-Boy d'un côté, Little Man de l'autre. Toute la bande de Riverside est au premier rang ; leurs visages arborent les signes d'une profonde détresse, d'un chagrin collectif.

« On ne peut pas, répond Alice.

— Alice, il faut y aller. Ce n'est pas juste.

— Juste ? »

Alice secoue la tête.

« Alice ! »

Adam la tire par la manche. Elle ne veut pas lutter. Elle ne veut plus ressentir la moindre chose de cet ordre en elle. Plus jamais. Elle sent quelque chose qui s'éveille à l'intérieur, quelque chose d'effrayant, de honteux. C'est comme si elle avait deux sangs différents, l'un normal et chaud, l'autre féroce et bouillant. Elle a lutté et lutté pour tenir en respect ce vilain sang, mais elle se fatigue. La lutte est trop dure, trop constante, et elle envisage de renoncer. De renoncer et de laisser la nature suivre son cours.

« Après ça, dit-elle.

— Il faut qu'on y aille. Maintenant.

— D'accord. »

Elle lève les yeux vers Rodolfo mais il ne la cherche plus du regard. Il est transporté. La vision de tous ces groupes rassemblés, en harmonie, leurs voix qui montent en un magnifique hurlement de courage et d'unité, le bonheur de tout cela mêlé au chagrin de savoir que quelque part, Polly est en danger, souffre et tremble... C'est plus qu'il n'en peut absorber. Ses yeux deviennent vitreux d'ébahissement, de la perception grandissante de son propre pouvoir. Ces garçons indomptés, ces filles sauvages, ce ne sont pas seulement des personnes avec qui il partage un destin génétique : ils sont tous des extensions de lui-même. Il est devenu une multitude.

Alice et Adam bougent lentement pour quitter le rassemblement, et leur mouvement attire l'attention de Rodolfo. Il se tourne vivement vers Alice et hausse exagérément les épaules.

Alice lève un doigt, comme pour dire qu'elle et son frère s'écartent juste une minute et qu'ils reviennent tout de suite.

Ils marchent vite mais en silence parce qu'ils ne veulent pas attirer l'attention. Quand ils se sont éloignés de vingt mètres de l'aire de jeux, ils partent en diagonale, nord-nord-est, vers l'East Side, Uptown, chez eux.

Adam est le premier à parler.

« Tu as dormi dans sa chambre.

— Pas vraiment. Je crois qu'on devrait revenir.

— On est en train de revenir.

— Je veux dire là-bas. Avec les autres.

— On ne peut pas.

— Pourquoi pas ?

— Parce que c'est vilain. » Il sort son téléphone, le lui montre. « J'ai déjà envoyé un message à m'man pour lui dire qu'on rentrait à la maison. »

Alice se tait. Puis elle finit par demander :

« Tu l'appelles *m'man* ? »

Adam ne répond même pas. Quelques pas plus tard, elle reprend :

« Et tu dis *la maison* ?

— C'est notre mère, maintenant. Et c'est notre maison. C'est là qu'on habite. C'est là qu'on a toujours habité, ou presque. Je n'aime pas cet appartement, là-bas. C'est bruyant, sale, on ne peut même pas se sécher après une douche, et il y a du sang et des aiguilles partout. Ils vont tous avoir des ennuis.

— Tu parles comme un bébé. *On va avoir des ennuis*, dit Alice en minaudant d'une voix aiguë.

— Tu verras.

— Tu n'es pas plus intelligent que moi.

— Je sais.

— Alors ne fais comme si tu l'étais. »

La voix d'Alice tremble sous l'effet de la colère,

et Adam lui jette un coup d'œil gêné. Au bout d'un moment, il reprend :

« J'ai hâte d'être à la maison.

— Alors, allons-y. »

Alice se met à courir, imitée par Adam. Ils courent côte à côte. Des nuages glissent devant la lune comme des crocodiles, croquent paresseusement dans son entièreté en dérivant d'ouest en est. Quelque part, un projecteur se dessine sur le ciel gris sombre, sans étoiles. Alice court de plus en vite, Adam l'imite foulée après foulée. Un sentiment de soulagement les envahit tous les deux. C'est si bon simplement de courir, de sentir ses muscles tiédir, de s'emplir les poumons de l'air lourd de l'été. De plus en plus vite. Ils sourient à présent. Alice tend la main, Adam la saisit. Elle penche le buste en avant, il fait de même. Elle relâche la main d'Adam, tend les deux bras en avant, se penche de plus en plus bas. Il l'observe et fait exactement comme elle.

« Tu veux essayer ? demande Alice.

— D'accord. Juste une fois. »

L'instant d'après, ils courent tous deux à quatre pattes, fonçant vers chez eux plus vite que jamais.

Cynthia ne sait que faire à propos des jumeaux. Elle ne sait que faire avec ses enfants. Ses enfants. Plus elle se répète ces deux mots, moins ils ont de sens. À une période, à San Francisco, dans ce qui lui paraît une vie antérieure, elle est sortie avec un homme qui était chasseur de têtes pour des grosses sociétés, et quand il voulait lui faire croire qu'elle ne savait pas de quoi elle parlait ou quand elle exprimait une opinion inacceptable pour lui, il disait: « Hum, je crois que c'est un peu au-dessus de ton échelon salarial. » (C'est la deuxième raison pour laquelle elle avait cessé de le voir; la première étant qu'il se pavanait dans son appartement nu à l'exception de chaussettes noires qui lui montaient au genou.) Mais à cet instant, solitaire, désorientée, elle se dit que, oui, la fonction de mère d'Alice et d'Adam est peut-être au-dessus de son échelon.

Ils sont revenus. Elle est assise en leur compagnie dans la cuisine, les regarde manger, ce qui aujourd'hui signifie en gros les regarder ne pas manger. Le soleil du matin filtre par les fenêtres, allume des éclats de lumière sur la poignée du réfrigérateur Sub-Zero, sur les boutons de la cuisinière en inox, sur le dos des cuillères avec lesquelles les jumeaux remuent paresseusement leurs céréales. Ils ont l'air fatigués. Ils sont sales. Et très honnêtement, même si Cynthia s'en veut de le penser, ils ne sentent pas très bon. En réalité, ils puent. La sueur. La terre. La sauvagerie, le vent, la chaleur.

Que faire? Comment appréhender le fait qu'ils ont disparu et l'ont précipitée dans le chaos de la peur et du désespoir? Elle se demande si elle doit les réprimander – ils méritent sûrement de l'être. Ils méritent qu'on les mette dans une machine à remonter le temps et qu'on les renvoie cent ans en arrière pour pouvoir être fessés comme il faut! Et pourtant, ils sont revenus d'eux-mêmes, et le renforcement positif n'est-il pas une meilleure option?

S'ils en viennent à associer leur retour à la maison avec des punitions ou des réprimandes, ou même des regards noirs, qui peut dire s'ils reviendront à la maison la prochaine fois, ou la fois suivante ? N'est-ce pas à elle de leur apprendre que cette maison est un lieu de sécurité (*mais l'est-elle ?* se demande Cynthia en passant), un lieu où il fait frais en été, chaud en hiver, où il y a toujours de la bonne nourriture, des draps propres et des téléviseurs dernier cri pour avaler les signaux des chaînes câblées payantes ?

Donc non, décide-t-elle, non, elle ne punira pas, ne grondera pas.

Doit-elle seulement leur demander où ils étaient ? Bien sûr, elle a le droit de le savoir – le devoir de savoir. Il faut qu'elle sache où ils étaient, au cas où l'endroit soit dangereux ou contagieux. Et il serait également bon de le savoir si jamais ils refaisaient le coup de disparaître : elle saurait au moins par où commencer les recherches, plutôt que d'avoir à se demander à laquelle des cinq millions de portes new-yorkaises elle doit frapper. Et pourtant – revoilà encore ce maudit *pourtant* – ne vaudrait-il pas cent fois mieux qu'elle attende un peu et qu'elle leur laisse donner d'eux-mêmes l'information ? Ne serait-ce pas vraiment ce qu'il faut faire ? En fin de compte, n'est-il pas plus important d'établir de la confiance que de faire régner la discipline ? Et un parent, se rappelle-t-elle, doit en toute situation penser au long terme, parce qu'élever des enfants n'est pas un sprint, pas une brève course, c'est un marathon, un marathon plus l'ascension d'une montagne plus une course en sac plus un rodéo plus un saut à l'élastique plus le passage du cap de Bonne-Espérance à la voile dans un frêle esquif battu par la mer sans boussole, sans carte, avec les étoiles pour seul guide. *Oui, c'est ce que font les parents,* se dit-elle, *et apparemment je suis un parent.*

Mais elle s'inquiète : doit-elle simplement rester assise en silence ? (Oh ! si les turbines de l'inquiétude pouvaient être exploitées, elle générerait assez de puissance pour éclairer toute la ville et il lui en resterait suffisamment pour Palisades et même pour le New Jersey !) Elle s'inquiète que son silence soit mal interprété, même si elle n'est pas sûre de ce qu'elle entend par *mal interprété,* puisqu'elle ne sait pas elle-même ce que son silence veut dire, ou ce qu'il peut vouloir dire. Plus d'inquiétude encore ! Elle craint qu'ils ne prennent son silence pour de l'indifférence. Ou qu'ils puissent décider que c'est une rage immense, étouffante, qui la rend incapable de parler. Qui sait le genre d'idées qui passent par la tête d'enfants de douze ans ? Surtout des enfants de douze ans qui sont jumeaux ; des enfants de douze ans qui ont perdu leurs deux parents à une semaine d'intervalle ; des enfants de douze ans qui ont grandi dans la beauté et le luxe ultime puis, après cette vie d'enfants de riches, ont passé deux ans dans des familles d'accueil ; des enfants de douze ans – et n'oublions pas ce point essentiel – qui ont passé des années enfermés la nuit dans leur chambre et qui ont finalement découvert la vérité indicible sur les appétits inavouables de leurs parents, des appétits qui, à la fin, n'auraient pu être rassasiés que si les jumeaux eux-mêmes avaient servi de repas de minuit.

Et puis il y a ce qu'elle ne peut supporter de penser. L'idée qu'ils sont irrécupérables. Que le traitement contre la stérilité qui a précipité leurs parents dans une existence de cauchemar a laissé des traces morbides chez Alice et Adam. Elle essaye de repousser cette éventualité, mais elle revient sans cesse dans son esprit. Et chaque heure où les jumeaux ne sont pas là, cette idée se fait de plus en plus forte : la seule véritable explication au comportement des enfants, c'est que lentement, inexorablement, ils deviennent comme leurs parents. Tout l'amour qu'elle a pour eux ne représente que quelques larmes dans l'océan…

Non. Elle ne le permettra pas. Elle sait qu'une partie de la progéniture des parents qui se sont rendus en Slovénie est devenue… quoi ? sauvage ? Est-il juste de dire qu'un enfant est un petit animal sauvage ? Oui, pour certains. Mais pas tous. Mais. Pas. Tous. Et elle *connaît* ces deux-là. Elle sent leur bonté, leur douceur. Ils sont peut-être attirés par les sauvageons, mais ne le sont pas eux-mêmes. Elle en est certaine. Sa tâche sera de s'assurer, autant que possible, qu'ils restent à l'écart des mauvaises influences.

« Les enfants », finit-elle par dire. Elle ne sait pas quoi dire après ça, mais elle sait mettre un pied devant l'autre, et fait confiance à son bon cœur pour la garder sur le bon chemin. « Les enfants, vous savez que je vous aime, n'est-ce pas ?

— Oui, dit Alice.

— Et on t'aime aussi, m'man », dit Adam.

Cynthia se force à garder une posture maternelle sereine, alors qu'à entendre Adam déclarer qu'ils l'aiment, elle voudrait poser le front sur son avant-bras et se mettre à sangloter tout son soûl. Ceci, elle le sent, ne serait ni bon ni utile. À cela, il n'y a pas de *et pourtant.*

« Bon, on a besoin de mettre les choses à plat », explique Cynthia. *Je suis en train de leur faire le programme en douze étapes ? Ça marche si on veut que ça marche ?* « Nous en sommes encore à nous habituer les uns aux autres. Et nous devons fixer... des règles.

— Pourquoi tu ne te lances pas et que tu ne nous dis pas ce que tu as à nous dire ? » déclare Alice d'un ton désagréable. Pas tout à fait insolent, pas tout à fait méchant ; exaspéré, comme si elle avait fait plaisir à Cynthia mais qu'elle avait atteint la limite.

« C'est ce qu'elle fait », intervient Adam.

Il jette à sa sœur un regard implorant.

« Laissez-moi vous dire une chose, continue Cynthia sans trop y réfléchir. Ce voyage au mont Washington que je voulais faire avec vous ? Je ne vois pas comment on pourrait y aller, pas avant un moment.

— Oh, waouh ! dit Alice qui se tient le cœur comme s'il se brisait.

— Ce que je veux dire, c'est ceci. » Cynthia

entend sa propre voix, calme et confiante, et pense : *Hé, mais c'est bien moi !* « Il est absolument, cent pour cent hors de question que vous quittiez la maison sans me prévenir que vous partez et sans me dire où vous allez.

— Alors, on est prisonniers ici ? demande Alice.

— Arrête, coupe Adam.

— L'amour est peut-être un peu comme une prison, dit Cynthia. Quand vous êtes dans une famille – comme nous, hein, les enfants ? –, vous recevez amour et protection et toutes sortes de choses matérielles, et de choses qu'on ne peut pas mettre en mots. Et en retour, vous renoncez à un peu de votre liberté. Vous ne vivez pas que pour vous-mêmes. Vous êtes liés à d'autres gens. Est-ce que c'est vraiment être en prison ? Je ne sais pas. Il y a une vieille chanson qui s'appelle "Chains of Love". Tu veux peut-être parler de ça ? » Elle regrette d'avoir transformé cette dernière affirmation en question. L'inflexion interrogative fatale des petites filles. Et elle regrette particulièrement d'avoir cité « Chains of Love ». Elle ne veut pas faire partie de ces mères qui cherchent constamment à faire tamponner leur carte de « coolitude ». Elle inspire profondément, sent une montée d'angoisse venir la perturber. C'est comme pendant un rendez-vous amoureux, que vous vous affolez parce que vous vous dites que vous parlez trop, ce qui force la personne de l'autre côté de la table à vous aimer soit plus, soit beaucoup moins.

« On ne le fera plus », promet Adam.

Alice détourne les yeux. Elle a une expression de mépris.

Que pense-t-elle ? se demande Cynthia.

Celle-ci croise les mains, se penche en avant. Sans l'avoir planifié, elle s'est embarquée dans une série de questions qu'elle va devoir suivre sans savoir où ça la mène ni ce que ça va produire. Est-ce que ça va faire plus de tort que de bien ? Elle ne peut vraiment pas le dire, mais elle va persévérer néanmoins.

« Vous ne ferez plus quoi, Adam ? J'ai besoin de le savoir, parce qu'à cet instant, je ne sais pas où vous avez été, ni pourquoi, ni rien, en fait. »

C'est Alice qui prend la parole, et elle intervient vivement. Il est clair qu'elle ne veut pas qu'Adam réponde à la question. Elle n'a plus foi en lui.

« On a raccompagné Dylan chez lui.

— Dylan ? » La voix de Cynthia grimpe dans les aigus. Elle essaie de se maîtriser, tire sur les rênes comme si elle était à la fois monture et cavalier. « Toute la ville est à sa recherche. La police. Tout le monde.

— Ah bon ? dit Alice. Pourquoi ?

— Parce que c'est le fils du maire. »

Alice rit.

« Bah, c'est ce qu'il dit. Mais c'est un gosse.

— Alice, voyons.

— Mais comment on pourrait le savoir ? »

Alice réagit comme si on la questionnait sans relâche, comme si, de but en blanc et sans raison valable, on la persécutait et, pire, plus douloureux et plus injuste, comme si on doutait de ce qu'elle dit.

«Je crois qu'il l'est vraiment, dit doucement Adam.

— Tu crois qu'il l'est?»

Le cheval affolé que monte Cynthia menace de se cabrer, d'agiter en l'air ses sabots avant.

«Je crois que oui», répète Adam.

Alice laisse échapper un soupir dégoûté, repousse sa chaise de la table.

Cynthia s'interroge: *Elle se prépare à se sauver?*

«Son père est méchant, reprend Adam. Ses parents sont comme les nôtres, avant.

— Morris, le maire?»

Cynthia est abasourdie. Elle n'est pas à New York depuis longtemps, bien sûr, et n'a pas d'opinion très formée sur les personnalités de la ville; son impression du maire est qu'il est un peu imbu de lui-même mais plutôt honnête, qu'il n'est pas victime du syndrome de la petite taille, comme beaucoup de gringalets qu'elle a connus dans sa vie. L'idée que lui et sa très discrète épouse Claudia, elle-même toute petite, moitié coiffure bouffante, moitié hauts talons, sont passés par les mêmes injections atroces, répugnantes, démentes que Leslie et cet horrible Alex pour soigner leur infertilité…

«Vous êtes au courant que la moitié de la ville est à sa recherche, dit Cynthia. Hein, les enfants? Vous êtes au courant, n'est-ce pas?»

Alice s'empare de sa cuillère. Elle la tient comme un couteau, comme quelque chose avec quoi elle chercherait à blesser… quelqu'un. Elle inspire profondément, irrégulièrement, puis la replonge dans son bol qui se renverse. Les céréales et le lait se répandent sur la table. Elle semble s'apprêter à dire qu'elle est désolée, mais quelque chose l'arrête. Elle se lève et foudroie Cynthia du regard.

« On a été au parc avec lui, OK ?

— Vous n'êtes pas restés au parc tout ce temps, Alice. Je le sais.

— Et alors ?

— Écoute, Alley-Oop… dit Cynthia d'une voix plus basse.

— Je déteste ce nom. Ne m'appelle plus jamais comme ça.

— D'accord. Je ne le ferai plus. Mais c'est important pour moi…

— C'est toujours ce qui est important pour toi, crie Alice. Et nous ? Il y a des choses qui comptent pour nous aussi, tu sais !

— C'est normal, Alice. » *Qu'est-ce que je dis, maintenant ?* se demande Cynthia. Elle a suivi sa ligne de questions comme on suit un sentier dans une forêt, mais ce sentier a disparu tout à coup, il n'y a plus que des arbres, des buissons, des rochers et une petite tache de ciel ici ou là. « Je ne dis pas que ce qui vous occupe n'est pas important. » Sa voix faiblit. « C'est absolument important.

— On a rencontré des enfants qu'on connaissait d'avant, reprend doucement Alice. On est restés avec eux.

— Des amis à vous Alice ? Adam ?

— En quelque sorte, dit Adam.

— Est-ce qu'un de vos amis est venu dans cette maison et a pris des vêtements dans vos chambres ? »

Alice se contente de fixer Cynthia. Adam hausse les épaules.

« Que se passe-t-il ici, les enfants ? Dites-moi. Où est-ce que tout ça nous mène ? Que va-t-il nous arriver si on se traite les uns les autres comme ça ?

— J'en sais rien ! »

Alice hurle presque. Elle se détourne et quitte la cuisine.

Cynthia ne réfléchit pas. Il n'y a pas de stratégie, pas de d'un-côté-ceci-mais-d'un-autre-côté-cela. Elle jaillit de sa chaise et rejoint Alice avant que la frêle petite puisse aller bien loin. Elle l'attrape par les épaules et lui fait faire demi-tour. Alice se débat, mais elle est à bout de forces ; elle est épuisée, affamée, apeurée. Elle se tortille, la repousse mais la prise de Cynthia est ferme.

« Là, là », fait Cynthia, comme l'ont fait avant elle depuis des millénaires les mères à leurs enfants éperdus. Elle tient Alice, la caresse, la sent qui se détend petit à petit.

Finalement, Cynthia desserre les bras, mais, dès que son étreinte faiblit, Alice se blottit plus serré contre elle, l'embrasse avec une ferveur soudaine.

« Non, dit l'enfant. Plus fort. Serre-moi plus fort. Ne me lâche pas, s'il te plaît. »

Dix-sept

La femme qui se faisait appeler Bree, ou parfois Tracy, ou parfois Sara la soumise avait bien sûr un véritable nom : elle s'appelait Jeanette Tomczak. Elle était née il y a trente et un ans à Harrisburg en Pennsylvanie, troisième fille d'une postière rougeaude prénommée Kathy (qui pensait que quelque chose clochait chez vous si vous n'arboriez pas un sourire d'une oreille à l'autre) et d'un maquignon appelé Henry (qui pouvait prononcer trois cent quinze mots à la minute quand il s'agissait de faire monter le prix d'un veau ou d'un jeu de pneus de tracteurs, mais qui n'émettait presque aucun son une fois rentré chez lui et carré dans son fauteuil). Jeanette ne sortira jamais de l'appartement de Dennis Keswick et certains détails de sa vie sont indiqués ici par respect. Elle adorait la musique. Elle avait une collection de bandes huit-pistes, de K7 et de CD. Elle y tenait beaucoup – autant que cela est possible avec sa vie désordonnée. Même lorsqu'un support devenait obsolète, elle le gardait parce qu'elle ne supportait pas l'idée de jeter quelque chose qui contenait de la musique enregistrée. (Elle n'avait aucun moyen d'écouter ses bandes huit-pistes, mais comment aurait-elle pu accepter de jeter les Pointer Sisters à la poubelle ?) Elle adorait la cuisine chinoise, et notamment le poulet à la sauce aigre-douce. Elle avait peur des chiens. Elle notait ses rêves dans un grand cahier à spirale et les relisait souvent après une journée de travail, des années de rêves, où elle discernait des motifs, des schémas qui s'approchaient tout, tout près d'une forme de révélation, avant de retomber lentement dans l'obscurité. Elle était résistante. Elle n'économisait pas son argent – il est difficile d'en garder quand on est payé entièrement en liquide. Elle ne prenait pas particulièrement soin d'elle. Elle prenait du poids. Son visage rosissait, comme celui de sa mère. Pourtant, comparée aux autres, elle avait tenu longtemps, même si, au moment où elle était allée chez Dennis, elle était déjà sur la pente descendante, professionnellement parlant. La compagnie de call-girls la gardait en souvenir du bon vieux temps et ne l'envoyait que si un client voulait quelqu'un tout de suite et que personne d'autre n'était disponible, ou si un petit joueur des quartiers les plus excentrés voulait prendre son pied. Les boulots à mille dollars au Plaza Hotel n'étaient pas pour elle ; elle faisait les dépannages de trente minutes à Sunnyside, dans le Queens. Ça ne la gênait pas. Elle savait qu'elle était en fin de parcours, et c'était aussi bien comme ça. Puisqu'elle ne pouvait pas renoncer à cette vie, c'est cette vie qui renonçait à elle. Elle était d'une nature optimiste. Elle n'avait jamais cessé de croire qu'un jour elle rentrerait en Pennsylvanie, qu'elle se marierait et aurait des enfants.

Jeanette avait moins de trois cents dollars à la banque et, à part ses vêtements, possédait très peu de choses. Mais elle était douée en amitié et parmi ses nombreuses amies, aucune n'était plus fidèle que Portia Ramirez, également connue sous les noms de Taco Belle, Karmen, Chiquita et, les week-ends chargés, de Sara la soumise (il y avait en fait quatre Sara la soumise chez Nite Movz, l'agence de call-girls qui employait Jeanette et Portia). Dans la hiérarchie de Nite Movz, Portia était en gros à mi-chemin entre les filles les plus chères, les jeunes dont beaucoup démarraient juste leur carrière de prostituées, et les plus anciennes comme Jeanette.

La nuit où Janette disparut, elle et Portia devaient se retrouver à trois heures du matin dans une gargote à l'angle de la 107e Rue et de Broadway. La cousine de Portia, Seny, avait quitté précipitamment New York en n'emportant que quelques objets précieux et avait laissé derrière elle deux penderies pleines de vêtements. Seny était au régime en permanence et, ces cinq dernières années, était passée par tous les poids, de cinquante-cinq à cent kilos. Ce qui signifiait, pour quelqu'un qui voulait fouiller les centaines d'objets de sa garde-robe abandonnée, qu'il trouverait à coup sûr quelque chose à sa taille.

Portia était à l'heure pour leur rendez-vous. Elle s'assit à une table qui donnait sur Broadway, observant ce qui restait d'humanité à cette heure-là, et sirota son thé glacé en mangeant lentement une portion de frites. Vingt minutes passèrent, pas de Jeanette. (Techniquement, celle-ci était toujours vivante ; Dennis était accroupi au-dessus d'elle, nu et tumescent, en essayant de faire fonctionner son cerveau rationnellement et en se demandant que faire ensuite.) Portia coupait ses frites en deux pour les faire durer encore plus longtemps, un truc appris quand elle était pauvre et qu'elle avait gardé pour rester à peu près en forme. Trente minutes. Quarante. Il n'était pas inhabituel chez ceux qui vivaient cette vie d'être en retard. Il ne fallait pas essayer d'aller au cinéma ou de prendre un train avec eux. Le confort et la sécurité d'une vie normale, puritaine, neuf-heures-dix-huit-heures-maison-en-banlieue-jardin-clos-plan-épargne-retraite, tout ça n'était pas pour eux, alors pourquoi payer le prix que ces enfants sages crachaient volontiers pour leur vie sans souci ? Pourquoi faire toute une histoire de la ponctualité si la vie ne respectait pas sa part du marché ? On se fait rouler, on prend des coups bas. Et donc, même si une heure avait passé et que Jeanette ne se montrait toujours pas, si elle avait appelé Jeanette sur son portable et obtenu directement sa messagerie, Portia n'était pas particulièrement inquiète. Et pas du tout agacée. Peut-être, se dit Portia, qu'elle a eu un autre client. Elle était peut-être fatiguée et était rentrée immédiatement chez elle se coucher. Jeanette était une incroyable dormeuse ; une fois endormie, il aurait fallu une bombe pour la réveiller.

Le jour suivant, Portia avait beaucoup à faire et elle oublia plus ou moins Jeanette. Le jour encore suivant était chargé aussi, mais pas autant, et Portia se souvint de rappeler Jeanette et, à nouveau, elle tomba directement sur la messagerie. Elle lui envoya un SMS, attendit. Elle était dans un taxi en direction de Downtown, pour aller voir un client régulier dans la 10e Rue, et elle garda le téléphone à la main, posé sur ses genoux, le fixant, exigeant que Jeanette lui réponde. Bien sûr, il n'y eut pas de réponse. Portia en termina avec la 10e Rue – service express, pour dire le moins – et dès qu'elle le put appela Carol, qui dirigeait Nite Movz de quatre à seize, répondait au téléphone et mettait en rapport les types et les filles, et vice versa, comme on dit. Carol travaillait à Nite Movz depuis cinq ans. Salaire, commissions et primes apparaissaient en liquide dans une enveloppe tous les vendredis matin. Elle ne savait pas qui était le propriétaire de la boîte. Personne ne savait. Quand elle avait un souci ou une question, elle avait affaire à un Coréen nommé David Kwan, mais il n'était pas plus responsable des choses qu'elle. Il n'était qu'un rayon d'une autre partie de la roue.

À présent, deux jours plus tard, Portia et trois autres employés de Nite Movz, Doris (Dee, Dee-Lite, Deirdre) Sue (Samantha, Sindy, Sara la soumise) et Luis, sont au fin fond de Brooklyn, devant un pitoyable appartement d'Ocean Parkway, domicile d'un certain Carl Ravenswood. Portia a dû se démener pour obtenir l'adresse. Carol était passée de «Je ne sais pas où est Jeanette» à «On a dû se séparer de Jeanette» à «Je suis furieuse contre elle, ça ne se fait pas de traiter les gens comme ça» à «Bon, voilà où était son dernier rancard» à «Si vous voulez aller parler au client, allez-y mais soyez gentils et ne faites pas d'ennuis parce que c'est plus ou moins un habitué».

Des centaines de personnes vivent dans cet immeuble, aux briques couleur de chewing-gum longuement mâché. Portia et les autres sont dans l'entrée de l'immeuble. Odeurs de désinfectant, de cigarette tout juste éteinte. Un système d'interphone, d'innombrables boutons-tétons, on aurait dit le côté gauche du plus grand accordéon du monde. Portia passe le doigt dessus de haut en bas, cherche le nom. Ravenswood. Ravenswood. Des gens entrent et sortent, âgés pour la plupart, l'air sournois, même ceux qui portent la kippa jouent les furtifs, comme des immigrants clandestins. Au bout d'un moment, une jolie jeune lesbienne accompagnée d'un teckel sort, en pantalon de treillis et débardeur, oreilles percées, un sachet à déjections à la main; elle jette un regard à Portia et ses amis et les identifie, sans question, pas besoin d'en poser. Drogue, cambriolage ou prostitution. Peu importe. N'est-ce pas ce qu'on dit? Peu importe? Peu importe?

« Ah, voilà, dit Portia qui finit par repérer Ravenswood, tout là-haut, au neuvième étage.

— Allez, on y va », dit Luis.

Portia sonne, attend. Rien. Sonne à nouveau. Toujours rien, mais encore plus rien que la fois d'avant. Elle fait semblant de connaître le code Morse et appuie sur l'interphone avec une série de coups courts et longs, des coups qui disent, suppose-t-elle : « Ouvre et prépare-toi à rencontrer ton Dieu ! »

Une femme d'âge moyen, grosse et bronzée, impudique dans sa chemise minuscule et son short, arrive dans l'entrée en picorant à même un gros sac de chips. Elle ouvre avec sa clé et, avant que la porte de verre et de métal ne reclaque, Sue (qui est vive, avec des réflexes aussi rapides qu'un piège à souris) se glisse derrière elle et tient la porte au reste de la troupe.

Ils prennent l'ascenseur avec la dame aux chips, que leur compagnie semble rendre nerveuse. Chaque fois qu'elle prend une poignée de chips, elle roule le haut du paquet, comme si c'était la dernière fois de la journée qu'elle se servait. Mais dès qu'elle en avale une poignée, elle rouvre le paquet et en reprend. Elle sort de l'ascenseur au septième étage, et Portia et ses amis se mettent à rire d'elle. Portia sait que c'est bas de se moquer des gros, ou de n'importe qui, en fait, mais elle trouve assez drôle de se dire que vous pouvez être une sorte de monstre, huileux, gras et qui fait peur à voir, vous serez toujours plus respectable qu'une personne bien faite, propre et bien habillée qui gagne sa vie dans les métiers du sexe.

La porte de l'ascenseur s'ouvre au neuvième étage. L'appartement de Ravenswood est deux portes plus loin. Portia empêche Luis de frapper. Elle colle l'oreille à la porte.

C'est sûr, ce petit *maricón* est là-dedans. Elle l'entend chanter sur une chanson débile qui passe à la radio. « Oooh, eee, ooh, ah ah, ting tang, walla walla bing bang. »

Elle désigne la porte, regarde Luis d'un air interrogateur. Il plisse le front, se caresse le menton comme un médecin qui étudie les symptômes d'un patient difficile à diagnostiquer. Il s'accroupit, étudie avec plus d'attention la poignée de la porte, essaie de la tourner doucement, essaie à nouveau. Il se relève, l'air sûr de lui.

« Ridicule, dit-il en sortant de sa poche arrière une vieille carte de crédit de chez Macy's.

— Attends, dit Doris. On peut quand même pas... »

Portia lui fait signe de se taire, ses yeux s'étrécissent, sévères.

« Je m'en vais, dit Doris. Vous êtes dingues. »

Portia leur fait signe de s'écarter de la porte.

« Elle est là-dedans ». Son excitation est telle que même en chuchotant, elle semble crier. « Ligotée, peut-être. Qui sait, putain ? Il y a quelque chose. Et si c'était toi, Doris ? ou toi, Sue ? ou un d'entre nous ? Tu ne voudrais pas que quelqu'un fasse quelque chose ? Tu préférerais que tout le monde reste assis avec un doigt dans le cul ?

— Pour ça, il faut payer un supplément dit Doris, ce qui fait rire tout le monde et dissipe la tension.

— Prêts ? » demande Luis en faisant tourner la carte de Macy's au bout de ses doigts, la faisant virevolter du pouce au petit doigt, comme un magicien avec un as de cœur.

« Arthur ? dit Cynthia qui serre le téléphone, penchée en avant, surprise qu'il ait pris son appel. Écoutez, je suis désolée pour…

— Tout va bien, dit Arthur. Que se passe-t-il ?

— Ils sont rentrés. Ils sont là. »

Elle est assise dans le grand salon ; elle désigne d'un geste vague le deuxième étage, où les jumeaux se reposent. Enfin, elle l'espère.

« Très bien, dit Arthur, sur le ton de " Alors, n'en parlons plus ".

— Ne me demandez pas où ils sont allés.

— Je n'en avais pas l'intention. »

Cynthia sait qu'il est en train de la maudire, mais elle n'est pas en situation d'en prendre ombrage. Mieux vaut prendre un air dégagé.

« Je dois vous poser une question.

— Allez-y.

— Une question juridique.

— J'entends bien.

— Je veux mettre la maison en vente.

— La maison ? Quelle maison ?

— Cette maison.» Elle prend sa respiration. «Ma maison.»

Il y a un silence, le temps qu'il saisisse.

«Eh bien, évidemment, vous comprenez que c'est compliqué. Vous le comprenez bien, Cynthia?»

Oh, bon Dieu, espèce de connard condescendant. Mais cette fois encore, elle feint d'être sourde à son ton et lui parle comme s'il était honnête et bienveillant.

«Je crois que oui. C'est compliqué. Et pour être franche, je n'ai pas fait très attention aux clauses et aux sous-clauses. Je n'aurais jamais imaginé que je pouvais un jour vouloir quitter cet endroit, ou vivre autre part, ou emmener les enfants.

— La maison leur appartient, Cynthia.

— Je le sais bien.

— Le testament de leur mère était tout à fait explicite.

— Je suis leur mère, Arthur.

— Oui, bien sûr. Leur mère précédente. Leur mère naturelle.

— Donc de quoi parlons-nous ici, Arthur? La maison doit bien posséder un bon degré de liquidité.» Oui! Prends ça! *Liquidité.* Elle a fait claquer le mot sur la table comme une carte maîtresse. Pensait-il qu'elle n'y connaissait rien, que diriger une boutique d'antiquités à San Francisco – avec toute cette concurrence – pendant quatorze ans ne lui avait rien appris?

— Bien sûr que oui, Cynthia.» Elle l'entend dans sa voix. Prononcer le mot *liquidité* a percé le furoncle du sarcasme. «Je dis simplement que c'est compliqué.

— Bon, compliqué, ça ne m'inquiète pas, Arthur. Compliqué, c'est un massage agréable accompagné d'un panier de fraises comparé à ce qui se passe. Il faut que je les éloigne d'ici. Il le faut, je suis obligée de le faire, tout simplement. Je veux vendre cet endroit, trouver un endroit où aller et éloigner ces enfants de New York le plus tôt possible. Ils ne sont pas en sûreté ici, Arthur.

— À New York ? Je suis étonné de vous entendre dire ça. Le maire, M. Morris…

— Ne me parlez pas de M. Morris. Pas ici, pas dans cette maison.»

Elle s'arrête, tend l'oreille. Quel est ce bruit ?

Une respiration ?

Un charpentier, quelque part, qui découpe un bastaing ?

Non. Ce sont les rats à la cave. Dans les murs peut-être. Qui travaillent. Qui travaillent.

Elle consulte sa montre. Elle a déjà appelé deux fois les dératiseurs. Ils continuent de promettre qu'ils vont venir. Elle a peur de rappeler, peur de se les mettre à dos et qu'ils fassent exprès de la faire attendre plus encore, pour la remettre à sa place.

Elle tapote le téléphone. Une sensation s'empare d'elle : elle n'est pas seule. *Arrête de faire l'idiote, tu as assez de problèmes comme ça.* Elle se redresse dans son fauteuil et jette un œil par-dessus son dossier à oreilles.

Alice.

Là, debout. Les yeux brûlants d'indignation. Elle est passée à la cuisine ; elle a à la main un sandwich au rôti de bœuf, incroyablement trop garni, avec le bord des tranches de viande rouge vif comme si la pauvre vache venait juste d'être abattue.

Sans savoir ce qu'elle fait, mue par un mélange de peur et d'instinct, Cynthia raccroche.

« Tu m'as fait peur, dit-elle à sa fille. Il ne faut pas que tu espionnes les gens comme ça.

— On ne déménagera pas », répond Alice.

Sa voix est pâteuse.

« Mange doucement. Et… enfin, tu vois, prends le temps de digérer.

— C'est notre maison, ici, ajoute Alice. Tu ne peux pas nous faire partir. »

Sur ces mots, elle fait demi-tour. En s'éloignant vers le grand escalier, elle ouvre la main, laisse tomber le sandwich par terre.

C'est sans espoir, se dit Cynthia, tout en sachant que le désespoir est le plus grand, le plus impardonnable péché.

Pénétrer dans l'appartement de Ravenswood a été le plus facile. Maintenant, Portia, Luis, Doris et Sue doivent trouver le moyen d'en sortir. Il était tout à fait prêt à les accueillir quand ils sont entrés, avec un pistolet pointé droit sur eux. Promptement, il les a piqués et leur a injecté à chacun une dose de potion d'adieu. Puis ce petit salaud est resté face à eux avec son sourire torve, se grattant le menton du barillet de son calibre 44 en tapant du pied et en les regardant comme s'ils étaient dans une émission de télé, tandis que le premier, puis le suivant, le suivant et encore le suivant ont senti leurs jambes flageoler avant de s'écrouler au sol, comme des pommes qui tombent du fond d'un sac en papier mouillé. Ils reviennent maintenant à eux à peu près dans l'ordre dans lequel il les a piqués. Il n'a pas utilisé de seringue. Il les a simplement piqués dans le dos, ou sur le haut du bras ; Doris s'est fait piquer à la fesse. Il a été trop vite pour eux. Il était doué pour ça. Une aiguille grosse comme la pointe d'une punaise a percé leur peau, et voilà tout. Au revoir et merci, bienvenue dans le tunnel chéri, un Nite Movz puissance dix.

Mais le pire a été le réveil. Aucun d'eux n'a idée du temps qu'ils sont restés inconscients. Dennis les a menottés tous ensemble, un poignet lié à une cheville. Il les a transformés en un gros tas de On-est-niqués à seize membres. Ils ne peuvent pas bouger sans se faire mal ou sans faire mal aux autres – ces menottes sont en acier, inflexibles, elles ont l'air de nourrir une haine féroce de la peau et des os. Le moindre geste est douloureux. Il ne leur faut pas longtemps pour comprendre qu'ils doivent rester absolument immobiles, même si aucun n'est dans une position un tant soit peu confortable, ou même tolérable.

« Et à quoi dois-je le plaisir de cette visite ? » demande Dennis en s'adressant à tous.

Il est confortablement assis dans son unique fauteuil, qu'il a tiré au centre de la pièce, face au tas humain qu'il a créé. Deux gros sacs de couleur vive, l'un orange, l'autre jaune, pleins à craquer, sont posés devant lui.

Il attend une réponse et, comme aucune ne lui parvient, il désigne Portia, au hasard.

« Nous cherchons notre amie », dit celle-ci.

La seule manière qu'elle connaisse de rendre sa voix douce et bienveillante est de parler très bas.

« Votre amie ? demande Dennis comme si le concept d'amitié était quelque peu nouveau pour lui, et plein de délicieuses possibilités comiques.

— Elle est venue ici.

— Ah bon ? » Dennis se lève, s'empare des sacs. Son T-shirt se relève, expose un peu de son ventre et le pistolet glissé à la ceinture de son pantalon. « Eh bien, je ne pense pas en avoir le moindre souvenir.

— Elle s'appelait Bree », dit Portia, reprenant courage.

Dennis rit.

« Qu'est-ce qu'il y a de drôle ? »

La colère de Portia l'oblige à bouger, ce qui soulève un concert de protestations des autres à qui elle est enchaînée.

« Oh, mais rien, en réalité. C'est seulement... Je ne sais pas. Bree. C'est un nom vraiment ringard. »

Il rit franchement à présent. Comme un démon dément, il incline la tête et rugit de joie.

Il soulève les gros sacs, contemple l'appartement, lui fait des adieux attendris. *Quel trou pourri*, pense-t-il. Il est content de l'abandonner. Le trajet interminable jusqu'au travail. L'espace minuscule. Les voisins stupides. La cuisine qui n'existe que sur le papier. Le vrombissement continu de la circulation sur Ocean Parkway. Et il était où, ce foutu océan ? Il était invisible, il était inodore ; il ne donnait aucune preuve de son existence.

Son nouvel appartement, une fois qu'il l'aura trouvé, aura au moins vue sur le fleuve. L'énorme Hudson ! Ou alors là-bas, au port de South Street. Ou dans un de ces buildings rutilants de la 3e Avenue d'où on peut voir l'East River. En attendant, il descendra à l'hôtel. Que le propriétaire de cet endroit, cet endroit dépourvu de classe, bien trop nul pour lui – que ce vieux connard de grippe-sou passe son temps à chercher M. Ravenswood qui, mesdames et messieurs, va sous vos propres yeux s'évanouir dans la nature.

« Soyez gentils les gars, dit Dennis en se dirigeant vers la porte. Ne faites rien que je ne ferais moi-même. Ah, et si quelqu'un a besoin d'utiliser les commodités, c'est juste là, la deuxième porte sur la droite. Évitez de regarder dans la baignoire ! »

Dix-huit

Rodolfo est assailli de soucis. Tant de soucis ! Il n'arrive pas à organiser ses pensées et à savoir lequel de ses soucis est le plus pressant, quel est le deuxième, le troisième, lequel peut être sans danger mis de côté pour plus tard. Ses soucis sont comme d'énormes vagues qui viennent de toutes les directions, et son esprit est un petit bateau fait de bâtons de sucette, de papier et de rêves.

Il n'est pas idiot. Un jeune qui dirige une bande de réprouvés, qui trouve un véritable abri en dur pour certains, qui rappelle à tous leurs responsabilités les uns envers les autres, un jeune qui maintient la paix entre des garçons et des filles que la plupart des travailleurs sanitaires ou sociaux, des psychiatres ou des éducateurs jugeraient incorrigibles et incapables de communication, incurables et inaptes à la moindre minute passée en liberté, ne peut pas être taxé d'idiot. Un jeune qui est quasiment le président d'une nation d'exclus, dont certains disparaissent et certains se reproduisent (et dont le produit n'est pas réellement une reproduction au sens strict mais une prolongation, un échelon différent vers le haut ou vers le bas de l'échelle de l'évolution), un jeune qui dirige une entreprise illégale aux fonds toujours plus importants, qui veille à la qualité du produit vendu et qui, contrairement à beaucoup de P-DG – qu'on prend en photo en train de parader dans des bals de célébrités ou sur leur yacht en pleine séance de pêche à la ligne au soleil, au large d'une île grecque –, ne laisse jamais la cupidité et la recherche du profit nuire au contrôle-qualité et autres codes de bonne conduite en matière d'affaires, non, aucun garçon de seize ans avec les préoccupations et les responsabilités de Rodolfo ne peut être appelé idiot.

Il est simplement dépassé.

La disparition de Polly a déstabilisé sa famille.

La défection d'Alice l'a déstabilisé, lui.

Central Park, vingt heures. Le ciel d'été est bleu et pourpre à l'est. À l'ouest en revanche, la lumière s'attarde, pastels sales et soleil couchant rouge ; on dirait une couverture pendue dans une boutique pour touristes de l'Arizona. De temps à autre, une des fenêtres des grands immeubles de la 5e Avenue lance un éclair rouge quand un rayon de soleil traverse le parc jusqu'au côté est et s'y reflète. Un à un, les arbres se dissolvent dans l'obscurité.

La police entretient la fiction que ses deux agents ont été mutilés par une meute de chiens sauvages et des panneaux accrochés aux arbres, en lettres noires sur du plastique jaune, avertissent : PARC FERMÉ –

CHIENS SAUVAGES – DANGER. Du ruban jaune et des chevaux de frise ferment les routes qui entrent et sortent du parc, est et ouest, nord et sud, partout, partout : tout est bloqué, interdit. Quelle plaisanterie pour les enfants sauvages ! Les chiens qui s'ébattaient avant dans le parc en faisant la fierté de leurs propriétaires ne peuvent plus désormais que regarder avec convoitise les hectares déserts de collines et de vallons tandis qu'on les promène en laisse sur le périmètre extérieur du parc. Ils geignent, tirent sur leur laisse ; les écureuils les contemplent du haut des sycomores, des chênes et des érables, enfin à l'abri du harcèlement constant de ces bêtes bien nourries tandis qu'eux, ces rongeurs des bois, essayent simplement de faire leur travail. Mais les maîtres savent bien que leurs chiens ne sont pas à même de prendre les bonnes décisions. La rumeur dit que la police abattra tout chien vu dans le parc – border terriers, barzoïs, chiens en chaussons, chiens avec colliers de strass, aucun ne sera épargné. Et après ? se demandent Rodolfo et sa bande. On tirera sur les chats ? Les faucons pèlerins ?

La police ment et Rodolfo sait pourquoi, ils le savent tous, chacun, dans chaque bande, jusqu'au dernier. Les gens qui dirigent la ville ne veulent pas dire que deux de leurs meilleurs éléments sont tombés face à une meute d'adolescents. Ils ne veulent pas dire que certains des plus riches citoyens de la première ville du monde se sont injecté des produits qui ont donné un coup de fouet à leurs organes reproducteurs et que, dans plus d'un cas, les choses ont pris un tour inattendu. (Il n'y a pas que les chiens qui ne prennent pas de bonnes décisions : les couples qui désirent attendre un enfant peuvent également faire de grosses bourdes.) Ils ne veulent pas dire que tous ces enfants sauvages qui vivent dans le parc et dans certains autres recoins de New York – certains ne sont d'ailleurs plus des enfants, et ont eux-mêmes des enfants – sont là parce qu'ils n'étaient pas en sécurité chez eux. Pas en sécurité ! C'est un euphémisme. Chez eux, sous le même toit que leurs parents aimants, ils seraient morts.

Et la police ne dira sûrement pas (Rodolfo n'est même pas certain qu'elle le sache) que dans cette meute d'enfants bannis se trouve Dylan Morris qui, si on prenait la peine de le lui demander (les autres enfants n'ont pas besoin de poser de questions, ils savent), farcirait les oreilles de l'auditeur moyen d'histoires de sa vie à Gracie Mansion, la résidence officielle des maires de la ville. Dans cette demeure, où ses parents avaient réussi à préserver un degré d'intimité alors que les autres maires et leurs familles s'étaient soumis à la nature publique du lieu, avec ses agents de sécurité, ses caméras de surveillance, des assistants présents à n'importe quelle heure et des travaux ou des rénovations constamment en cours, là, dans ces pièces, il a appris à redouter l'heure qui se faisait tardive, à craindre le moment inexorable où le désir de ses parents atteignait le seuil critique et qu'ils se jetaient l'un sur l'autre, ne reconnaissant son existence que dans la mesure où ils braillaient : « Laisse-nous seuls un moment ! » Ils étaient conscients par intermittence de la présence de Dylan, mais jamais de sa proximité. S'il était dans la chambre voisine, à entendre tous les grognements, les bruits de succion et les chocs sourds de leur accouplement hideux, ils paraissaient ne pas s'en rendre compte. Il se rendait alors, obsédé, comme en transe, dans la salle de bains de sa mère pour voir ses tentatives dépilatoires désespérées : les tas de rasoirs pour femme, les pots de crème décolorante, les bandes de cire à épiler avec les poils sombres de sa mère collés à la gomme ambrée, comme des insectes qui infestent les croûtes d'un melon. Mais était-elle seulement consciente qu'il était témoin de ce qu'elle devait faire pour se rendre présentable ? Avait-elle la moindre connaissance qu'il violait son intimité la plus tragique ? Elle n'en laissait rien paraître. Tout cela manquait de cohérence, ce qui n'est pas rare dans la plupart des ménages, mais ici le prix était plus élevé. On le faisait sortir de la pièce si ses parents sentaient qu'une querelle montait ou qu'ils voulaient se montrer leur affection en s'empoignant à même le sol. Mais d'une manière ou d'une autre, il ne leur venait pas à l'esprit que le petit Dylan devait absolument éviter de les regarder manger. Moins il en sera dit à ce sujet, mieux cela vaudra : le mari est le maire actuel de New York, et la femme, la première dame de la ville.

Mais Dylan n'a pas rejoint Rodolfo et les jeunes sauvageons parce que ses parents le dégoûtaient. Il s'est sauvé parce qu'il avait peur. Il s'est sauvé parce qu'il craignait pour sa vie. Comme beaucoup de ses congénères qui sont vite devenus ses amis, sa nouvelle famille, la digue humaine qui le protège de la montée des eaux de l'oubli, Dylan s'est sauvé parce qu'il a secrètement entendu ses parents, maman, papa, ses refuges dans un monde sans pitié, il les a entendus se tourmenter parce qu'ils se sentaient misérables à cause de leur envie de le dévorer. Nous avons tous entendu des parents trop fiers de leur progéniture dire : « Tu es tellement mignon, je pourrais te manger. » Eh bien, le maire et Mme Morris voulaient réellement le manger. Ils ne parlaient pas par métaphore ou par hyperbole. Ce n'était pas une figure de style. Et Dylan le savait. Et la plupart de ses nouveaux amis le savaient de leurs parents également.

Rodolfo s'est faufilé dans le parc sans être vu, pas même de ceux qui longent le périmètre et le mur qui sépare Central Park West (avec ses immeubles aux appartements plein de milliers d'yeux) du parc lui-même. Partout, il cherche ce camion marqué Watertight. Il sait déjà ce qu'il fera quand il finira par le trouver : il le suivra pour découvrir où il emmène les gamins qu'il ramasse. Il courra derrière à grandes foulées souples, tranquilles. En restant debout tout le temps.

Il les trouvera. Il les sauvera. Comment ? Là, il est plus hésitant. Mais c'est faisable.

Il serait peut-être temps d'armer ses troupes. Rodolfo a mis de l'argent de côté. Du véritable argent, une grosse somme. Une partie se trouve ici, à Central Park. Quelques mois à gérer les ventes du Zoom en ville, ça vous donne accès à d'autres activités illégales. Ah, il en a appris. Où sont les bordels, le loft de Watt Street où des riches, hommes et femmes, viennent voir des boxeurs pieds-poings d'Asie du Sud-Est combattre à mort – même si Rodolfo a aussi entendu des plaintes, des plaintes amères, prétendant que les morts étaient simulées. Il sait qui vend des passeports, combien ils coûtent. Il sait qui est prêt à acheter un rein, un morceau de foie, la promesse d'un cœur. Et il sait où acheter des armes : fusils automatiques, armes de poing. Il y a même un acheteur de Zoom, un petit homme maigre avec une longue moustache cirée en point d'interrogation, qui peut fournir à Rodolfo un lance-flammes, pas neuf, mais encore fonctionnel.

Rodolfo avance dans le parc, passe d'une ombre à l'autre. Tout à coup – comme un changement de temps brutal, quand le vent tourne et que la température dégringole de dix degrés –, il est envahi par une terrible sensation de solitude. L'obscurité, la prudence, la peur toujours sous-jacente : ça lui rappelle la maison. Chez lui ! Il est désormais le chef d'une vaste famille, démente, menacée – Boy-Boy, Dee-Dee, Little Man, etc. –, mais, de temps en temps, il lui monte la saveur d'un manque absolu, insupportable, de son ancienne maison, de son ancienne chambre, de la vue qu'il avait de sa fenêtre, de l'odeur des tapis, de la sonnerie pressante du téléphone dans le couloir et de ses échos. Même ses parents si incontrôlables, si dangereux, lui manquent. Il leur pardonne. Il réalise qu'ils étaient aussi timbrés que lui, il comprend qu'ils ne pouvaient pas se maîtriser, qu'ils étaient dévastés, qu'ils étaient déjantés, qu'ils étaient partis de chez partis, qu'ils étaient défoncés au Zoom avant que le Zoom existe. Il se rappelle encore leur contact, combien ils le chouchoutaient, le choyaient. Son père le posait sur sa tête, se promenait ainsi avec le petit Rodolfo accroché à ses oreilles. « Vous aimez mon nouveau chapeau ? » Parfois c'en était trop. « Va-t'en, va-t'en ! » couinait Rodolfo, petit bout de chou de deux ans qui refusait le contact. Oh ! comme il aimerait retrouver un peu de ces caresses paternelles à présent. Avant que la biochimie ne dispose impitoyablement de ses parents, avant que la nature, endormie un temps après les injections, ne revienne en rugissant. En ce temps-là, dans ce paradis brumeux, qu'on se remémore à peine, appelé *avant*.

Rodolfo s'arrête, surpris. Il a les joues humides. Il ne l'a pas compris immédiatement : il pleure ! Il pense qu'il devrait se forcer à se ressaisir. Puis il change d'avis. Laisse aller. Ne garde pas ça enfermé. Soulage-toi de ce poids. Où est le mal ?

Mais il se fait forcément du mal, car il ne laisse pas échapper qu'un petit reniflement de tristesse. Ce n'est pas un banal petit rhume de mal-être adolescent. C'est un furieux accès paludéen de chagrin. C'est une tristesse qui tord les tripes et fait trembler des genoux. Il aperçoit un banc et sent que, malgré le danger, il doit s'y asseoir. Non seulement il est assis sur un banc, ce qui est plus que risqué dans ce parc bouclé par la police à la recherche de garçons sans loi dont la description correspond parfaitement à Rodolfo, mais pour empirer les choses, il est assis sur un banc juste à proximité d'un lampadaire. Il est assis là, avec cette lumière spectaculaire, comme si c'était une pièce, un décor, et que pour cette scène de tristesse et de regret, Rodolfo était éclairé comme un acteur.

Il se penche en avant. Il pose les coudes sur les genoux, pleure dans ses mains écrasées sur son visage. Les larmes suivent les lignes de ses paumes. Cela fait six ans qu'il n'a pas vu son père et sa mère. Il refuse désormais de les appeler sa famille. Ce serait trop. Maman, papa, c'est déjà assez difficile. Mais « famille » signifie quelque chose d'autre maintenant, quelque chose qui a pris la place de son ancienne vie dans la 77e Rue. Sa famille est à Riverside Drive. Sa famille est dans ce parc même, ou à Washington Square, ou à Carl Schurz Park. Sa famille vend du Zoom à Gramercy. Elle prend l'ascenseur avec un sac à dos plein de sang. Alors non, il ne pensera pas, il ne veut pas penser, ne peut pas penser à eux comme à sa famille, il ne peut pas même prononcer ce mot. Mais ces deux noms anciens, *maman*, *papa*, il le peut. Et ils le prennent par surprise. C'est une embuscade, une embuscade qu'il s'est tendue à lui-même. Et c'en est vraiment trop pour lui. Il est fait pour courir, pour se cacher, pour prendre, pour mener, mais pas pour ça : il n'est pas fait pour les sentiments. Il n'est pas fait pour le chagrin. *Maman. Papa.*

Ils lui manquent. Voilà. Il l'a pensé. L'aveu est aveuglant. C'est comme contempler une maison en feu. *Je devenir une petite garce*, se culpabilise-t-il. Mais l'eau froide de la punition n'y fait rien – sauf peut-être qu'il se sent un peu plus mal. Et pourtant, que regrette-t-il, que peut-il bien regretter ? Ces deux-là, trop vieux pour être parents de toute façon, vite assaillis d'un problème de santé après l'autre ? Aimants au début, oui, mais rapidement très sévères, et finalement si dangereux. Néanmoins, voilà : la voix aiguë de son père lui manque, avec ses dents de devant écartées, et sa manière d'essuyer ses lunettes sur sa cravate, jusqu'à ce qu'un jour il n'ait plus eu besoin de porter des lunettes, et plus de raison de mettre une cravate...

Holà.

Rodolfo se redresse, retient son souffle. Il a entendu... Quelque chose. Une brindille craquer ? Peut-être...

Il lève les yeux et réalise qu'il est directement sous la lumière du réverbère ; il s'imagine sous le cône de lumière comme une note qui sortirait du cornet d'une trompette. Il se soulève sur les mains, tel un gymnaste, fait un saut périlleux arrière par-dessus le banc et retombe dans l'herbe humide, dans une obscurité relative. Il recule, regarde à gauche, à droite.

Il ne voit rien, mais il est sûr qu'il y a quelqu'un, tout près.

Il hume l'air. Il sent la peau humaine, la puanteur parfumée d'un adulte. De la fumée aussi. Du détergent. Du cuir. De l'essence. Oh oui, oui. Il y a quelqu'un tout près. Plus d'une personne. Plus de deux personnes.

S'il était totalement humain, Rodolfo resterait peut-être un instant ou plus, là debout, à tendre l'oreille à droite et à gauche, à essayer de comprendre ce qu'il entend, à tenter d'évaluer rationnellement la situation avant de décider quoi faire ensuite, s'il doit faire quelque chose. Mais il n'est pas totalement humain. Il est le pas suivant de l'évolution, ou un pas de côté dans l'évolution, tout au moins. Une ménagerie d'ADN coule en lui, dont plusieurs espèces sont en conflit constant les unes avec les autres pour être dominantes. Sa dernière pensée avant de se mettre à courir – qui n'est même pas une pensée, mais de l'ordre de l'instinctif : *des chevaux*.

Il file ! Une créature inférieure ne ferait pas dix pas dans cette obscurité. Une créature inférieure s'emmêlerait dans les plantes grimpantes enchevêtrées, buterait sur des rochers, serait bloquée par des grillages, se perdrait, paniquerait même dans les ondulations élégantes du parc. Mais Rodolfo n'est pas seulement rapide, il est gracieux, guidé par la cartographie invisible d'une créature qui ressent plus profondément le monde et il connaît d'instinct même les parties du parc où il n'est jamais allé ; la carte est en lui, elle l'a toujours été.

Il se dirige vaguement vers le sud, vaguement vers l'est.

Il entend une voix d'homme, une voix épaisse, un cri gras, lourd :

« Taïaut ! »

L'appel monte et tout à coup d'horribles lumières réveillent Central Park : phares installés sur le toit des voitures de patrouille, énormes projecteurs de poursuite montés sur des trépieds, comme pour illuminer un cinéma avant une première mondiale. L'obscurité du parc vire à l'argent brillant. L'intimité de la nuit lui est arrachée, comme on dépouillerait de ses vêtements une personne sans défense.

Rodolfo court. Flics à pied, en voiture, à vélo BMX et à cheval lui donnent la chasse – il ne manque que le sonneur de trompe en redingote rouge et les chiens courants. Au lieu de cravaches, ils portent des matraques. Il entend les moteurs. Le galop effréné des chevaux. Combien sont-ils ? Il ne peut pas le dire. Mais ils sont au moins vingt sur le terrain, tous sur ses talons, plus deux sur les hauteurs qui observent de loin, qui suivent les chasseurs et leur proie.

Il reste à l'écart des rubans asphaltés, ce qui rend les voitures de patrouille inopérantes. Il résiste à la tentation de grimper dans les arbres qu'il dépasse en courant. Dans un arbre, il sera pris au piège. Dans un arbre, il se fera tuer.

Derrière lui, le sol tremble tandis que les flics à cheval se rapprochent.

« Taïaut, taïaut ! crie un énorme flic sur un tout petit vélo.

— Halte ! » hurle un autre.

Un jeune officier particulièrement athlétique le poursuit à pied. Il court les bras collés au corps, ses mains pendent mollement, balancent d'avant en arrière. A-t-il appris quelque chose de nouveau sur la physique de la course à pied ? Il arrive sur Rodolfo à angle droit. Son chemin va croiser le sien dans dix foulées. Au-delà, les corridors de lumière créés par les phares amenés par la police commencent à diminuer, à s'affaiblir. S'il peut atteindre cette obscurité, ses chances de survie remonteront.

« Ne tirez pas, ne tirez pas ! » dit le jeune officier en arrivant sur sa proie.

Son allure mécanique est infatigable, robotique.

Rodolfo sent la chaleur des chevaux comme des projecteurs braqués sur son dos. Il est difficile de mettre de la distance entre lui et ses poursuivants parce qu'il sait qu'il ne doit pas courir en ligne droite. Il faut slalomer, suivre un chemin aussi imprévisible que possible. Il ne se berce pas d'illusions : les flics n'hésiteront pas à le tuer, qu'il soit mineur n'y change rien.

C'est leur sang qui a été versé. Ils ne reculeront devant rien.

Rodolfo est arrivé sur la grande pelouse centrale. Le sol est souple. C'est bien trop à découvert. Il pourrait aussi bien courir sur la lune.

Il envisage de se mettre à quatre pattes, mais il faut deux ou trois secondes pour passer de bi- à quadrupède et, en cet instant précis, il ne peut pas se le permettre. Il court plus vite que jamais, mais il est désormais clair qu'il doit courir encore plus vite.

Le jeune flic à pied arrive sur lui, et Rodolfo se propulse vers le bord de la pelouse.

Le flic grogne en se préparant à plaquer Rodolfo : « Haaaar ! »

Les pneus des voitures de patrouille derrière lui soulèvent de lourdes mottes de pelouse vert et noir. Leurs sirènes poussent de petits cris, avec quelque chose d'étranglé et presque involontaire dans leur son, qui les rend d'une certaine manière encore plus éprouvantes pour les nerfs. Rodolfo bondit par-dessus les bancs qui bordent la pelouse, et le jeune flic s'écrase contre les lattes de bois.

Le bond de Rodolfo l'a porté deux mètres au-dessus des bancs ; en atterrissant, il titube un instant, manque de tomber. Il a maintenant l'élan et le temps pour passer à quatre pattes. Le sac de Skittles qu'il portait dans sa poche de devant tombe. Les petits bonbons durs rebondissent sur le sol, disparaissent.

Rodolfo essaie de ne pas penser. Penser n'est pas ce que veut la nature, pas dans un moment pareil. Mais il ne peut s'en empêcher. Il se demande ce qu'ils vont lui faire s'ils l'attrapent. S'il était un renard, les chiens dans leur furie le déchiquetteraient peut-être. Mais ici, les chiens sont les chasseurs. Il savait que ce jour viendrait. L'homme au camion blanc les attrape un à un. Et maintenant les flics – deux des leurs sont morts et ils veulent faire justice. Non, ils veulent se venger. Rodolfo en est certain : on va le battre, lui faire mal, l'humilier. Sa terreur d'être capturé et châtié est si aiguë qu'il sent presque les coups pleuvoir, qu'il sent presque l'haleine des chasseurs, qu'il voit presque leurs sourires de satisfaction dégueulasse…

L'une des voitures de patrouille fonce tout droit dans la barricade de bancs. Des quatre flics à cheval, deux parviennent à forcer leurs montures à sauter par-dessus les bancs, les deux autres s'arrêtent devant l'obstacle, leurs chevaux se cabrent, battent l'air de leurs sabots avant.

Un coup de feu retentit. Rodolfo retient son souffle, attend la douleur. Mais c'était peut-être un coup de semonce. Quoi qu'il en soit, le coup est manqué.

Un geyser de terre sombre jaillit là où la balle a frappé le sol.

Le parc a toujours été un lieu sûr, son refuge, celui de tous les enfants sauvages. Mais maintenant, sa seule chance de rester libre, de rester *en vie*, c'est d'en sortir. Il s'oblige à accélérer, à accélérer encore. Le sol défile sous lui, aussi vivement que de l'eau qui jaillit d'un robinet. Il ne se doutait pas du tout qu'il était capable d'atteindre une telle vitesse. Il court à gauche, à droite, à gauche encore. Il n'ose pas regarder par-dessus son épaule, mais il sent qu'il met de la distance entre lui et eux.

Il a atteint la 85ᵉ Rue. Le Metropolitan Museum est en vue. Il est massif, lourd, imposant, crypte de marbre et de pierre où repose tout ce qui va des outils préhistoriques aux chefs-d'œuvre récents. L'extension de sa façade ouest, une boîte de verre pyramidale où sont enfermées des tonnes de trésors égyptiens, semble d'un blanc laiteux. Il ne sait pas pourquoi (mais il ne se pose pas non plus la question), Rodolfo court vers la pyramide de verre, hésitant sur ce qu'il fera une fois celle-ci atteinte. En sprintant, en bondissant, il remonte la rampe qui conduit au musée. Il a à présent semé bon nombre de ses poursuivants, mais les deux qui sont à cheval sont toujours à ses trousses.

Il s'autorise un bref regard en arrière. Les policiers montés sont à cinq ou six mètres, peut-être moins. L'un d'eux brandit sa matraque. L'autre, une femme, le pantalon collé à ses fortes cuisses, les cheveux blonds cascadant de sous sa casquette d'uniforme, a dégainé son arme. Les deux chevaux sont essoufflés. Ils ont les yeux révulsés, presque blancs. Leurs naseaux palpitent comme des cœurs noirs.

Les bonds de Rodolfo se muent en une forme d'envol. En quelques instants, il est au pied de l'aile égyptienne. Il lève les yeux, étudie ce qu'il doit faire. La police montée s'approche encore et encore. Et…

Il s'élève. Il s'agrippe au rebord, se hisse facilement et escalade comme il le peut la pente de verre raide jusqu'au sommet.

« Halte ! Halte ! » hurle l'homme à cheval.

Ouais, c'est ça, je faire halte à fond ! pense Rodolfo, et c'est sa première vraie pensée depuis le début de la poursuite. Il est debout au sommet de l'aile égyptienne, baisse les yeux sur les policiers et leurs chevaux. L'homme dit à la femme de rengainer son arme.

Rodolfo lève les bras de triomphe. Il avance à pas prudents le long du toit.

D'autres poursuivants arrivent. Une ribambelle de feux bleus et rouges s'approche.

Qui sait ce qu'il y a de l'autre côté du musée ? La 5e Avenue. D'autres chasseurs ?

Il a une chose à leur dire :

« Fils. De. Putes. »

La chose dite, il grimpe sur le faîte du toit. Il perd un instant l'équilibre, se met à glisser sur la pente qui descend côté est. Avec de grands mouvements de bras et en poussant de petits grognements de peur et de détresse, il parvient à freiner sa descente avec les pieds. Il reste assis un moment.

Il y a une légère brise là-haut. Mais elle est tiède, recyclée, comme une haleine.

Puis il escalade le musée lui-même, de plus en plus haut, grimpe au sommet du toit d'ardoises et regarde la ville au-dessous de lui. Deux bus somnolent en face du Met. De cette hauteur, ils n'ont pas l'air plus gros qu'un flacon de Zoom. Taxis, limousines avec chauffeur, et de temps à autre une voiture personnelle filent vers le sud sur la 5e Avenue quand les feux passent au vert.

Il n'y a pas de policiers, il le voit, mais quelques instants plus tard, huit véhicules de patrouille arrivent, avec leurs gyrophares qui dansent dans tous les sens, sirènes éteintes.

Rodolfo s'accroupit, regarde en bas, espère qu'on ne le verra pas. Il pensait qu'il avait réussi à les décourager, qu'ils auraient renoncé. Mais non, il semble clair qu'ils vont le chasser, le pourchasser jusqu'à ce qu'ils le tuent ou qu'ils l'attrapent.

Il entend quelque chose, comme un bruit de lutte. Il se tourne dans cette direction, mais trop tard. Une main agrippe sa cheville.

Terrifié, il baisse les yeux et voit deux grands yeux qui le fixent. Il essaye de libérer sa jambe, mais l'emprise est trop forte. Piégé ! Il tire plus fort, perd l'équilibre et commence à basculer.

« Woho, Rodolfo ! Tu glisser ! » dit une voix.

Celui qui le tient par la cheville a une lampe torche, une petite, de dix centimètres de long, mais qui éclaire puissamment. Il éclaire son propre visage.

« Globe ! » crie Rodolfo, ébahi et soulagé.

Globe est un des premiers enfants sauvages. Il était déjà là quand ils n'étaient pas plus de dix à tenter de survivre dans Central Park, à faire dix-huit heures de skate-board par jour, à chasser et à manger des écureuils, à se baigner dans le bassin. Tandis que la population des jeunes exclus et fugitifs augmentait, les relations entre Rodolfo et Globe se sont détériorées. Quand Rodolfo a commencé à gouverner de plus en plus la vie de ces laissés-pour-compte, Globe lui en a voulu de son pouvoir croissant, bien que, en réalité, il n'eût aucun désir de diriger la bande. Il voulait qu'on le laisse tranquille et n'avoir à répondre à personne de ses actes, tout particulièrement au sujet de sa vie sexuelle, primordiale, dévorante. Lui et Lily-Lou s'étaient accouplés trois ans auparavant. Leur enfant n'avait pas d'ailes mais il était étrange de bien d'autres manières. Après cela, il s'était accouplé à Casino ; cet enfant-là avait bien eu des ailes, mais était mort peu après sa naissance.

« Qu'est-ce que tu faire là-haut ? demande Rodolfo.

— J'vivre la grande vie, mon frère ! » répond Globe.

Il décrit un arc de cercle de sa lampe torche, illumine sa meute, neuf en tout, accroupis de manière préhistorique, avec de petites figures affamées, sauvages, malpropres, souriants. Deux petits enfants nus volettent à quelques dizaines de centimètres au-dessus du toit, leurs ailes battent rapidement comme on battrait un jeu de cartes.

Globe montre du pouce la 5e Avenue. D'autres policiers sont arrivés. Ils traînent des chevaux de frise sur la chaussée, détournent la circulation vers l'est.

« Des ennuis ?

— J'ai un million d'emmerdes », répond Rodolfo.

Une fille de la bande de Globe, avec des tresses épinglées au sommet de la tête, attrape par le pied un des bébés qui volettent. Elle soulève son T-shirt et colle l'enfant à son sein. Les ailes du bébé continuent de battre, plus lentement, tandis qu'il s'arrime à sa mère.

« Aïe ! doucement, Icona, dit-elle. Tu as des dents.

— Je dois partir, dit Rodolfo.

— Tu peux revenir vingt-quatre, vingt-quatre, sept, sept », répond Globe.

Il pointe sa torche sur les autres, s'attarde sur une fille vêtue d'un T-shirt blanc et d'un short noir, avec des cheveux courts blonds et quelques tatouages sur le visage. Elle sourit à Rodolfo.

« Comment je partir ?

— *No problemo*, mon frère. T'es sûr, sûr ?

— Il faut je partir.

— *No problemo.*

— On dire pas *problemo*, Globe. On dire souci.

— C'est pas pareil là-haut. » Globe fait un clin d'œil à Rodolfo. « On connaître tout sur cette maison d'images que personne connaître. On te faire disparaître en moins de deux.

— D'accord. Maintenant ?

— Impec. Où ?

— J'ai quelqu'un à voir », dit Rodolfo.

Le sourire de Globe est bien trop entendu pour un garçon de son âge.

« T'es sûr ? Ici bonne compagnie. »

Il braque à nouveau sa torche sur la fille blonde. Elle lève la main pour s'abriter les yeux, sans cesser de sourire.

« Je suis sûr.

— Bon, OK. » Globe donne une tape sur l'épaule de Rodolfo. « On y est, t'es parti, *no problemo.* »

No problemo s'avère quelque peu exagéré. Des *problemos* surgissent, des ennuis aussi. Mais si on considère l'ensemble de sa promesse, Globe tient parole. À l'aide d'échelles de corde, en passant par la cime des arbres, les corniches des bâtiments, avec leur adresse et leurs ruses, Globe et son fidèle acolyte Stash font descendre Rodolfo et le mettent sur le bon chemin en une dizaine de minutes. La dernière descente s'effectue à l'extrémité sud du parking du Met et de là, sans être plus inquiété, Rodolfo se dirige vers le sud et l'est.

Vers la 69e Rue. Surgie de nulle part, une averse d'été. Le grondement ivre du tonnerre. Des couples qui courent s'abriter. Un clochard qui sort hébété de son sommeil tourmenté. Rodolfo marche tête baissée. Les mains dans les poches. Il ne regarde personne, espère que personne ne le regarde.

La pluie réveille Alice dans son lit. Elle s'est endormie avec la fenêtre ouverte et elle s'assied, presse les paumes sur ses yeux, secoue la tête. La pluie entre par la fenêtre et elle se lève pour la refermer. Et là, elle voit un visage. Elle laisse échapper un glapissement de surprise, se couvre la bouche.

C'est lui. Son pouls s'accélère. Elle respire avec peine.

Elle chuchote :

« Rodolfo ! »

Il est là sur l'échelle d'incendie. Il n'attend pas qu'elle lui dise d'entrer, se glisse par la fenêtre. Il est trempé. Ses longs cheveux luisent, sombres. Son T-shirt mouillé est transparent. Elle s'oblige à ne pas regarder ses muscles, les griffonnages sombres au creux de sa poitrine. Il a une zébrure sanguinolente qui court du poignet au coude, mais il semble ne pas s'en apercevoir. Il est là debout dans sa chambre de petite fille, dégoulinant de pluie, arrosant le tapis comme s'il était un nuage.

« Que s'est-il passé ? » demande Alice en désignant son bras.

Il baisse les yeux, remarque le sang pour la première fois. Il s'assure que ce n'est rien de grave. Il essuie le sang de la main puis essaie de sécher sa main contre son jean, mais le pantalon est trempé.

« C'être OK.

— Regarde-toi !

— Regarde-*toi* ! » répond Rodolfo.

Le ton qu'il prend et la perception qu'elle en a font taire Alice ; un ton qui creuse une trappe dans ce moment, une trappe dans laquelle Alice tombe comme elle tomberait dans celle qui s'ouvre sous la potence d'un pendu. Mais au lieu d'avoir peur, elle choisit d'être courageuse. Elle prend la main de Rodolfo et le conduit à sa salle de bains. Elle fait couler l'eau jusqu'à ce qu'elle soit chaude – le trajet est long depuis le chauffe-eau de la cave infestée de rats jusqu'à la salle de bains du deuxième étage – et humecte une de ses serviettes-éponge couleur taupe. Doucement, elle nettoie le sang du bras de Rodolfo. Elle peut voir la profondeur de l'entaille.

« Oh, Rodolfo ! dit-elle.

— C'être OK.

— Que s'est-il passé ? »

Il ne répond pas tout de suite. Il la regarde droit dans les yeux. Elle tient toujours son bras d'une main, la serviette, maintenant pleine de sang, dans l'autre.

« T'es partie sans dire au revoir », murmure Rodolfo.

Il les entend. Adam se retourne dans son lit, regarde l'heure. 2:14. Il entend le doux alto de sa sœur, aussi familier à ses oreilles que sa propre respiration. Il entend une autre voix. C'est Rodolfo.

Il entend, de temps à autre, une voiture descendre la 69e Rue, ses pneus chuinter sur la chaussée mouillée.

Il entend l'eau chaude qui cogne dans les tuyaux.

Il entend les rats dans les murs.

Il entend, un étage plus bas, sa mère qui quitte son lit, qui ouvre la porte de sa chambre, qui s'avance dans le couloir.

Il enroule son oreiller sur ses oreilles. Il ferme les yeux de toutes ses forces. Le monde s'éloigne, mais il entend à présent son propre sang qui circule, remplit ses tâches innocentes. Nerveusement, il met la main dans son bas de pyjama, se tâte. Bon Dieu : un poil. Il l'arrache.

Lentement, à contrecœur, Cynthia monte l'escalier du deuxième étage. Elle sait qu'elle s'embarque dans une situation perdant-perdant. Soit il ne se passe rien, auquel cas elle claironnera son manque de confiance, soit il se passe quelque chose et elle devra y faire face, agir. Elle s'arrête, tend l'oreille.

Les rongeurs qui œuvrent dans les murs. Sans cesse.

Putains de dératiseurs ! Mais qu'est-ce qu'il faut faire dans cette ville pour obtenir que quelqu'un se déplace pour tuer un rat ? se dit-elle.

Elle veut faire preuve de détermination. Elle est le parent. Elle doit remplir sa fonction. Si elle soupçonne que quelque chose ne va pas là-haut, elle doit y aller et découvrir ce qui se passe. Point final.

Elle corrige sa posture. Lisse son peignoir. Se frotte le visage, se gifle doucement, pour ne pas avoir l'air de la mort qu'on aurait réchauffée.

Elle entend Alice. Un son aigu, inarticulé. Un… quoi ? Elle pleure ? Elle rit ?

Il lui vient à l'esprit qu'elle n'a jamais entendu la fillette si renfermée pleurer ou rire.

Elle frappe à la porte, énergiquement. Elle ne veut pas d'un coup hésitant, d'un petit *toc-toc* timide qui dirait en somme : *« C'est à toi de décider si tu veux ouvrir la porte. »* Cette période est terminée, à jamais révolue peut-être. Ses coups à la porte coupent court au rire ou aux pleurs. Un bref silence. Puis Alice dit :

« Quoi ? »

Cynthia choisit d'interpréter ceci comme une invitation à entrer, et ouvre rapidement la porte.

Alice est là avec… un garçon. Un garçon plus grand d'une demi-tête. Avec de longs cheveux ébouriffés, des yeux de panthère… et il est nu.

Non, il n'est pas nu. Ses nerfs optiques ont conclu

trop vite. Il est presque nu. Il est torse nu, jambes nues, pieds nus. Mais il a eu la décence de s'entourer la taille d'une serviette.

Il se retourne lentement pour regarder Cynthia. Dans sa jeunesse, quand une mère surprenait un garçon dans la chambre d'une fille, le garçon était dans tous ses états, tentait frénétiquement de s'enfuir, sautait partout, ou bien il devenait livide. Mais celui-là paraît détendu, amusé.

« Tu n'as pas le droit d'entrer ici ! » glapit Alice.

Son pyjama est mouillé, on voit l'os de son sternum à travers le tissu. Il y a du sang sur les poignets de sa veste.

« Trop tard, je suis déjà entrée, Alley-Oop.

— Arrête de m'appeler comme ça. Tu n'as pas le droit !

— Bien sûr que si ! Je suis ta mère et tu es encore une petite fille.

— Vous faire mieux d'regarder de plus près, m'ame ! dit l'intrus.

— C'est qui, lui ? »

Cynthia adresse la question à Alice.

« C'est mon *ami*.

— C'est ton ami. Et que fait donc ton "ami" dans ta chambre à deux heures du matin ? »

Alice se tait. Son visage se durcit, elle croise les bras sur sa poitrine.

« Tu ne me fais jamais confiance, hein ?

— Ça n'est pas une réponse, Alice. J'étais à deux doigts d'appeler la police.

— J'ai l'impression d'être prisonnière, ici.

— Prisonnière ? Prisonnière ? La moitié du temps, je ne sais même pas où tu es !

— C'est mon ami. Il est venu me voir. C'est quoi le problème ? »

Rodolfo, qui veut peut-être enfoncer le clou, caresse le bras d'Alice, mais elle se dégage.

Encouragée par ce geste, Cynthia se calme.

« D'accord, montrons-nous un peu raisonnables, OK ? Commençons par toi, dit-elle en désignant Rodolfo. Comment t'appelles-tu ?

— Il s'appelle Rodolfo », répond Alice d'une voix cruellement sarcastique, comme si elle rappelait à quelqu'un que deux et deux font quatre.

Elle lève même les yeux au ciel après avoir prononcé son nom.

« Pourquoi ne pas laisser ton ami s'exprimer lui-même, Allie ? D'accord ? D'accord, Rodolfo. Et où habites-tu ? »

Mais au lieu de lui répondre, il bondit sur elle. Un saut de trois mètres dans les airs. Sa serviette se dénoue, il se retrouve nu. Cynthia, surprise, figée par la terreur, tombe en arrière, avec Rodolfo sur elle. Son odeur corporelle est très, très forte ; son pénis long, couleur fauve, ses testicules petits et noirs. Il va la tuer, elle en est sûre. La seule question, c'est comment. Il met les mains sur son cou, serre. C'est indolore. Elle sent quelque chose, à mi-chemin entre un coup sourd à l'intérieur d'elle-même et une décharge électrique atténuée. L'instant d'après, elle plonge dans le noir, une noircœur profonde, unanime, sans le moindre frisson de lumière contestataire.

Quand elle reprend connaissance, elle est seule. Elle est étourdie, mais néanmoins indemne. Elle se relève, regarde l'horloge. Il ne s'est passé que sept minutes. Adam!

Elle se précipite dans sa chambre. Adam aussi a disparu. Ils sont tous les deux dehors – quelque part. Elle n'a aucune idée d'où ils sont; elle ne parvient pas tout à fait à se poser la question, mais d'une certaine manière, naissante et informulée, elle se demande si ça y est, si c'est leur dernière disparition, s'ils sont partis pour toujours.

Dix-neuf

« Eh bien, pour être honnête avec vous, Dennis, vous n'auriez pas pu choisir un plus mauvais jour pour venir demander une augmentation. »

Cal Rogers serre ses grosses mains charnues, les abat sur le bureau. Ses cheveux gris acier sont coupés de frais, mais c'est bien la seule chose qui paraisse fraîche chez lui. En réalité, il semble hagard. À l'époque, quand il était étudiant à l'université de Berkeley, Cal pouvait travailler soixante-douze heures d'affilée sans en paraître plus indisposé que ça. À présent, la moindre nuit blanche le laisse avec la sensation que ses paupières sont en Velcro, que sa langue est en coton et qu'une nuée de frelons habite son estomac. Les choses ne se passent pas bien au labo. Un nouveau sujet est décédé et, plus pénible encore, tous les résultats des tests sont nuls. Les chercheurs de Borman & Davis ne sont pas plus près aujourd'hui qu'il y a deux mois d'arriver à isoler ce qui rend ces enfants sauvages si surnaturellement vigoureux, ce qui donne à leur sang la capacité de restaurer la virilité, le désir et, dans une certaine mesure, la jeunesse même. Absorbé en petites quantités, évidemment.

« Eh bien, Cal, je dois dire que ce n'est pas une bonne nouvelle, pas du tout une bonne nouvelle. »

Keswick jette un regard circulaire au bureau de Rogers : la photo de famille encadrée (l'épouse normale, le fils brillant, la fille renfrognée), le sympathique trophée gravé *Cal Rogers, trente-neuvième place, tournoi de mini-golf du New Hampshire*, les diplômes encadrés ; et il se dit que tout cela aurait pu être *sa* vie, *son* bureau, à lui, à lui, si seulement certaines choses avaient tourné différemment. Si quelqu'un avait cru en lui, avait allumé le feu en lui, pour ainsi dire, l'avait obligé à travailler dur, à ne pas renoncer, lui avait un peu botté le cul si cela avait été nécessaire, ce qui était… Mais il en est là ! Guère mieux qu'un employé de fourrière.

Rogers étudie Dennis et se dit avec quelque satisfaction : *Il a l'air encore plus mal que moi. Il serait peut-être temps de le liquider.*

« Je suis un scientifique, Dennis. Je ne prends pas de décisions salariales.

— J'ai des ennuis, Cal. »

Ça, tu peux le dire, espèce de cinglé.

« Je suis désolé de l'apprendre, Dennis.

— J'ai dû quitter Brooklyn. Je suis à l'hôtel et j'ai de grandes difficultés à trouver un nouvel appartement. Le marché immobilier est trop cher pour moi.

— New York peut être hors de prix, Dennis.

— J'ai besoin d'argent, Cal. D'une bonne somme. Pas des cacahuètes que je touche à la fin de la semaine. De l'argent. Du vrai. Nous sommes amis, vous et moi. N'est-ce pas ? Nous nous comprenons. Je ne me trompe pas ?

— Dennis, ce n'est vraiment pas le bon moment pour parler à cœur ouvert. L'entreprise me tient à la gorge. Si nous n'avons pas de résultats bientôt, mes patrons vont fermer cet endroit.

— On me recherche, dit Dennis en un murmure hésitant.

— Qui ça, "on", Dennis ?

— Ça ne vous regarde pas. Une affaire privée. »

Cal réfléchit un moment, et entrevoit tout à coup une issue qui pourrait être profitable, qui pourrait être la solution idéale : les expériences continueraient avec de meilleures chances d'aboutir, et Dennis aurait son maudit argent. (Dennis, Cal en est certain, est un enfant en matière de finance ; Borman & Davis ont un bénéfice net de près de mille milliards de dollars, et ce crétin pense que cinq mille dollars représentent une fortune.)

« Vous aimeriez gagner cinq mille dollars d'un coup, Dennis ? Cela vous aiderait-il ?

— Tout est bon à prendre, Cal. » Dennis sent quelque chose de déplaisant s'éveiller en lui. Se plaindre et se sentir mal traité sont choses habituelles pour lui, bizarrement apaisantes dans leur familiarité. Mais qu'on lui propose quelque chose le déstabilise. Qu'on lui fasse confiance. Qu'on lui propose une affaire. Il a peur de se faire rouler, il a peur d'accepter un prix qu'il regrettera par la suite. « À quoi pensez-vous ?

— Vous avez votre guide sur vous, Dennis ?

— Oui, mon gars, j'ai ma Bible, c'est ça qu'tu veux dire ? »

Dennis prononce ces mots avec la grossière idée qu'il se fait d'un accent de vieux prêtre irlandais, un numéro qu'il faisait pour distraire sa mère lorsqu'elle se mettait dans une de ses colères. Il cogne du poing l'album de photos sur ses genoux.

« Bon, très bien. Voyons ceux qu'il nous faut. Je suis sûr qu'ils sont là-dedans. »

Dennis ouvre l'album, regarde Rogers avec espoir.

« Nous aimerions jeter un œil sur ces jumeaux. Engendrés par Alex Twisden, c'est bien ça ? Et la dame s'appelait Leslie Kramer. C'est elle qui nous a compliqué la vie en s'attaquant sauvagement à notre ami slovène. Ils figurent là-dedans, je présume. »

Dennis place l'album ouvert face à Rogers. Il y a deux pages de photos d'eux : Alice et Adam dans leurs uniformes scolaires, il y a cinq ans ; une photo granuleuse d'Alice qui descend d'un bus scolaire, il y a deux ans, quand elle était dans une famille d'accueil à Cold Spring, dans l'État de New York ; Adam en uniforme de louveteau, les cheveux gominés, un sourire apeuré et implorant aux lèvres ; et trois photos de la maison de la 69e Rue, des photos de surveillance qui montrent la façade, l'arrière de la maison, et la porte de la cave.

« Eh bien, voilà vos cinq mille dollars, Dennis.

— Donc, vous pensez vraiment que ces deux-là

possèdent peut-être le bon équilibre ? C'est ça le plan ? Les ramener, avoir l'occasion de les tester régulièrement pour pouvoir reproduire le mélange exact entre la tendance humaine dominante et la couleur récessive du non-humain ?

— Dennis, du calme. Même la plupart de nos chimistes les plus experts ont du mal à comprendre. Faites seulement votre travail, d'accord ? Ceci n'est pas un entretien d'embauche. Il faut que vous preniez et que vous nous ameniez ces deux-là. Pensez-vous en être capable ?

— En être capable ? Et pourquoi je n'en serais pas capable ? J'ai réussi à faire tout le reste, non ?

— Vous avez été formidable, Dennis. On ne peut pas se plaindre, là.

— Vous avez dit que j'avais un meilleur taux de réussite que tous les autres, ici.

— Ah, oui ? En réalité, je ne me souviens pas d'avoir dit cela.

— Oh si, vous l'avez dit. Vous l'avez vraiment dit.

— Bon. Mais ça ne change rien. Vous êtes un membre estimé de l'équipe, c'est ça qui compte.

— Donc, cinq mille dollars, dit Dennis.

— C'est exact. Je suis autorisé à aller jusque-là. »

Dennis se renfonce sur son siège, croise les jambes. À ses yeux, tout se déroule exactement comme il le souhaite.

« Ça fait donc dix mille pour les deux. »

Rogers se tait. En fait, on lui a accordé d'aller jusqu'à deux fois cette somme, mais il sent que ce serait plus sûr si cet idiot croyait remporter une grosse bataille pour obtenir ses minables dix mille dollars.

«Je ne sais pas, Dennis… lance Rogers comme s'il était soucieux, nerveux.

— C'est ce que vous avez dit.

— Vous persistez à m'affirmer que j'ai dit des choses que je sais ne pas avoir dites.

— Eh bien, vous l'avez dit. Et même si vous ne l'aviez pas dit, c'est ce que je veux. C'est ce que je mérite. Et je vais vous dire autre chose. Nous allons rentrer, vous et moi, et visiter le labo. Tout ce que j'en vois, c'est le quai de chargement, expédition et réception, un couloir, et votre bureau. J'en ai assez d'être traité comme un moins-que.

— Un "moins-que" ? Vous suivez une psychothérapie ?

— Pas du tout.

— Alors, Dennis… Vous voulez voir le labo ?

— Oui. Je vous amène ces petits monstres. Je veux voir ce que vous en faites. Je ne suis pas qu'un employé de fourrière, vous savez. Je veux savoir ce que vous faites avec tous ces êtres que je vous jette en pâture.

— Vous voulez beaucoup de choses, n'est-ce pas, Dennis ? Vous voulez de l'argent. Vous voulez voir. Ma grand-mère avait l'habitude de dire ceci : "Tu tends la main pour demander, tu n'as que des mots pour remercier[1]."

---

1. *«You've got a handful of gimme, and a mouthful of much obliged.»* À la fois vers d'une chanson de blues célèbre et proverbe du sud des États-Unis.

— Je n'ai pas vraiment le choix, Cal.

— D'accord. Vous savez quoi ? Je vais accepter ce double paiement pour les jumeaux. Amenez-les intacts, pas à moitié fous ou en train de ruer dans tous les sens, de préférence. Travailler avec ceux qui étaient vraiment excités s'est révélé infernal. Amenez-les, et vous aurez vos bon Dieu de dix mille. Alors ? Vous êtes content ? Quant à l'autre partie, vous ramener à l'intérieur pour que vous puissiez visiter les installations, voir les expériences que nous menons sur ces petits salauds : la réponse est non.

— Pourquoi ? Pourquoi ne puis-je pas les voir ?

— Dennis, mon ami. Ça ne vous plairait pas. Si vous y jetiez un œil, vous ne pourriez peut-être plus faire votre travail. Croyez-moi sur parole. Ça ne vous plaira pas.

— C'est si dur que ça ? »

Pour toute réponse, Rogers le fixe longtemps, en silence.

« Vous les tuez ? »

Silence.

« Que faites-vous quand les expériences sont terminées ?

— Dennis…

— Bon. Ça suffit. Il faut que vous me disiez, maintenant. Qu'est-ce que vous leur faites ? »

Une vague de nausée monte en lui, une faible marée d'appréhension, sale.

« Qu'avez-vous fait pour avoir si soudain tant besoin d'argent ? contre Rogers. Vous vous préparez à quitter la ville aussi. N'est-ce pas ? Qu'avez-vous fait ?

J'ai besoin de savoir si ça va toucher notre société, s'il faut que nous nous inquiétions de quelque chose.

— Si je vous le dis, me direz-vous ce que vous faites à ces gamins ? »

Rogers répond d'un geste qui signifie : après vous.

« J'ai accidentellement blessé une femme. »

Le pouls de Rogers s'accélère. Il va falloir s'occuper de ça.

« Quelle femme ?

— Une femme. Une prostituée.

— Blessée comment ?

— Sérieusement.

— Sérieusement... à quel point ?

— Très sérieusement.

— Elle est morte ?

— Maintenant que vous le dites...

— Oh...

— Et maintenant, emmenez-moi visiter.

— Je ne peux pas, Dennis. Je n'en ai pas le pouvoir.

— Mais nous avons conclu un marché.

— Vous avez conclu un marché. Je n'ai rien dit. » Il voit que Dennis s'apprête à protester et lève la main, comme un flic qui arrête la circulation le temps qu'on retire une épave de la route. « Mon avis – et je pense vraiment que vous devriez l'écouter –, c'est que vous devriez faire votre boulot, nous amener ces jumeaux, prendre votre argent, et partir aussi loin d'ici que possible. Il y a beaucoup en jeu ici, Dennis. Des millions de millions de dollars. Vous et moi sommes de vieux amis, bien sûr, mais croyez-moi, les gens qui dirigent cette boîte… ne rigolent pas. S'ils pensent que vous avez fait quoi que ce soit qui attire indûment l'attention sur nos opérations, ils vont… »

Il se frotte les mains puis les ouvre, comme un prestidigitateur qui vient de faire disparaître une pièce de monnaie.

Cynthia sait au moins ça : où que ces enfants soient allés – avec cet horrible Rodolfo, c'est sûr –, ils sont en danger. Quel que soit l'aspect de leur nature qui prévale, ce sont des enfants, et les enfants courent des dangers. Ils attirent les excentriques, les marginaux, les salauds. Les enfants doivent être surveillés. Protégés. Ils pourraient finir par fumer de l'herbe. Par voler dans les magasins. Et ça, c'est le scénario le moins grave. Le plus totalement optimiste. Alice est suffisamment agitée et en colère pour se laisser attirer par ruse à avoir des relations sexuelles, ce à quoi (et c'est une autre certitude de Cynthia) elle n'est absolument pas prête. Puis il lui vient à l'esprit qu'avoir des relations sexuelles en étant mineure est également un scénario très optimiste. En fait, tout constituerait un scénario optimiste, excepté s'ils se mettaient à reproduire le comportement incontrôlable et brutal de leurs parents biologiques.

Elle attend au rez-de-chaussée. Dès que la porte s'ouvrira – si et quand elle s'ouvrira –, Cynthia les verra et les attrapera. Elle les punira. C'est inévitable. Mais comment punir des enfants qui se sont enfuis parce qu'ils croyaient que ceux qui leur ont donné la vie, dont toutes les lois de la nature exigeaient qu'ils les nourrissent et les protègent, projetaient à l'inverse de les dévorer ? Comment punir des enfants quand le corps de leur père a éclaté comme un ballon plein de sang quand il s'est fait faucher par un bus ? Comment dire à des enfants qu'ils sont privés de sortie alors que leur propre mère a été réduite en une bouillie de sang et d'os par la turbine implacable, insatiable, d'un réacteur d'avion ?

Bon, d'accord, alors pas de sanction. Donc ?... Quels sont les mots magiques pour être certaine qu'ils vont rentrer à la maison et y rester ? Cynthia s'interroge : n'arrive-t-elle pas à leur faire sentir combien elle les aime ? Quels sont les mots magiques pour qu'ils aient confiance en elle ? Quels sont les mots magiques qui les garderont à l'écart des rues, loin du parc, qui les empêcheront de se précipiter au-devant de Dieu sait quel danger ? Quelqu'un pourrait-il lui dire quels sont les mots magiques ?

Le soleil s'est levé. Il fait déjà chaud en ville et il n'est que huit heures. Elle met en marche le climatiseur central. Son murmure frigide ne peut rivaliser avec le bruit des rats qui rongent. Elle tâtonne à la recherche de la télécommande de la télé, la trouve à son emplacement habituel, entre les coussins du milieu du canapé, et allume l'écran trop grand. Peu importe la chaîne ; tout ce qu'elle veut, c'est quelque chose qui puisse combattre, et si possible masquer, le *cruch-cruch* infernal du soin dentaire que s'auto-administrent les rongeurs. Elle avait pris le Toshiba géant pour les enfants, en se disant que tous les enfants aimaient les téléviseurs grand écran. Mais ils y sont indifférents.

Ah, ces dératiseurs ! Mais dans quelle ville sommes-nous ? Tandis que le téléviseur s'allume, Cynthia s'empare du téléphone. Elle connaît maintenant par cœur les numéros de trois dératiseurs différents. Elle appelle celui qui avait l'air de s'excuser le plus. Elle préfère se faire bourrer le mou plutôt que de se faire insulter ouvertement.

Pendant qu'elle attend qu'on prenne son appel, un visage familier apparaît à la télé. C'est le petit garçon luisant qui était avec les jumeaux. Dylan ! Il est devant une magnifique maison, escorté de Morris, le maire, et de son épouse. Les mots : *« Dénouement heureux. Le fils du maire retrouvé. Le petit Dylan est sain et sauf »* défilent en bas de l'écran.

Cynthia oriente la télécommande vers l'écran, monte le son.

« Notre famille est réunie », dit le maire.

Il a la mine sévère, l'air épuisé. C'est bizarre de le voir sans son costume habituel, sans son blazer bleu, sa chemise blanche et sa cravate lustrée. Ici, il est en bras de chemise, le premier bouton de son col est ouvert. Cynthia croit d'abord qu'il a poussé le dandysme un cran plus loin et qu'il porte un foulard. Mais elle réalise un instant après qu'au lieu d'un foulard, ce sont les poils de son torse qui s'élèvent telle une épaisse fumée.

Au même instant, la messagerie vocale du dératiseur s'enclenche et lui demande de laisser un message, l'assurant que quelqu'un la rappellera « dès que possible ».

« Dès que possible ne suffira pas, les gars, enrage Cynthia. J'ai une putain de tonne de rats dans la maison ! »

Elle laisse à nouveau son numéro de téléphone et coupe la communication avec emphase, même si appuyer sur le bouton *off* lui fait regretter le temps où vous pouviez raccrocher violemment le combiné sur sa base et faire véritablement savoir vos sentiments.

« Grâce aux efforts du NYPD[1] tout entier, dit le maire, et en particulier au travail inlassable de notre exemplaire commissariat de Central Park, l'histoire de cette famille new-yorkaise-ci se termine incroyablement bien. »

Il regarde Dylan, qui fait des grimaces à la meute des caméras, et lui caresse la tête.

Est-ce que je viens de rêver ? se demande Cynthia, car, à ses yeux fatigués, il a semblé que la main du maire tremblait tandis qu'il accomplissait la caresse paternelle pour les médias.

C'est au tour d'une présentatrice d'occuper l'écran, une jolie femme avec des accents stridents dans la voix. Elle a l'air d'avoir vingt-cinq ans, mais son attitude est celle d'une femme qu'on a trompée, abusée, et qui s'est juré de rester vigilante depuis ce jour-là.

« Après le sauvetage et le retour de Dylan Morris

---

1. New York Police Department.

à Gracie Mansion, les questions qui entourent sa disparition continuent de cerner le maire et ses plus proches conseillers. Il va sans dire que le très réel drame humain qui a accompagné la disparition de Dylan – comme la disparition de tout enfant dans cette grande ville, à vrai dire – est un événement fascinant qui joue sur les émotions de quiconque ayant été parent ou enfant; en d'autres termes, de tout être humain qui ne soit pas irrémédiablement insensible. Néanmoins, les spéculations sur ce qui s'est réellement passé la nuit où Dylan Morris a disparu continuent de circuler et le caractère soudain, quelque peu étrange, de son retour ne sera guère de nature à faire taire ceux qui disent, par exemple, que le garçon était en désintoxication, ou que tout l'incident a été mis en scène pour faire remonter les faibles intentions de vote en faveur du maire à l'approche de sa réélection, ou que Dylan n'a pas été enlevé ou retenu contre son gré, mais s'était enfui. Et les partisans de la théorie de la fuite sont prompts à poser la question: que fuyait donc Dylan?

«Pendant ce temps, le fameux commissariat de Central Park qui, selon toutes les indications, était au cœur de la recherche du petit Dylan a été remarquablement discret sur les recherches et son soi-disant sauvetage. Tout ce que nous avons pu obtenir de la porte-parole du commissariat est la déclaration suivante: "La police de New York reste attachée à sa mission qui est de rendre Central Park sûr et agréable pour tous les habitants de New York ainsi que pour les millions de visiteurs de notre ville.

Pour mieux remplir ce rôle, le parc reste fermé afin de gérer les risques liés à la sécurité et d'en faire un lieu où tous les New-Yorkais pourront se rendre sans crainte. Je ne répondrai à aucune question pour l'instant. Si vous voyez quelque chose, signalez-le. Restez prudents. Ce sera tout, merci." »

Comme Dylan n'est plus dans les rues avec les autres, plus rien n'empêche ni ne freine la chasse aux gamins de la meute.

Rodolfo sait que c'est le moment d'agir, et pas seulement pour lui et les quelques amis choisis qui sont avec lui à Riverside Drive, mais pour chacun de ces garçons et de ces filles. Depuis quelques années, ils ont réussi à vivre à l'abri, à prospérer même en marge de la cité. Ils ont même réussi à gagner de l'argent. Mais maintenant, c'est fini. Ça, il le sait. Et il a une responsabilité, pas seulement envers ses propres gènes, mais envers tous. Même envers ceux qui râlent contre lui, ceux qui l'envoient paître dès qu'il a le dos tourné, même envers ceux qui ont ouvertement défié son autorité : ils ont besoin de lui, leur sécurité est son devoir sacré.

Il a fait passer le mot. L'endroit où toutes les bandes se réunissaient, l'aire de jeux Diana-Ross, n'est plus sûr. Exclu. Et pour les sauvageons qui vivent autour de Tompkins Square Park, le message est le même : barrez-vous ! Dans le parc de la mairie, à Washington Square Park, Inwood Hill, Van Cortlandt : partez, partez, partez, partez ! Récemment, il y a eu une migration vers Prospect

Park, à Brooklyn : chasse plus facile, moins de problèmes. Mais Prospect Park n'est plus sûr, pas plus que Fort Greene.

« On s'éparpiller, maintenant ! » dit Rodolfo.

Il prend tout ce qui a de la valeur dans l'appartement, à commencer par les milliers et les milliers de dollars en liquide, puis suffisamment de flacons de Zoom pour transformer un hospice en orgie frénétique.

Alice le suit tandis qu'il s'active dans l'appartement. Elle tient grand ouvert un sac à linge à rayures jaunes et vertes dans lequel il jette l'argent. Il y en a sous les coussins, derrière les livres, au fond des placards, dans les poches des vieux manteaux. Après avoir ramassé les billets, ils vident le produit du réfrigérateur. Pour cette partie des opérations, c'est Adam qui assiste Rodolfo. Il a un sac de marin rempli de serviettes-éponge, pour protéger les flacons pendant le transport.

« Qu'est-ce que tu vas faire de tout ça ? » demande Adam qui examine le contenu du sac.

Il en émane une étrange odeur cuivrée, qui le repousse tout en l'intriguant à la fois. Rodolfo hausse les épaules.

« On sait jamais. C'est de l'argent. On s'faire une nouvelle vie loin, loin, mon frère. Y a cent trente-cinq mille dollars. Peut-être c'est assez, peut-être pas. On n'avoir peut-être besoin d'un petit complément. Qu'est-ce qu'on fait ? Zoom. Des vieux qui vouloir être jeunes, y en a là-bas aussi.

— Est-ce qu'on se retrouve ici ? » demande Alice.

Elle s'est mise d'un côté de Rodolfo, Adam de l'autre. Ils traversent le long couloir central de l'appartement vers l'entrée, où Boy-Boy, Bump, Suzie, Captain Blood, Lola et Little Man ont passé des coups de fil, fait savoir à tout le monde que la réunion d'aujourd'hui était importante, la plus importante qu'ils aient jamais eue.

« On va Pelham Bay Park, décide Rodolfo. Chacun de son côté. *Tchou-tchou número seis.* »

Il claque des doigts, sourit. Il essaie de prendre son parti de la situation. L'optimisme a toujours été son style, personnellement et administrativement. Le renforcement positif est pour lui et les siens la meilleure façon d'apprendre. Regards noirs et langage corporel inquiet : ça fait plus de tort que de bien.

« Et Polly ? » demande Alice.

Rodolfo et elle se regardent dans les yeux un long moment, puis il finit par secouer tristement la tête.

Deux des jeunes foncent à Broadway et reviennent avec des pizzas et des bouteilles de Mountain Dew. Avant de partir pour Pelham Bay, ils se rassemblent tous dans la pièce de devant, pour prendre un dernier repas ensemble. Celui-ci n'a rien de particulièrement cérémonial : certains sont assis, d'autres restent debout. Ils mangent à même les boîtes et boivent au goulot. Mais l'atmosphère est sombre, inquiète, elle a un goût d'adieu. Boy-Boy a le bras autour de la taille de Lola, et Bump regarde Rodolfo avec admiration, comme si cet adolescent de seize ans efflanqué était une vision. Les enfants ont été installés sur le sofa et jouent ensemble avec langueur, en un pêle-mêle à peine coordonné de bras, de jambes et d'ailes.

« Redire-nous c'que j'ai dire, OK ? » chuchote Rodolfo à Alice.

Il plisse les lèvres et secoue la tête, pour lui faire comprendre qu'il ne se fait pas confiance pour maîtriser ses émotions s'il avait à leur parler à tous.

« OK. »

Alice remarque qu'Adam l'interroge du regard, mais détourne les yeux.

« Rodolfo veut qu'on prenne la ligne numéro 6 vers Uptown. L'arrêt s'appelle Pelham Bay Park. Prenez les escaliers qui indiquent Bruckner Street.

— Bruckner Boulevard, intervient Rodolfo.

— Oui. Bruckner Boulevard. »

Alice respire un grand coup. Une sorte de bonheur la traverse. C'est comme si elle venait de boire d'un trait une tasse de thé chaud. Elle le sent couler dans sa gorge, son ventre, ses bras, ses mains, ses jambes, ses pieds. Elle se demande : *Est-ce que c'est ça, l'amour ?*

« On ne peut pas y aller tous en même temps. OK ? Donc, trois à la fois. Premier départ à... »

Elle jette un œil à la montre American Girl que Cynthia leur a offerte. Il y a longtemps, dans la voiture. Après le tribunal. C'était quand ? On dirait que ça fait une éternité... Elle fronce les sourcils. Il est 9 h 17. Mais là n'est pas la source de sa consternation. Le fin duvet argenté qui couvrait sa peau autour du cadran de la montre s'est assombri, et même légèrement épaissi. Voilà l'objet de sa consternation. Voilà ce qui l'horrifie.

Cynthia s'est décidée : quand les jumeaux reviendront – s'ils reviennent... –, ils ne pourront plus habiter cette maison, pas un jour de plus qu'il n'est absolument nécessaire. Quels que soient les obstacles légaux qu'il leur faudra franchir, elle les franchira – même si ce sont des cerceaux enflammés à traverser ! Quand elle pense à combien elle convoitait (soyons honnêtes !) autrefois ces pièces, combien les origines de chaque chandelier, de chaque plancher la faisaient frémir, combien le monde était beau vu à travers les ondulations légèrement teintées de pourpre de ces vieilles fenêtres, combien elle avait été terriblement impressionnée par l'art avec lequel on avait conçu cette maison, elle voudrait maintenant pouvoir remonter le temps, attraper par les épaules la Cynthia d'alors, pleine d'illusions, et la secouer, la secouer jusqu'à ce qu'elle revienne à la raison. Il faut hélas voir la réalité en face : depuis des années, cette maison n'apporte que de mauvaises nouvelles. Non. Pire. D'horribles nouvelles. Non, pire que ça aussi. Qu'est-ce qui vient après horrible ? Ah, ça n'a pas d'importance. Ce qui importe, c'est ceci : elle doit se débarrasser de cet endroit, prendre tout l'argent qu'elle pourra en tirer et acheter une nouvelle maison. Ou un appartement. Hors du centre-ville. En banlieue, peut-être. Ou une jolie petite ville au bord de la mer. Cape Cod ! Elle n'est jamais allée à Cape Cod, mais elle sait que c'est joli. Qui n'aime pas les plages brumeuses ? Qui n'aime pas le cabillaud[1] ? Qui n'aime pas les bougies parfumées à la citrouille et les vêtements de chez Talbots ? De toute manière, tout vaudra mieux qu'ici.

Elle doit les éloigner de ce qui les attire. Ce garçon, Rodolfo ! Il en fait sûrement partie.

Loin. Un petit immeuble en copropriété, peut-être. Un appartement où, quand vous êtes au milieu, vous pouvez voir chaque pièce.

Avec un portier.

Un régisseur.

Un voisin dont vous entendrez la musique à travers les murs. Et qui pourra vous entendre si jamais vous hurlez...

Elle réalise que vendre une maison de ville n'est pas chose aisée. Ça va prendre du temps. Qu'est-ce qu'elle vaut, à l'heure actuelle ? Trente millions ? Merde. Elle se contentera de vingt-cinq.

Cynthia arpente la maison, le combiné du sans-fil dans une main, son portable dans l'autre. Toutes les cinq minutes, elle les secoue comme si cela allait les faire sonner.

Avant, à San Francisco... Le moindre signal de la mémoire, le plus vague souvenir du passé l'étourdit de surprise et de chagrin. Avant, en Californie, dans le froid, le brouillard et le parfum des eucalyptus, aussi omniprésent que l'odeur d'essence à

1. Jeu de mots intraduisible entre *cod* (qui signifie *cabillaud*, *morue*, en anglais) et Cape Cod.

New York, avant… Elle a perdu le fil de ses pensées. Ah, oui. Elle s'en souvient. À San Francisco, quand elle avait sa boutique (oh, sa boutique, sa boutique ! Comme Gilty Pleasures lui manque !), un objet très particulier, cher, rare, pouvait y rester des mois, plusieurs années même, avant que le client idéal n'apparaisse, la personne faite expressément pour l'acheter. Évidemment, il faudra un an pour vendre la maison, même si on ne sait jamais. Elle peut aussi partir en un clin d'œil.

Elle fait quelques recherches sur Internet et décide que l'agence immobilière la plus haut de gamme à New York actuellement est une société baptisée Oberman & Lewis. Sur les vingt-cinq dernières grosses ventes que Cynthia a pu retrouver, Oberman & Lewis en ont effectué neuf. Elle les appelle avec le sans-fil de la maison, son portable sur les genoux au cas où les enfants téléphonent. Elle se fait balader par leur système de réponses automatiques, appuyant sur des touches pour répondre aux diverses questions idiotes préenregistrées jusqu'à ce que, enfin, elle joigne un vrai agent immobilier.

Cynthia comprend : on l'a sans doute mise en relation avec quelqu'un de peu élevé dans la hiérarchie d'Oberman & Lewis, quelqu'un qui est disponible pour prendre tous les appels. Mais la voix à l'autre bout du fil est distinguée, mélodieuse et assurée. Elle s'appelle Katie Henderson. Elle paraît jeune et elle a une voix un peu éraillée, de fin de soirée, que les linguistes appellent voix craquée, une façon de parler langoureuse faite pour signifier à votre interlocuteur que vous êtes extrêmement détendu et que vous n'êtes pas disposé à faire le moindre effort.

Mais Katie Henderson est prête à faire un effort! En fait, en apprenant quelle est la propriété que Cynthia veut mettre en vente, elle semble vouloir se faxer elle-même dans la 69e Rue. Elle ne fait même pas semblant d'être peu intéressée. Elle répète même plusieurs fois:

«Eh bien, c'est très, très intéressant, je dois en convenir.»

Cynthia se sent obligée d'avouer:

«Ce n'est pas sans quelques complexités.

— Des biens de cette importance sont toujours délicats», répond Henderson en susurrant pour la rassurer, comme si elle calmait un enfant agité avant le coucher avec une berceuse.

Et son enthousiasme n'est pas que téléphonique. Moins de trente minutes plus tard, Katie Henderson est assise dans le salon de devant et regarde d'un air évaluateur et enthousiaste tout autour d'elle. Elle n'est pas aussi jeune que sa voix; elle a probablement quarante ans, peut-être un peu plus: il y a des touches de gris dans ses épais cheveux noirs, des rides autour de ses yeux bleus perçants et sa peau paraît un peu à vif, comme si on venait de lui faire un gommage sévère.

Elle est habillée comme pour une fraîche soirée d'automne. La chaleur se fait déjà pesante et Katie, assise là, a visiblement trop chaud dans son tailleur-pantalon noir et son chemisier à volants couleur cuivre boutonné jusqu'au cou, ornementé d'un foulard de soie noire. Cynthia observe fascinée, totalement captivée, les gouttes de transpiration qui perlent à la racine des cheveux de Katie et dégoulinent sur son front, où Katie les essuie d'un revers de main, juste avant qu'elles ne coulent, salées, dans ses yeux.

« N'hésitez pas à enlever votre veste, dit Cynthia.

— Oh, tout va bien, je vous remercie. » Sentant que ce n'est pas tout à fait suffisant, Katie ajoute : « Je crois que je suis une esclave de la mode. »

Elle se redresse sur son siège, passe la main sur sa veste.

« Je peux monter la climatisation, si vous le souhaitez ? propose Cynthia.

— Oh, ça ne vous dérange pas ?

— Pas du tout. »

Le thermostat est à l'autre bout de la pièce. C'est un engin numérique complexe, et elle ne le maîtrise pas encore tout à fait. En tâtonnant pour le régler, elle regarde furtivement dans le miroir accroché au-dessus de la cheminée de marbre noir. Elle voit que Katie a ouvert son attaché-case, sorti un carnet et un élégant petit appareil photo.

« Il faut quelques minutes pour que la maison rafraîchisse », dit Cynthia en se rasseyant.

Elle étudie sa visiteuse. Elle ne saurait dire ce que c'est, mais cette femme a quelque chose de bizarre. Et bien qu'elle n'ait aucune ressemblance physique avec Leslie, elle lui rappelle sa sœur. À commencer par son refus d'ôter sa veste.

« Bon… combien y a-t-il de chambres, en tout ? demande Katie.

— J'ai tout noté ici », répond Cynthia.

Elle tend à la femme de l'agence immobilière une feuille avec tous les renseignements essentiels sur la maison : l'année de sa construction, la surface, le nombre de chambres, de salles de bains, de cheminées.

« Oh, c'est parfait », dit Katie en jetant à la feuille un rapide coup d'œil.

Elle tire sur les poignets de sa veste pour qu'ils arrivent jusqu'à sa paume. En se renfonçant sur son siège, elle rajuste son pantalon, tire à nouveau sur le tissu.

« C'est une maison superbe, dit Cynthia en étrécissant les yeux.

— Oh oui, mon Dieu, elle est fantastique. Nous faisons la visite ?

— Mais je suis curieuse d'une chose. Est-ce que des choses comme ça se vendent, à l'heure actuelle ?

— Une maison pareille ? On pourrait croire que ce n'est jamais le bon moment, mais c'est toujours le bon moment. À l'évidence, elle attend un acheteur très spécial. Heureusement, je travaille en ce moment avec plusieurs clients étrangers qui se damneraient pour avoir une opportunité comme celle-ci, avec son emplacement et son histoire. Et, plus important, ils ont les moyens de faire une offre très rapidement, sans ava… » Elle se racle la gorge. « Sans atta… »

Cynthia détourne les yeux, gênée par les difficultés passagères de l'agent immobilier. Elle sait que ces choses-là peuvent arriver ; parfois, quand elle est épuisée, elle a la langue aussi raide et épaisse qu'une raquette de ping-pong. Et Dieu sait que les après-midi où elle buvait, il lui fallait escalader chaque phrase comme si c'était une montagne de verre. Et pourtant, cette petite panne verbale qui arrive à Katie rappelle à Cynthia quelque chose, quelque chose d'autre, quelque chose qu'elle a enfoui dans son inconscient, classé dans un tiroir qu'elle aurait voulu ne jamais avoir à rouvrir. Mais parfois ces tiroirs où nous fourrons nos souvenirs bougent de leur propre chef. Et celui-ci s'ouvre doucement en grinçant, révèle un souvenir qu'elle a non seulement gardé mais qui est frais, tout frais : la sœur de Cynthia, Leslie, quand l'équilibre en elle entre le strictement humain et le bestial a lentement mais inexorablement basculé, a eu de plus en plus de difficultés à se rappeler les mots. Parfois, ses phrases comportaient des vides, et parfois des mots totalement déplacés ou qui n'existaient pas surgissaient. Ça ressemblait à la maladie de la Tourette pour sa soudaineté explosive, et aux premiers stades de la maladie d'Alzheimer pour son côté pitoyable.

Mais Katie trouve son chemin dans cette jungle verbale et émerge presque indemne de l'autre côté de sa phrase.

« Sans avoir besoin d'attendre une autorisation d'emprunt. » Elle rit de son rire clair, professionnel. « Oh, là, là, voilà ce qui arrive quand je pars travailler sans une troisième tasse de café. Quoi qu'il en soit, bon nombre de mes clients sont susceptibles de conclure une offre uniquement en liquide.

— Mais de quel genre de somme s'agit-il? demande Cynthia.

— Vous avez un chiffre en tête?

— Je pensais à quelque chose aux environs de trente-cinq millions. »

Cynthia sent son pouls s'accélérer – en réalité, elle adore faire des affaires.

« C'est un excellent environnement.

— Je dois vous dire – ou peut-être le savez-vous déjà. Cette maison. Elle a une histoire.

— Quel bien immobilier de réelle importance dans cette ville n'a pas d'histoire? rétorque Katie. Derrière chaque grande fortune il y a un... » Elle devient livide. « Il y a un... quelque chose.

— Un crime, complète Cynthia.

— C'est d'un Français... Je connaissais ce truc, avant.

— Balzac. » Le cœur de Cynthia s'emballe. À chaque instant qui passe, elle est de plus en plus sûre que cette femme a suivi le même traitement que celui qui a détruit tout ce que Leslie avait de doux et de gentil, et elle redoute aussi qu'à n'importe quel moment, cette étrangère en tailleur-pantalon fonde sur elle et lui lacère la chair.

« Bon, dit Katie en se levant, laissez-moi jeter un coup d'œil, prendre quelques... »

Elle fait un geste du doigt, comme si elle appuyait sur le bouton d'un appareil photo.

Elle a oublié le mot appareil photo?

« Nous pouvons commencer par ici, dit Cynthia dont la voix s'enroue. Vous voulez que je vous fasse visiter ?

— Oh, ça ne sera pas nécessaire. J'aime plutôt faire les choses seule et vous voyez... Vous voyez ?

— Euh, oui, je pense.

— Je vais commencer par la cave et je monterai ensuite.

— Ah... Le seul défaut de cette maison, c'est la cave. » Cynthia tente de le dire nonchalamment. « Nous avons un petit problème de souris, en bas. J'ai appelé deux dératiseurs, et je suis sûre que tout sera nettoyé dans quelques jours.

— Des souris ?

— Je pense, oui.

— Vous avez essayé ces je-ne-sais-plus-quoi ? »

Cynthia fait non de la tête.

« Mais si ! » Katie insiste avec bonhomie. « Ces... » Elle agite les doigts en l'air. « Pièges à glu ! La petite souris marche sur la partie collante, ses pattes se prennent dans la glu. Et il ne vous reste plus qu'à... Eh bien, vous pouvez faire ce que vous voulez.

— Pourquoi ne pas inspecter la cave une autre fois ? Quand j'aurai fait passer un bon dératiseur.

— Oh, ça peut prendre une semaine, voire deux. Mais de toute façon, ne vous inquiétez pas, rien ne m'embête.

— Je vous crois sur parole. »

Avec quelque réticence, Cynthia escorte Katie jusqu'à la porte de la cave. Le seul fait de la voir ravive l'horrible expérience qu'elle a vécue sur ces marches de bois. Et elle sait que si le sol là en bas est plein d'un lac mouvant de rongeurs, l'agence Oberman & Lewis ne s'occupera pas de mettre cette maison en vente. Bah, tant pis, elle n'est pas sûre de vouloir faire affaire avec Katie Henderson, de toute façon…

« Je vais vous trouver une lampe torche. »

Cynthia elle-même ne veut pas s'aventurer ne serait-ce que sur la première marche.

« Vous savez quoi ? dit Katie. Je crois que je vais garder la cave pour… vous voyez… pour finir !

— D'accord. »

Cynthia traîne sur les syllabes.

« Je vais faire vite, reprend Katie. Je n'en ai pas l'air, mais je marche très vite ! »

Je te crois sur parole !

Tandis que Katie détale dans l'escalier, Cynthia retourne au canapé et passe des coups de fil. Elle commence par appeler Arthur pour lui faire savoir qu'elle a décidé de mettre la maison en vente. Mais il ne répond pas, et elle laisse un message grognon sur sa boîte vocale. Ensuite, elle rappelle les dératiseurs ; elle est si furieuse contre eux qu'elle laisse sombrement sous-entendre (à un répondeur, puis à quelqu'un qui donne l'impression que l'appel vient tout juste de le réveiller) que si quelqu'un ne vient pas tout de suite chez elle, elle se verra obligée d'intenter un procès. Ça n'a pas grand sens mais quelqu'un, elle ne se souvient plus de qui, lui a dit une fois que menacer d'un procès est le meilleur moyen d'obtenir l'attention du New-Yorkais moyen. Pendant qu'elle fulmine ainsi, elle voit du coin de l'œil que Katie a ouvert la porte de la cave et s'apprête à inspecter le sous-sol. Elle laisse la porte ouverte derrière elle, et Cynthia n'ose pas la fermer, mais voir cette porte grande ouverte la paralyse de terreur.

Elle coupe le téléphone, le laisse tomber.

Quelques minutes plus tard, Katie émerge de la cave, et referme soigneusement la porte derrière elle. Elle range son petit appareil photo argenté dans son élégant sac Louis Vuitton.

« J'adore votre maison, déclare-t-elle. Elle va se vendre en quelques secondes.

— Il y a quelques problèmes juridiques, malheureusement, rétorque Cynthia.

— Je l'adore vraiment. »

Katie ondule ; elle dodeline doucement de la tête, se passe la langue sur la lèvre inférieure. En réalité, elle se comporte comme si elle venait de descendre une pinte de vodka. Tout à coup, elle ouvre grand les yeux. Sa main remonte et elle se tapote nerveusement le côté de la gorge. Elle tousse, tout en faisant la moue.

« Vous... vous allez bien ? » demande Cynthia.

Katie opine fébrilement.

« Je peux vous apporter quelque chose ? Un verre d'eau, peut-être ?

— Ça va ! Je suis diabétique. Je dois surveiller mon taux de glucose. »

Cynthia approuve de la tête.

« Et... vous avez des enfants ?

— Est-ce que j'ai des enfants? répète Katie comme si la question était incroyablement déplacée.

— Oui, je me posais la question.

— J'ai une fille, répond avec une préciosité soudaine la courtière.

— Une fille. Ah! Quel âge a-t-elle?

— Presque douze ans. C'est mon petit ange. Je l'aime à mourir.»

Ça, j'en suis sûre.

«Elle est si mignonne. À vrai dire, j'ai mis très longtemps à tomber enceinte, c'est peut-être pour ça que je l'aime tant. Je pourrais... je ne sais pas...» Katie sourit, montre ses dents extrêmement proéminentes. «Je pourrais la croquer.

— Eh bien, je suis contente que la maison vous plaise. J'ai quelques... autres rendez-vous.

— Avec d'autres agences immobilières? demande Katie. Je suis sûre que vous trouverez notre pourcentage de commission très avantageux. Et quant à vous trouver des acheteurs potentiels, personne n'est aussi bien placé que nous.

— Oui, bien sûr.»

Cynthia sent la transpiration dégouliner dans son dos. Elle a les aisselles humides, la bouche complètement sèche.

«Vous allez devoir signer deux contrats. Vous nous accordez l'exclusivité de ce bien.

— Laissez les papiers ici, je les examinerai.

— Il n'y a rien à examiner. Ce sont des contrats standard, vous savez.

— Je dois les examiner, Katie. Vous comprenez?

— Je vois. »

Cynthia perçoit la colère chez la représentante de l'agence, et se demande si elle va l'attaquer tout de suite. Elle cherche du regard dans la pièce quelque chose pour se défendre. La seule chose qui lui semble possible est un vase transparent, lourd, plein d'iris jaune pâle. Elle saisit le vase par le rebord.

« Je pense que vous devriez partir. Maintenant.

— Pardon ? »

Les yeux de l'agent immobilier expriment un grand choc – ou est-ce de la fureur ?

« Je sais ce que vous êtes, dit Cynthia. Ma sœur était exactement comme vous. Vous êtes allée voir le médecin, n'est-ce pas ? C'est de là que vient votre "petit ange".

— Ma fille ? Mais quel médecin ? Je ne comprends pas de quoi vous parlez ! »

Croyant que Cynthia s'avance vers elle, Katie tressaille, lève les mains comme pour se protéger la figure.

L'instant d'après, l'agent immobilier contourne à la hâte Cynthia, s'empare de ses affaires sur le sofa et file vers la porte d'entrée, non sans avoir laissé sur la table un contrat accordant à Oberman & Lewis une exclusivité de six mois pour la vente de la maison de la 69e Rue.

Vingt

Cal Rogers avance à longues enjambées dans un couloir de Borman & Davis, fait claquer un bloc-notes sur le côté de sa cuisse tout en sifflotant ce qu'il pense être *Anchors Aweigh*, même si d'autres pourraient en douter. Il approche de la porte à double battant qui sépare la partie administrative du bâtiment des laboratoires. Les portes sont fermées et normalement surveillées de chaque côté par un gardien en uniforme. Cal ne remarque pas que, de son côté, la chaise où le garde s'installe d'habitude est vide.

Quand il arrive près des portes, elles s'ouvrent à la volée. C'est une des sauvageonnes, la moins différente du lot, celle qui s'appelle Polly. Elle porte encore les vêtements qu'elle avait quand Keswick l'a attrapée, mais ils ont été lavés, et elle a l'air d'avoir pris une douche il y a peu – on dirait une adolescente de quinze ans en route pour sa leçon de piano.

Quand elle aperçoit Rogers, elle sourit.

« Hello ! »

Il sort brusquement de sa demi-rêverie.

« Qu'est-ce que vous faites ? demande-t-il en se saisissant de son téléphone.

— Rien.

— Vous n'êtes pas censée vous promener comme ça.

— Tout va bien. »

Elle continue à marcher, s'avance presque tout contre lui, enfreignant les règles les plus simples de la préservation de l'intimité.

« Vous êtes censée être dans vos quartiers, jeune demoiselle. »

Rogers a déjà composé le numéro de la sécurité. Il tient son téléphone à distance de son oreille, écoute le *bip-bip-bip*.

« Oui, je sais. » Elle pose la main sur son épaule. « Mais voilà le truc. Vous voulez que je vous dise le truc ? »

Sécurité de merde ! Où sont-ils, tous ? Rogers réalise qu'il doit prendre les choses en main. Il ôte la main de cette horrible fille de son épaule, et serre son poignet. Il a rarement un contact direct avec les sujets de ses recherches : ils ne sont strictement que des échantillons de sang et de tissus organiques. Mais là, il serre fort, pour qu'elle sache qui est le maître ici.

Il sait que la pensée est folle, mais il ne peut s'empêcher de remarquer combien cette jeune fille est attirante.

« Vous avez les mains froides dit-elle en essayant de se libérer, mais sans grande force ni volonté.

— Je vous ramène.

— OK, mais avant... »

Elle s'arrête. Elle a des jambes musclées et il est difficile de la faire bouger une fois arc-boutée ainsi.

« Quoi ?

— Vous êtes censés être, quoi, des médecins ? des scientifiques ?

— Oui ? et alors ?

— Ben, vous nous faites du mal. Nos corps sont à nous, vous savez ? Et tous ces trucs perso que vous faites, aussi. C'est pas bien. On n'a rien fait de mal.

— Pensez-y plutôt comme ceci : vous contribuez à la science.

— On n'a pas demandé à naître. Et on n'a pas demandé à être différents.

— Vous avez un toit, pas vrai ? On vous nourrit. Vous savez où dormir. Trois repas chauds et un lit. Vous n'avez pas de quoi vous plaindre.

— Mais ça fait mal. Les aiguilles. Les prélèvements.

— Nous faisons de notre mieux, ma chérie. Personne ne veut de mal à personne. Vous faire souffrir est bien la dernière chose que nous souhaitons.

— Deux des nôtres sont morts, ici.

— Personne ne le regrette autant que moi.

— Vraiment ?

— Allez, il faut retourner dans vos quartiers, jeune fille. »

Elle hausse les épaules.

« Comme vous voudrez. » Elle se laisse emmener par Rogers vers la porte à double battant, puis lui demande : « Vous avez des enfants, vous-mêmes ? »

Cal Rogers passe son badge officiel sur le lecteur de la porte, mais il a l'air hors service – ou inutile : la porte s'ouvre à son seul contact.

Comme il gardait ses distances avec les sinistres occupations d'enfermement et d'extraction forcée de données génétiques, Rogers met du temps à réaliser à quel point la situation est totalement hors de contrôle : il croit vraiment que ces corps entassés contre le mur font partie d'une sorte de jeu. Ou est-ce un exercice ? un entraînement ?

Ces deux secondes de rêverie seront les deux dernières avant son agonie. Et cette agonie ne sera pas sans point final. Il est projeté violemment contre le mur. Il sent la douleur improbable des dents dans sa chair. Son ultime pensée : *c'est mon foie qu'on vise.*

Tous les enfants sauvages survivants sont sortis, obéissant instinctivement à l'appel pour quitter la ville. Les portes qui les enfermaient sont grandes ouvertes. La puanteur de leur confinement s'en dégage par vagues. Leurs voix rauques, pleines d'excitation, emplissent l'air comme une pluie de pièces de monnaie. *Vite, vite !*

Ils n'ont pas le temps de se venger plus avant. Certains corps empilés contre le mur sont des cadavres, d'autres… peut-être pas. Mais le temps presse maintenant. Le temps. La vengeance n'a pas d'importance, la justice non plus. Tout ce qui compte, c'est la liberté, et elle leur appartient. Les erreurs de l'évolution, les unes debout, les autres à quatre pattes, traversent la pièce vers le quai de chargement.

Est-ce une particularité des New-Yorkais, ou bien tous les habitants des grandes villes surchargées – Londres, Singapour, Istanbul, Rio – apprennent-ils à vivre sans voir tout à fait ce qui se passe juste sous leurs yeux ? Parmi les multitudes, toutes formes de variantes humaines existent, qu'on ne voit pas. Et quand on remarque une chose étrange, on a rarement le temps ou la place de la saisir, d'évaluer sa signification. Truands, mystiques, malades en phase terminale croisent les habitants des grandes villes comme de petits éclats de lumière, perçus et aussitôt disparus, sans laisser de trace. Voici un homme qui traîne sa jambe inerte, avançant sur le trottoir de sa jambe vaillante, comme un gondolier avec sa perche sur une rivière de béton. Arrive une nonne, avec un œil au beurre noir. Voici un couple, la quarantaine, en route pour aller voir un charlatan qui dirige une prétendue clinique de traitement contre la stérilité. Voici un policier qui vient d'apprendre qu'un homme qu'il a fait injustement condamner va sortir de prison. Voici un père et ses deux jeunes filles qu'il fait marcher vivement car ils se rendent à l'hôpital où la mère des deux fillettes, mourante d'un cancer, espère faiblement leur arrivée. C'est l'été et plus qu'à toute autre saison, il y a des enfants parmi ces citadins. Des enfants de toutes conditions, des enfants qui portent des destins aussi légers que du sucre glace ou des fardeaux trop lourds à supporter. Des garçons qui ont peur de rentrer chez eux. Des filles terrorisées par le nouveau petit ami de leur mère. Des enfants qui n'ont pas mangé aujourd'hui. Des enfants qui n'ont pas mangé depuis la sortie de l'école. Des enfants avec des bleus sous la chemise. Des enfants sous traitements administrés par ceux qui sont chargés de leur bien-être. Des enfants sous amphétamines. Des enfants étourdis, endormis, qui deviennent obèses à cause de leurs médicaments, qui passent par tout l'alphabet des psychoactifs, de l'Abilify au Zoloft. Des enfants avec des armes dans les poches.

Sont-ils invisibles ? Ils pourraient, tout aussi bien. Ils sont de chair, mais ils passent comme l'éclair. Comment quelqu'un pourrait-il y faire attention, encore moins s'en préoccuper ? Trop nombreux, trop vite. Et puis qui n'a pas déjà assez de problèmes comme ça ?

Ainsi, les jeunes sauvageons et sauvageonnes des parcs traversent-ils la ville par groupes de deux ou trois, sûrs de n'être pas remarqués. Certains luisent ; quelques-uns auront d'autres bébés pourvus d'ailes. Nous ne sommes qu'au début du ballet époustouflant entre la science et la nature. Ce qui a été fait avec l'atome se fera avec les gènes.

À Pelham Bay Park ! Ceux qui ont de l'argent et qui peuvent supporter le confinement et le bruit prennent le métro. D'autres, dollars du Zoom en poche, partagent des taxis. D'autres encore vont à pied, certains tout droit par Broadway, d'autres par les pistes cyclables qui longent l'Hudson.

Morris, le maire, et sa femme font insonoriser les fenêtres de Gracie Mansion. Une fois les travaux achevés, ils espèrent ardemment que les passants ne s'arrêteront plus pour tendre le cou avec curiosité vers les fenêtres en se demandant s'ils entendent des hurlements de chien ou les cris sauvages d'un enfant mis en cage.

Alice, Adam et Rodolfo attendent le métro numéro 6. Ils sont les derniers de la bande de l'Upper West Side à se diriger vers le nord. Dans la station, l'air est répugnant, chaud. Les autres personnes qui attendent le métro paraissent planer dans un état incertain, entre la vie et la mort. Un coup de vent pourrait les emporter dans l'une ou l'autre direction. Mais aucune brise ne peut pénétrer dans ce tunnel à plusieurs mètres au-dessous du pavé puant. Le panneau d'affichage électronique promet que la prochaine rame du 6 vers Uptown arrivera dans quatre minutes. Mais il dit la même chose depuis un moment…

« Ça va ? » demande Rodolfo à Alice.

Elle hausse les épaules puis pose la même question à Adam.

« Maman me manque.

— Notre mère est morte. On l'a vue mourir.

— Je veux dire tante Cynthia. C'est notre mère, maintenant.

— Nous n'avons pas de mère, Adam. On n'en a jamais eu, on n'en aura jamais. Quand on a une mère, on est comme elle. Tu trouves vraiment qu'on est comme tante Cynthia ?

— Par certains côtés, oui », répond Adam en détournant le regard.

Il a peur de se mettre à pleurer, et il ne veut pas que sa sœur voie ses yeux.

Alice jette un coup d'œil à Rodolfo, qui la fixe. Elle n'arrive pas à savoir s'il est furieux ou si c'est seulement son air habituel d'une intensité hors du commun. Elle s'approche de lui, agite les doigts en l'air. Elle tire sur la manche de son T-shirt.

« Salut ! chuchote-t-elle.

— Pars pas, dit Rodolfo. S'teuplé ! »

Alice ne répond pas.

Le tableau d'affichage se remet tout à coup à fonctionner. Le métro 6 est enfin à l'approche. Alice tend le cou, regarde le long tunnel noir de suie. Les feux lointains du train qui arrive brillent dans l'obscurité.

L'hôtel Hedley de la 26e Rue est n'est pas luxueux, c'est le moins qu'on puisse dire. Quelques hipsters affectionnent particulièrement l'endroit parce qu'il leur rappelle ce qu'était New York dans les années 1970 ou début 1980, quand la ville était au bord du gouffre et que la puanteur des coffres municipaux vides se répandait partout, comme une odeur de moisi sur une écharpe. On dirait que maintenant les toxicos, les escrocs et les réalisateurs de documentaires allemands mal rasés ont élu domicile au Hedley. Les chambres sont petites, la literie monacale et les fenêtres qui n'ont pas directement vue sur un mur de brique donnent sur un puits d'aération. Mais au Hedley, il n'y a pas que l'atmosphère qui rappelle les années 1970 ; les prix sont également passés de mode, et c'est là que Dennis s'est installé depuis qu'il a quitté son appartement, et le foutoir qu'il contenait, à Ocean Parkway.

Il ne peut s'empêcher de s'envoyer des doses de Zoom et son stock est en train de fondre, même maintenant alors qu'il traverse le lobby de l'hôtel, le téléphone vissé à l'oreille. Le numéro de Borman & Davis sonne dans le vide : pas de réponse, pas de boîte vocale, rien. Merde !

C'en est arrivé au point où il *connaît* réellement les gens qui rôdent dans ce lobby, qui sert d'entrepôt froid et humide à une douzaine de ficus artificiels. Le mobilier semble tout droit tiré du tableau de Hopper le plus mélancolique au monde, le porteur a l'air d'avoir fait des piges comme tueur à gages et le réceptionniste se tient tout raide avec une canule d'oxygène scotchée dans le nez et un panneau NE PAS FUMER posé devant lui : l'employé s'inquiète avec raison d'une possible explosion.

Oh oui, oui, oui. Dennis doit améliorer sa situation et aujourd'hui, il veut attraper ces jumeaux, récolter sa prime et commencer à chercher pour de bon un endroit correct où habiter. Les attraper devrait, selon lui, être relativement facile. Il sait où ils habitent. Il s'agit simplement de les piquer et de les mettre dans la camionnette.

Le téléphone a sonné combien de fois chez Davis & Borman ? Trente fois ?

Le visage de Dennis est gris et moite, comme de l'argile humide. Il avance les jambes arquées, manœuvrant une de ces légendaires érections de huit heures dont parlent (vantardise ou prévention) les médecins des urgences. Dennis doute fort qu'il existe sur le marché quelque chose qui puisse transformer une nouille en bélier, mais les mystérieux effets de la gorgée de Zoom d'hier subsistent encore chez lui. Il est à demi fou de désir. Si résolu qu'il soit à capturer ces jumeaux et à recueillir sa prime, il est presque aussi déterminé à fourrer son sexe raide à l'intérieur d'une femme. Il s'imagine que ce sera comme un forgeron qui plonge son fer rougi au feu dans un seau d'eau : grésillement, vapeur, apaisement.

La camionnette Watertight est garée dans la rue, à un pâté de maisons de l'hôtel. En y montant, il découvre, surpris, qu'one contravention a été glissée sous l'essuie-glace. D'habitude, les flics sont indulgents avec son van, pensant qu'il est en intervention d'urgence quelque part, et lui laissent un peu de répit. Bah ! Le van n'est pas enregistré à son nom et il se fout bien d'une amende pour stationnement interdit. Ça sera à Borman & Davis de s'en occuper.

Il porte des vêtements amples. La chaleur est infernale. Même avec la climatisation grinçante du van, qui dégage en plus une odeur de rance, il transpire. La sueur dégouline de ses aisselles, du bout de son nez. Son slip est une horreur de carton mouillé. Il a les chevilles trempées. Il sait que cette sudation abondante est selon toute vraisemblance un effet secondaire du Zoom, mais bon, il faut payer pour jouer, pas vrai ?

La circulation n'est pas trop mauvaise. En tout cas pour Manhattan. (Si les voitures avançaient dans une telle mélasse dans n'importe quelle autre ville, vous croiriez qu'il y a eu une explosion quelque part ou qu'un monstre de science-fiction est lâché dans les rues et qu'il s'amuse à jeter des autobus en l'air en crachant du soufre.) Dennis prend Madison Avenue vers le nord. Les trottoirs sont pleins de gens scandaleusement beaux. Les boutiques étalent leurs marques de luxe.

Il a un flacon de Zoom dans sa poche de poitrine. Il le sort, le bascule d'avant en arrière ; le sang laisse une trace épaisse le long du verre. Puis, se sentant en mode « qu'est-ce que ça peut faire ? », il fait sauter le bouchon du pouce et avale sa deuxième dose de Zoom de la journée.

Il arrive bientôt devant la maison. Il y a une place pour se garer (gardée exprès pour lui par une bouche d'incendie) tout près de la porte d'entrée. Les jumeaux ne sont pas très gros ; il peut en porter un sur chaque épaule, les fourrer à l'arrière et les livrer à treize heures à Flushing où, pour ce qu'il en a à faire, les chercheurs pourront bien extraire leur ADN comme ils racleraient les pépins gluants d'un melon.

Il coupe le moteur et reste au volant un moment. S'oblige à ordonner ses pensées. Mais il n'est pas tout à fait sûr de ce à quoi il devrait penser. Il ouvre la boîte à gants. Quelques aiguilles usagées en tombent. Il ne prend pas la peine de les ramasser. Elles se mêlent aux détritus sur le plancher du van, emballages de biscuits, canettes de Red Bull, chewing-gums mâchés blanchâtres. Il ferme la boîte à gants, se dit : *Les Québécois appellent ça un coffre à gants. C'est vraiment idiot.*

Ce à quoi il n'a pas pensé, c'est comment faire pour entrer dans la maison des jumeaux. Il a tellement envie de choper ces deux merdeux qu'il envisagerait presque de foncer à travers la fenêtre pour les attraper par le cou. Ce qui n'est évidemment pas un bon plan, pas malin, même pas viable. Il se rend compte que ses pensées ne sont pas claires. Le désir, l'envie brute de la chair – qu'il vit d'habitude comme une sorte d'orage au loin, comme une alerte météo sexuelle qui semble se rapprocher, mais n'est jamais à la hauteur du grondement tapageur qui l'annonce –, le désir est maintenant, comme dirait Van Morrison, une véritable bourrasque[1]. Il lui tombe dessus à torrents, l'inonde. Il est pris dans l'immense prairie de sa solitude et il n'y a rien pour l'abriter de cette tempête du désir. Tout ce qu'il peut faire pour se protéger, c'est se rappeler qu'il n'a pas les idées très claires.

Il y a une autre camionnette d'artisan garée près de la maison, beige et rouge, celle-là. Une com-

1. Allusion au titre d'une chanson de Van Morrison : « Full Force Gale ».

pagnie de dératiseurs baptisée Les Verminateurs. Bingo ! Voilà son moyen d'entrée.

Il bondit jusqu'à la porte, presse la sonnette du pouce.

Cynthia est en train d'appeler une nouvelle agence immobilière quand elle entend la sonnette. Son cœur s'accélère. Avec les jumeaux dans la nature, chaque bruit déclenche soit espoir, soit terreur. Elle interrompt brutalement la communication et se précipite vers la porte en oubliant la procédure en vigueur à New York : il est recommandé de toujours regarder par l'œilleton pour savoir qui est là avant d'ouvrir.

C'est un homme en sueur, passablement nerveux, en vêtements amples, qui se balance d'un pied sur l'autre. Il lui semble vaguement familier, mais il se passe trop de choses dans la tête de Cynthia pour s'attarder sur cette pensée précise plus d'un instant.

« Je suis des Verminateurs, dit l'homme en entrant à la hâte dans la maison sans lui donner le temps de réfléchir.

— Oh ! Les autres sont déjà là. Je crois qu'ils vont commencer dans la cave. C'est vraiment sérieux.

— Eh bien, on est là pour ça. »

L'homme pue. Son humanité en perdition suinte par tous ses pores.

« Je vais vous conduire où...

— Pas la peine », répond-il. Sa voix est voilée de glaires. « Je vais me débrouiller. »

Au moment où il passe devant elle et file comme un courant d'air – un courant d'air nauséabond –, les cloches d'église du téléphone de Cynthia se mettent à carillonner dans sa poche. Dimanche ! Dieu soit loué ! Tout est bien en ce monde ! Sauf qu'on est mercredi. Que Dieu, s'Il existe, a sûrement quitté New York pour Martha's Vineyard ou Sag Harbor. Et que rien ne va en ce monde.

Sauf que… L'affichage du numéro sur son portable annonce *Alley-Oop.*

Alleluia !

« Alice ? dit faiblement Cynthia à son téléphone. Tu es où ? » (Cette salutation a remplacé « Tu vas bien ? » depuis l'avènement du téléphone portable.)

Mais quel est ce bruit ? Un dragon qui mange un toit de zinc ? Des gens piégés sous l'eau qui luttent pour se dégager ?

« Alice ? Alice ? »

Cynthia réalise, à présent. C'est un bruit de métro. Elle entend la voix amplifiée du conducteur qui fait une annonce – ces annonces par haut-parleur sont déjà impossibles à comprendre même si vous êtes *physiquement* dans le train, donc dans cette configuration ce qui est annoncé est totalement inintelligible.

« Ma chérie ? Ma chérie, tu m'entends ? Tu es là ? »

Cynthia se rend compte que le numéro a été composé par erreur – Alice s'est visiblement assise sur son téléphone et a appelé la maison sans le vouloir.

Mais est-ce si évident ? L'appel n'est peut-être pas accidentel. Alice a sûrement appelé volontairement, mais elle ne peut pas parler sans risque. Cet appel est peut-être comme une balise de détresse.

Cynthia tourne en rond, le téléphone collé à l'oreille au cas où contre toute probabilité, contre toute attente, la voix d'Alice lui parvienne, mais l'appel finit par être coupé. Cynthia va à la fenêtre, regarde au-dehors la rue sous la dure lumière de l'été, les feuilles des arbres argentées et desséchées, les passants indécemment vêtus. Elle entend les dératiseurs qui s'affairent dans la cave, leurs voix, mâles et monocordes s'échangent de pures informations, sans émotion aucune.

« Nid, dit l'un.

— Où ? demande un autre.

— Là, voilà, répond la première voix.

— Donne-moi ce, euh... » fait une troisième voix.

Ce *euh* indéfini grésille comme une tranche de bacon sur une plaque chauffante.

De quelque part en haut : des bruits de pas. Lourds au début, puis plus légers, comme si la personne là-haut voulait tout à coup se faire oublier. Cynthia plisse le front, lève les yeux. Qu'est-ce que les dératiseurs font en haut ? Ils sont censés s'occuper de la cave où dans les murs, elle en est certaine, se trouve une véritable ruche de rongeurs. Et ne sont-ils pas déjà convenus qu'elle leur montrerait elle-même les pièces des étages avant qu'ils commencent à poser des pièges, à creuser dans le plâtre, à fouiller dans les placards et à déposer des appâts empoisonnés ?

« Il y a quelqu'un ? » appelle-t-elle en regardant le plafond.

Bien sûr, il n'y a pas de réponse. À quoi pense-t-elle ? Ce sont des dératiseurs, bon sang ! Ils ne sont pas là pour discuter. Elle devrait peut-être mettre fin à tout ça et les laisser se débrouiller, leur laisser la garde de la maison. Elle devrait peut-être sortir, aller boire un café – du thé glacé et des frites ! Mais non. Comment peut-être seulement penser à partir ? Et si les enfants revenaient et trouvaient la maison vide à l'exception de trois – quatre, maintenant – types bizarres avec des pièges à rats et des pulvérisateurs de je ne sais quel raticide ? (Le chef assassin de rats, un homme élégant à l'accent hispanique, chauve à l'exception d'une mèche de chaque côté du crâne, des cheveux noirs et brillants comme les pare-chocs d'un corbillard, a joué les mystérieux sur le genre de poison qu'ils utilisaient et a appelé ça leur « potion secrète ».)

Cynthia s'assied sur le sofa, prend son téléphone, le fixe comme si elle pouvait le forcer à sonner. Aucune chance. Après quelques instants, elle se relève et retourne à la fenêtre, où elle scrute désespérément la rue à la recherche d'un signe des jumeaux.

Elle entend une porte claquer. Ça vient du premier étage, ou peut-être du deuxième. La manière dont la maison transmet les sons est trompeuse. Mais qu'est-ce que peut bien faire un dératiseur là-haut, bon sang ? Il devrait être à la cave avec les autres.

Cynthia se rend au pied de l'escalier, relève la tête, tend l'oreille. Elle entend le chuintement hors de prix de la climatisation qui pousse l'air frais par les quarante-deux bouches d'aération de la maison. Là-haut, le silence. Jusqu'à ce que…

Des bruits de pas. De course. Rapide. Puis les pas s'arrêtent.

Cynthia appelle : « Hello ? »

Entendre sa voix la rend furieuse. *Hello ? Mais pourquoi je dis « hello » alors que je veux dire « Descendez ici tout de suite ! ».*

Agrippée à sa colère, bouée de sauvetage dans un océan de perplexité, elle monte lourdement les marches en espérant que les semelles de ses chaussures transmettront son agacement et sa gravité. Aux trois quarts de la montée, à l'endroit où l'escalier s'incurve doucement vers l'ouest, elle s'arrête et tend à nouveau l'oreille. Silence. Son cœur se met à battre plus fort. Il y a quelque chose qui ne va pas…

Elle se rend dans le couloir du premier étage et avance de pièce en pièce, à la recherche du dératiseur solitaire. Elle entre dans sa chambre à coucher. La porte de la penderie est ouverte alors qu'elle est sûre de ne pas l'avoir laissée ainsi ; elle n'a jamais fait ça, ne le ferait jamais. Elle a peur de s'en approcher. Il serait peut-être mieux – plus sage, plus sûr, plus *sain* – de simplement redescendre et de prétendre qu'il ne se passe rien de tout ça. Ou mieux encore, d'aller faire part de ses inquiétudes à l'Hispanique aux cheveux en pare-chocs lustrés et de le laisser s'en occuper.

Et pourtant, quelque chose la pousse à aller voir elle-même. Elle cherche des yeux dans la chambre quelque chose qui puisse lui servir d'arme, mais ici tout est doux, mou, inutile : chemisiers, oreillers, châles, jupes, écharpes. C'est comme si, contre toute évidence, contre des montagnes d'évidence, des siècles d'évidence, elle croyait au fond toujours qu'une femme est en sûreté dans son propre boudoir. Attends. Il y a bien quelque chose. Un chandelier d'argent, ancien, de l'époque coloniale, peut-être forgé par Paul Revere en personne, sur la table de chevet, qui contient une bougie artisanale. Elle serre le fût d'argent froid du chandelier dans la main, un doigt appuyé sur le rebord pour donner à son coup un peu plus de force si jamais elle trouve ce sale type dans sa penderie. De sa main libre – bien que, à strictement parler, aucune partie de son corps ne soit « libre », elle est tout entière envahie par la peur, la panique, la confusion –, elle ouvre la porte de la penderie en grand et reste là, interdite, le cœur battant, le ventre gargouillant, à attendre que le monstre surgisse.

Mais tout n'est qu'immobilité. elle tend la main, tâtonne à la recherche de l'interrupteur. Prête à ce que quelque chose d'invisible, d'indicible la saisisse. Elle finit par localiser l'interrupteur, et la lumière s'allume en clignotant dans la penderie. Celle-ci a été conçue pour quelqu'un qui avait quatre cents tenues de rechange, et est désormais quasi vide. Mais tout au fond, il y a une tache sombre, une boule de... quelque chose. Lentement, elle s'avance, le chandelier au-dessus de la tête au cas où elle doive frapper. Plus elle s'approche de cette masse, moins il y a de lumière. Son cœur grimpe à une échelle faite de peur et s'apprête à s'enfuir par sa gorge.

Elle entend une voix, un vagissement, un geignement, qui dit :

« M'man ! »

Il lui faut un moment pour comprendre que cette voix est la sienne.

La boule au fond de la penderie est une bâche de peintre, que les ouvriers qui remettaient la maison en état pour la nouvelle vie de Cynthia et des jumeaux ont laissée derrière eux. Avec impatience, elle donne un coup de pied dans la bâche. Dessous, horrifiée, Cynthia découvre une mère rate et ses dix petits chatons, ou chiots, ou n'importe quel foutu nom vous êtes censé donner à ces minuscules créatures fœtales de la taille d'un pouce qui parviennent on ne sait comment à évoquer à la fois l'impuissance la plus totale et la destruction carnivore la plus insatiable. Elle est trop révulsée pour hurler. Sa phobie des rats commence à s'émousser – elle suppose que c'est une bonne chose. Peut-être la seule bonne chose à émerger de ces épreuves atroces. Du bout du pied, elle remet la bâche sur la famille rat et s'éloigne.

Au moment où elle redescend au rez-de-chaussée, les hommes émergent de la cave.

Le chef d'équipe s'approche d'elle en essuyant des toiles d'araignée et de la poussière de ses avant-bras avec un mouchoir beige et bleu.

« On va revenir demain pour vérifier les pièges », dit-il.

Il y a quelque chose de royal dans son accent espagnol, qui confère une forme de dignité et même de grandeur à tout ce qu'il dit.

Ah! Demain! Le fameux cérémonial de l'inspection des pièges. Il est flanqué de deux jeunes collègues, l'un replet avec une moustache ratée, l'autre maigre, portant des lunettes rondes sans monture. Ce sont les trois hommes qui sont arrivés les premiers, mais où est le quatrième?

« Vous partez maintenant? demande Cynthia.

— Oui », dit le chef d'équipe.

En fait, il avance vivement vers la porte d'entrée, ses coéquipiers sur les talons.

« Il y a quelqu'un d'autre dans la maison », dit Cynthia.

Mais le chef d'équipe est déjà au téléphone avec la maison mère, l'informant qu'il en a terminé ici et qu'il se rend dans un fast-food de Times Square.

Cynthia l'appelle.

« Excusez-moi ? »

Le chef d'équipe se tourne, l'examine, les sourcils serrés, la tête penchée de côté.

« Vous en oubliez un, dit-elle. Il y en a encore un dans la maison.

— Non, madame. On est venus à trois et on repart à un, deux, trois. »

Vingt et un

La pluie arrive soudain, avec une rage furieuse, surprenante, débordante. Le ciel est une vaste plaie suppurante. Le tonnerre martèle son rythme chaotique. Les piétons, la plupart en tout cas, détalent pour se mettre à l'abri, comme frappés d'une terreur mortelle, même si quelques-uns semblent trouver dans ce déluge comme un soulagement à l'oppressante chaleur de l'été à New York.

Mais pour Cynthia, le tumulte de l'orage l'empêche surtout de pouvoir entendre de potentiels bruits de pas dans la maison. Même quand elle s'écarte des fenêtres, le fracas du tonnerre et de la pluie la submerge.

Elle se rend à la cuisine et passe devant la porte de la cave. Elle l'entrouvre à peine, approche l'oreille, écoute. *Clac ! Clac !*

Le bruit des pièges à rats qui se déclenche, le craquement des nuques des rats qui se brisent.

Frissonnante de dégoût, elle referme la porte, la verrouille. Si ce quatrième dératiseur rôde là en bas, il peut y rester jusqu'à ce que ses copains reviennent demain matin.

Excepté ceci : elle sait qu'il n'est pas là en bas.

Il est là-haut. Dans une de ces nombreuses pièces.

Il n'y a qu'une chose à faire. Appeler la police. Elle prend son téléphone dans sa poche, remarque que la batterie faiblit. Elle appuie sur le 9, le 1... et ne va pas plus loin avant de changer d'avis. (L'enfer est pavé de changements d'avis.) Va-t-elle vraiment appeler la police, lui dire qu'il y a un dératiseur solitaire quelque part dans sa maison ? La police en a sûrement déjà assez d'elle. Et si jamais quelqu'un voulait monter un dossier pour lui retirer les enfants – adoption légale ou pas, elle sent néanmoins que son droit à les élever, à les adorer, à les protéger est sujet à questions, sujet même à une intervention soudaine – faire venir la police pour qu'elle remarque accidentellement qu'une fois de plus Alice et Adam ont disparu dans la nature et qu'une fois de plus Cynthia ne sait pas où ils sont : tout cela serait sûrement consigné dans un registre.

Ses doigts glissent néanmoins au-dessus du 1 final. Elle attend, attend encore. Puis éteint le téléphone pour économiser la batterie. Dans la cuisine, les couteaux allemands sont rangés dans un bloc de boucher en bois avec des fentes pour une douzaine de couteaux, chacun à sa place, du couteau à parer au hachoir. Elle prend un couteau à découper à manche noir, avec une lame de vingt centimètres. Le serre si fort que sa main lui fait mal. Après toutes ces années, elle apprend quelque chose de tout à fait nouveau sur elle-même : elle est capable de vraie violence. Il y a une limite, et elle vient de l'atteindre. Moralité, compassion, et même couardise, toutes sont devenues obsolètes face à l'instinct de survie animal pur, sans fioritures. Elle ne fuira pas, ne se mettra pas à genoux. Il y a un cinglé dans sa maison. Sa maison ! La maison de ses enfants ! Et elle tuera ce type s'il est là, s'il fait le moindre mouvement pour s'approcher d'elle. Elle le poignardera en pleine poitrine, et si ça ne le tue pas, elle ressortira le couteau et frappera une deuxième fois.

En attendant : où est-il ?

En réalité, Dennis est au deuxième étage, assis sur le bord du lit d'Adam. Il détaille du regard la chambre du garçon, essaie de deviner, d'après le décor, où il pourrait bien se trouver.

Pense. Pense. Il se frotte le front, ferme les yeux. Son cerveau est fracassé. Il peut penser au sexe, à la nourriture, à l'eau, à la température de la pièce ; il peut écouter les sons. Mais tout ce qui dépasse les choses les plus immédiates et les plus nécessaires est présentement hors d'atteinte. Il sait vaguement que c'est le Zoom. Ou bien… Il n'est pas sûr. Il ne sait même pas s'il en a pris aujourd'hui. Ni quand. Ni… Attends ! Si. Quand. N'y a-t-il pas une autre catégorie ? Quelque chose pas *si*, pas *quand*. Oh, zut, ça lui échappe. Ses pensées sont comme le reflet des étoiles sur l'eau noire. Il essaie de les saisir et elles disparaissent.

Tout en essayant de se rappeler s'il a déjà pris sa dose, il ouvre un autre flacon et l'avale. Ce petit échantillon est particulièrement salé, avec une sorte d'arrière-goût flasque. Il a peut-être tourné. Il a un vague souvenir que quelqu'un au labo a mentionné un truc à propos de ces trucs, ces machins carrés, on les branche et tout ce qu'on met dedans devient froid. Des réfrigérateurs ! Il a un vague souvenir que quelqu'un, une des blouses blanches, a dit qu'il fallait réfrigérer les échantillons de ces sales gamins des rues. Et Dennis est presque sûr qu'on utilise des réfrigérateurs pour réfrigérer. En fait, il en est absolument sûr. Un frisson de plaisir le parcourt, une grande onde de bien-être. Il attrape l'oreiller d'Adam, le presse contre son visage, respire l'odeur des cheveux du petit garçon. Il écarte les genoux, de plus en plus largement, se masse, doucement au début, puis avec de plus en plus de vigueur. Punaise, que ça fait du bien !

Cynthia a allumé les lumières au rez-de-chaussée et se tient à la fenêtre, le couteau à la main pointe en bas ; elle regarde la pluie marteler les toits des voitures garées. Le vent est féroce. Des flaques se sont formées. Des gouttes sont comme des roulements à billes qui rebondissent et retombent. La plupart des parapluies se sont retournés, et leurs propriétaires titubent en essayant de s'y accrocher.

Pitié, pitié, faites qu'ils reviennent à la maison.

Les carreaux s'embuent et Cynthia dégage un cercle en les frottant, transformant le monde au-dehors en un tondo de la Renaissance. La pluie tombe sur les coupables et les innocents, les riches et les pauvres, les vieux et les jeunes. En quelques secondes, le cercle qu'elle a frotté commence à se refermer, elle essuie à nouveau la vitre de sa main ouverte, convaincue qu'à tout moment elle va les apercevoir, ses chéris. Avec l'obscurité d'un côté de la fenêtre et les lampes allumées de l'autre, elle voit la pièce dans laquelle elle se tient se refléter sur le verre. La cheminée, le lustre, les tableaux, le couloir…

Là ! Un éclair de quelque chose.

Quelqu'un.

Qui bouge.

Haletante, elle fait demi-tour, couteau tendu devant elle comme pour un duel d'escrime. Mais la peur – qu'elle pensait maîtriser totalement – revient avec une force si destructrice que ses mains tremblent et qu'elle lâche le couteau. Il tombe pointe en bas et se plante au sol en traversant la frange du tapis de Sarouk bleu et rouge. Elle s'accroupit vivement, récupère le couteau, le tient bien en main et détaille tout ce qu'elle peut voir de sa position, recroquevillée comme une misérable créature, respirant par la bouche, défiant celui qui est là de faire un geste et espérant en dépit de tout que ses yeux lui ont joué un tour et qu'il n'y a personne.

Ne serait-ce pas une bonne chose ? Si ça n'était simplement qu'une affaire de confusion ? Et que ce dernier dératiseur, quel qu'il soit, n'était venu que pour jeter un coup d'œil rapide et était reparti avant que les trois autres ne remontent de la cave? Pourquoi serait-ce impossible? Est-ce que ça n'est pas plus sensé que ce qu'elle croit: qu'il y a un homme qui rôde quelque part dans la maison, cette maison trop grande avec trop de pièces, trop de portes, trop d'escaliers, et beaucoup trop de mauvais souvenirs?

Lentement, elle se relève. Ce changement de position modifie la circulation de son sang et elle sent soudain naître une angoisse, comme si elle était dans une cabine d'ascenseur dont le câble vient de se rompre.

« Oh! » dit-elle.

Elle secoue la tête, se reprend. Elle avance dans le couloir central, repasse devant la porte de la cave. Elle prend soin de ne pas la regarder, même furtivement. Elle traverse la salle à manger, avec ses murs jaune foncé, sa moquette beige clair, sa table ovale en acajou assez grande pour dix-huit convives, même si elle n'a que quatre chaises.

Ah, que les meubles de cette maison étaient exquis, tous ses détails parfaits, à l'époque, avant qu'Alex Twisden et cette pauvre Leslie ne deviennent fous… Presque tout ce qu'ils possédaient a été soit détruit, soit mis aux enchères à la hâte. Une perte déchirante, irréparable.

Et Cynthia attend donc de trouver les bonnes chaises. Elle a un goût extrêmement raffiné et particulier en matière de chaises.

Tout cela paraît si idiot à présent…

Elle s'arrête, regarde les chaises, hoche la tête.

Et à cet instant précis, une main saisit sa cheville.

Elle ne parvient à dire qu'un mot, un son, en réalité :

« Hé ! »

C'est un coup de chance, et ceux des enfants sauvages qui ont reçu une instruction religieuse quand ils habitaient encore chez leurs parents vont jusqu'à penser que c'est plus que de la chance, que c'est une intervention divine. L'orage a vidé Pelham Bay Park. Se faire mouiller ne les dérange pas, à vrai dire, la pluie semble donner de l'énergie à certains. Ils font les clowns, se pourchassent. Ils courent, grimpent aux arbres, luttent en attendant que la meute soit au complet. Ils arrivent par groupes de deux, trois, quatre, cinq. Rodolfo a escaladé un arbre ; il voit qui approche et peut surveiller le parc.

Puis survient le plus grand moment qu'ils aient jamais vécu. Quatre des sauvageons qui étaient captifs apparaissent. Ils sont couverts de pansements et paraissent faibles, tristes, épuisés, pâles. Mais ils sont là – contre toute probabilité, ils sont là. De grands cris de joie s'élèvent à leur vue et, pour être à la hauteur de l'événement, ils se prennent par la main, lèvent haut leurs poings joints, comme des artistes de cirque qui reçoivent les hourras sous le grand chapiteau.

« Vive nous ! braille Rodolfo.

— Et vive eux ! » crient les autres.

Cynthia heurte le sol, et se cogne durement – si durement que sa tête rebondit d'une dizaine de centimètres, arrive à la limite de ce que son cou peut supporter et retombe une seconde fois. Sa conscience n'a pas disparu, mais elle est sérieusement compromise ; Cynthia cligne des yeux pour tenter de voir le monde plus net, la réalité enfle et se dégonfle comme la gorge d'un crapaud qui coasse. Une présence, quelque chose surgit au-dessus d'elle.

C'est le quatrième homme. Elle le savait. Elle a su tout du long qu'il était encore dans la maison. Mais c'est étrange : voir sa pire crainte se réaliser ne l'emplit pas tant de terreur que d'une horrible, d'une écrasante *tristesse.* La fin de sa vie, autrefois petit point sur l'horizon lointain, auparavant abstraction, est tout à coup devant elle. Et tout son amour de la vie, du gentil monde où nous vivons, avec ses dix mille plaisirs et sa beauté sans limites, tout cela surgit en un maelström d'amour et de regret. C'est fini. Son instant de scintillement de lumière sur le fleuve du temps. Pas le temps de dire au revoir, pas le temps de résumer. Oh, après tout cela, devoir en terminer dans la souffrance ! Elle n'a plus la force de se battre. De se débattre. Dans la plus soudaine des soudainetés, elle est arrivée à l'extrémité de ce qu'elle peut faire. Elle lève les mains, non pour se défendre, non pour se battre, mais pour se cacher les yeux.

Elle sent ses mains sur son corps. Elles sont poisseuses, froides. Il respire à petits coups excités et empoigne ses jambes, ses pieds. Il lui arrache ses chaussures et même le bruit qu'elles font en heurtant le plancher l'emplit de la douleur de la séparation : encore une chose qu'elle ne revivra plus jamais. Qui eût cru que jusqu'au moindre détail sonore la vie était si précieuse ?

Oh non ! Elle sent sa langue sur son talon. Puis le bout de sa langue qui explore le creux de son cou-de-pied.

L'homme marmonne :

« Oh, là, là ! Oh, là, là ! »

Si son esprit a cédé, le corps de Cynthia se révolte, et elle essaie de ruer pour lui faire lâcher prise. Mais il la tient. Son étreinte est assurée, ferme. Elle ne veut pas finir comme ça. Pas en se tortillant. *Calme-toi*, se dit-elle. *Respire*...

Elle entend la porte d'entrée s'ouvrir.

Une voix appelle :

« M'man ? »

Alley-Oop ?

« On est rentrés ! »

Adam !

Cynthia hurle aussi fort qu'elle peut :

« Les enfants ! Les enfants ! »

Ils se mettent à courir et l'homme qui l'agresse n'a même pas le temps de leur dire « Ne bougez pas ! ». N'a même pas le temps de se protéger. Ni de fuir.

À nouveau, Cynthia veut voir le monde. Elle découvre ses yeux, tourne la tête. Ils sont là :

ses enfants ! Qui se ruent vers elle. Adam sur ses jambes.

Alice à quatre pattes.

À présent, ils sont en suspension dans l'air.

À présent, l'homme a lâché sa jambe et lève les bras pour se protéger la figure.

À présent, il hurle de terreur.

À présent, ils atterrissent sur lui, Alice a visé son cou, Adam se catapulte sur lui à mi-hauteur.

C'est au tour de l'exterminateur d'être exterminé.

Cynthia s'écarte en roulant sur elle-même et se remet tant bien que mal debout. *Je suis vivante !*

Mais il ne faut pas longtemps pour que son soulagement tourne au dégoût.

Elle crie :

« Les enfants ! Arrêtez, arrêtez, assez ! Assez ! »

Ils sont en train de l'éviscérer. L'homme ne se défend plus, ne crie plus, ne hurle plus, n'agite plus les bras, ne donne plus de coups de pied, ne fait plus rien pour sauver sa vie ni même pour la prolonger un instant de plus.

Il y a du sang sur le plancher.

Cynthia continue de hurler à l'adresse des jumeaux, continue de les supplier. Mais ils ne l'écoutent pas. Ils ne peuvent pas vraiment l'entendre. Ils sont définitivement – et tragiquement – sous l'emprise d'une force supérieure. Ils obéissent aux ordres de leur nature la plus vraie, la plus profonde.

Cynthia tombe à genoux.

Elle pleure.

« Pitié, pitié. Oh, par pitié… »

Un court instant, elle pense avoir retenu l'attention d'Adam. Il se tourne vers elle, la tête inclinée, le regard curieux ; un morceau de la chair de Dennis Keswick pend de sa bouche, du sang coule sur son menton.

« Adam. Mon trésor. S'il te plaît. Il faut arrêter. »

Quand elle y repensera – et elle y repensera, encore et encore, souvent en pleine journée, parfois, épuisée, au beau milieu de la nuit –, elle se rappellera l'air qu'a pris Adam à ce moment précis, comme si pour un instant il y avait une chance de pouvoir le ramener de l'autre côté du gouffre de sa vraie nature. Mais en fait, ça n'a été qu'un instant. Il n'a peut-être même pas existé. Elle l'a peut-être simplement imaginé. La preuve est là, sous ses yeux. Dans ses oreilles, dans les grognements et les lapements tandis que les jumeaux se repaissent de l'homme, un homme qui a peut-être mérité de mourir, selon Cynthia, mais pas comme ça, non. Pas comme ça. Son visage gris, moite, ce qui en reste, est vide d'expression. Ses yeux ont perdu leur rouerie et maintenant ils perdent leur couleur, leur éclat, leurs derniers signes d'animation. Ils ne sont plus que deux grosses taches de gelée répugnante.

Épilogue

Elle leur fait confiance jusqu'à un certain point : elle les a autorisés à monter à l'arrière de la voiture qu'elle a louée. De toute façon, ils dorment profondément ; ils ronflent, vautrés, enlacés l'un à l'autre. Quel mal pourraient-ils faire ?

Et ce qu'elle leur a vu faire… c'est pour elle qu'ils l'ont fait.

Ils ont déjà essayé de la supplier pour qu'elle les emmène à Pelham Bay. Leurs amis sont là-bas, ou en tout cas pas loin. Cynthia n'y a accordé aucune attention. Elle a continué à rouler vers le nord. Elle a près de six cent cinquante kilomètres à parcourir. Si elle roule bien, elle peut y arriver en sept heures. Il ne fera pas tout à fait nuit.

Elle est vite sortie de New York. Par le pont Robert-F.-Kennedy, la voie express et l'autoroute 95. Le Connecticut. Toutes ces chères villes yankees, comme des cartes postales punaisées sur un tableau, avec chacune le clocher de son église en son centre.

À un moment, Adam se réveille, demande :

« On va où, maintenant ?

— Repose-toi, répond Cynthia. Laisse-moi faire.

— On est désolés, maman. Mais il te faisait du mal.

— Il allait te violer, ajoute Alice, toujours allongée, les yeux encore clos, l'estomac distendu par son affreux repas.

— Je sais, les enfants, je sais. »

Elle aperçoit une voiture de police garée sur le côté droit de la route, à moitié dissimulée par un bosquet de sapins bleus. Ils guettent les conducteurs en excès de vitesse. Quelle dérision…

Ils traversent le Connecticut, obliquent dans le Massachusetts, coupent par le Vermont et se retrouvent dans le New Hampshire. Elle s'arrête pour prendre de l'essence, faire une pause pipi et acheter de quoi grignoter : des barres de céréales pour elle, mais les enfants veulent de la viande séchée et des boissons énergisantes.

Ils puent le sang.

Elle refuse de leur dire où ils vont. Tout ce qu'elle leur dit, c'est :

« Dans un endroit où vous serez à l'abri du monde, et où le monde sera à l'abri de vous.

— Qu'est-ce que c'est censé vouloir dire ? » demande Alice, impérieuse.

Sa voix monte, vire au rouge sombre.

« À partir de maintenant, si on pose des questions, c'est moi qui les poserai. C'est compris ? Je suis votre mère et votre boulot, c'est de m'écouter.

— Je te tuerai», répond Alice, presque nonchalamment.

Ce qui terrifie Cynthia, mais elle parvient à ne pas le montrer.

Le soir est d'un bleu roi foncé. Un quartier de lune se balance doucement dans une mer d'étoiles. Ils sont au milieu du New Hampshire, montent vers le mont Washington. Les phares de la voiture de location balaient un panneau qui dit : UTILISEZ LE FREIN MOTEUR. FAITES DES PAUSES POUR LAISSER REFROIDIR LES FREINS. Cynthia a le cœur qui bat à tout rompre – c'est peut-être à cause de l'altitude, mais elle en doute.

« Tu nous emmènes où, m'man ? demande Adam.

— Tu te souviens quand je t'ai parlé de cet endroit ? Qu'un jour, on irait le voir ?

— Là où il y a du vent ?

— C'est ça. Là où le vent souffle à près de trois cents kilomètres à l'heure.

— Qu'est-ce que ça a de si génial ? demande Alice.

— Je ne sais pas, ma chérie. C'est comme ça. »

Même au cœur de l'été, le paysage paraît froid, presque désolé. Parmi les rares arbres, la moitié a déjà commencé à changer de couleur.

Elle n'a pas vu d'autre voiture ni de signe de vie humaine depuis une demi-heure. Sans prévenir, Cynthia arrête soudain la voiture sur le bas-côté.

Elle attrape leurs sacs à dos placés sous le siège passager. Elle les a remplis de vêtements de rechange, de choses à grignoter et de boîtes d'allumettes. Elle en lance un à Adam, l'autre à Alice.

« OK, les enfants. » Elle espère que sa voix a des intonations d'encouragement. « Descendez. »

Elle-même sort de la voiture, garde les clés à la main, au cas où.

Elle les attend et ils finissent par ouvrir leurs portières, d'abord Adam puis Alice. Il y a du vent – pas à trois cents kilomètres à l'heure, mais bien plus fort qu'une douce brise d'été.

« M'man ? dit Adam, la voix tremblante.

— Je n'ai pas trop le choix, tu sais, Adam.

— On dirait que tu n'as jamais le choix, rétorque Alice.

— C'est vrai, Alley-Oop. On dirait que je n'ai jamais le choix. Mais qu'est-ce que je peux faire ? Vous livrer à la police ? Vous laisser errer en ville ? Le mieux que je puisse faire, c'est de vous mettre dans un endroit où peut-être, peut-être, peut-être, peut-être, vous pourrez vivre tout seuls dans la nature en restant à l'écart des ennuis, vivre le genre de vie que vous êtes capables de mener. »

Oh, merde ! Voilà bien la dernière chose qu'elle voulait : elle s'est mise à pleurer.

« Vous avez peut-être une chance, hein ? reprend Cynthia, en essayant de forcer sa voix à traverser le voile de larmes. Je dois vous donner cette chance. Je veux vous la donner. Je ne supporterais pas de vous voir enfermés. Ou pourchassés. Et je ne supporterais pas que vous fassiez à nouveau du mal à quelqu'un.

— Tu voulais que ce type te viole ? demande Alice, la bouche tordue de défi.

— Je veux que vous compreniez quelque chose, les enfants…

— M'man, s'il te plaît, dit Adam, tu ne vas pas nous abandonner *ici* ?

— Elle a pas intérêt, dit Alice.

— M'man, allez, quoi. C'était quand même trop pas notre faute.

— Je le sais bien, Braveheart, dit Cynthia en réprimant un sanglot. Je le sais bien. Et je veux que vous compreniez que je ne vous en veux pas. Vous n'avez pas demandé ça. Vous n'avez rien demandé.

— On va mourir ici dehors, dit Alice. Tu le sais, non ?

— Je ne crois pas que vous allez mourir, Alley-Oop. Vous êtes forts, vous êtes vifs et vous êtes très, très intelligents. Si vous laissez les humains tranquilles, personne ne vous embêtera. Maintenant, personne ne sait que vous êtes ici et il n'y a personne alentour. Débrouillez-vous pour que ça reste comme ça.

— On dirait que tu as tout prévu.

— Chacun fait ce qu'il peut.

— Et la maison ? demande Alice. Elle est à nous.

— L'État va probablement la saisir. Mais si j'arrive à la vendre, je vous ferai envoyer l'argent. J'ouvrirai un compte à vos noms et je vous ferai passer le message. Tous les ans, le 1er janvier, lisez le *New York Times*. Si je peux vendre la maison, je mettrai une petite annonce, à la rubrique immobilière. Elle dira: “Recherche maison pour trois personnes à Sargeants, New Hampshire”. Si vous la voyez, vous m’appelez. Et je vous expliquerai comment récupérer l’argent.

— Il n’en est pas question», annonce Alice.

Elle fait un pas en direction de la voiture, mais Cynthia verrouille les portières avec la télécommande. Ils restent tous les trois silencieux.

«Je suis désolée, finit par dire Cynthia.

— Nous aussi, on est désolés, répond Adam.

— On n’a rien fait, affirme Alice. On t’a sauvée.

— C’est trop dangereux, déclare Cynthia.

— Dangereux pour qui?

— Pour nous tous. Pour tout le monde.»

Elle ouvre les bras. Adam d’abord, puis Alice se serrent lentement dans ses bras. Elle les embrasse sur la tête, leurs cheveux doux, soyeux. Elle sent leurs mains sur elle. Ça ne sert à rien, elle n’a pas la force de retenir ses larmes. Et ils n’ont pas la force de retenir les leurs.

Avec une soudaineté qui surprend les jumeaux, Cynthia déclenche l’ouverture, monte dans la voiture et verrouille à nouveau les portières. Elle met le contact et embraye. Lentement, elle commence à s’éloigner.

Les jumeaux tambourinent frénétiquement sur les vitres de leurs petites mains.

«Ce n’est pas notre faute! crie Alice.

— M’man, arrête, s’il te plaît!» crie Adam.

Cynthia pince durement les lèvres, serre si fort le volant qu’elle a l’impression que ses mains vont se briser. La route s'incurve devant elle, descend, de plus en plus bas, dans l'obscurité. Elle regarde dans le rétroviseur. Les jumeaux restent plantés là, la regardent s'éloigner. Puis l'un d'eux – à cette distance, elle ne peut pas dire si c'est Adam ou Alice – repère quelque chose qui bouge sur la gauche. Un animal. Un chevreuil peut-être. Ou alors quelque chose de plus gros. Cynthia regarde devant elle une seconde pour s'assurer qu'elle n'est pas en train de se jeter dans le ravin et, quand elle reporte le regard sur le rétroviseur pour revoir les jumeaux, ils sont déjà partis. Disparus, envolés, comme un vent frais, partis.

L'EXTRAORDINAIRE COMPLEXITÉ DES LIENS QUI UNISSENT LES JUMEAUX

LA PUISSANCE DES VAINCUS

WALLY LAMB

N° 32571

Octobre 1990, Three Rivers, Connecticut. Thomas Birdsey entre dans la bibliothèque municipale et, pour protester contre l'intervention militaire au Koweit, se tranche la main. Il est interné. Pour tenter de le sauver, son jumeau, Dominick, accepte de fouiller dans leur passé d'enfants illégitimes et maltraités, et de relire l'histoire familiale… C'est là, dans les douloureux secrets d'autrefois, qu'il trouvera des réponses à la folie de son frère et exorcisera ses propres démons…

QUAND UNE BANDE D'ADOLESCENTES PREND LE POUVOIR

CONFESSIONS D'UN GANG DE FILLES

JOYCE CAROL OATES

N° 33321

Un quartier populaire d'une petite ville ouvrière de l'État de New York dans les années 1950. Cinq lycéennes – Maddy, la narratrice, Goldie, Lana, Rita et Legs –, pour survivre et se venger des humiliations qu'elles ont subies, concluent un pacte, à la vie, à la mort : elles seront le gang Foxfire. La haine, surtout celle des hommes, va les entraîner dans une impitoyable équipée sauvage. Dans une langue crue, précise et concrète, Joyce Carol Oates dépeint la « fureur de vivre » des cinq inséparables et leurs accès de générosité envers d'autres déshérités. Comme toujours chez l'auteur de Blonde, *le Mal est d'autant plus vraisemblable qu'il nous ressemble…*

PAPIER À BASE DE FIBRES CERTIFIÉES

Le Livre de Poche s'engage pour l'environnement en réduisant l'empreinte carbone de ses livres. Celle de cet exemplaire est de :
400 g éq. CO_2
Rendez-vous sur www.livredepoche-durable.fr

Composition réalisée par MAURY IMPRIMEUR

Achevé d'imprimer en août 2016 en Italie
par Grafica Veneta
Dépôt légal 1re publication : octobre 2016
LIBRAIRIE GÉNÉRALE FRANÇAISE
21, rue du Montparnasse – 75298 Paris Cedex 06

37/2709/8